見立てと女語りの日本近代文学

斎藤緑雨と太宰治を読む

Mitate and Onnagatari: Reading Saitō Ryokuu and Dazai Osamu

齋藤樹里
Saito Juri

文学通信

見立てと女語りの日本近代文学——斎藤緑雨と太宰治を読む——

目次

第三章　太宰治の「女語り」②―「芝居」の中の「女性」―……233

凡例

一、作品名・新聞名・雑誌名は「　」、書籍名・浄瑠璃名・外題名は『　』で示す。
二、引用中の［…］は省略を示す。
三、引用に際してルビや傍点、傍線等の符号は基本的に省略する。
四、引用に際し、旧字体は新字体へと改める。また、変体仮名は現行の仮名へと変更する。
五、本文の引用は、特に断りのない限り全集を採用する。具体的には、『斎藤緑雨全集』1〜8（筑摩書房、平成2年6月〜平成12年1月）、『太宰治全集』1〜12・別巻1（筑摩書房、平成1年6月〜平成11年5月）、『森敦全集』1〜8、別巻1（筑摩書房、平成6年4月〜平成7年12月）、『李良枝全集』（講談社、平成5年5月）に拠る。ただし、決定版全集の存在しない坪内逍遥に関する引用は特に断りのない限り初出に拠る。なお、検討内容の都合から全集ではなく初出を底本とした章もあるが、その場合は論文中にて明記する。
六、その他の引用については、論文中にてその都度明記する。
七、引用論文・引用資料等については、原則として初出を引用し、所収された単行本の情報を可能な限り記載する。なお、初出以外から引用する場合はその旨を併記する。
八、年の表記は原則として和暦を採用し、必要に応じて西暦と和暦を併記する。なお、国外の事象についても和暦を採用しているのは表記統一上の理由であり、そこに政治的意図は存在しない。
九、敬称は原則としてこれを略する。
十、国名について、大韓民国は「韓国」、朝鮮民主主義人民共和国は「北朝鮮」という略称・通称を使用する。

序章　近代文学の「芝居」と「女性」―「見立て」と「女語り」の観点から―

一、本研究の二つのキーワードについて

本研究は日本の近代文学テクストを「芝居」と「女性」という二つのキーワードを中心に据えて論じる試みである。なかでも、斎藤緑雨〔慶応3年12月30日 - 明治37年4月13日〕と太宰治〔明治42年6月19日 - 昭和23年6月13日〕という二人の近代文学者に焦点を当て、同時代の言説や同時代の社会文化状況、当時既に成立していた文学や芝居のような先行テクストを足掛かりに、小説テクストの分析を行っている。なお、本研究の指す「近代」とは、「個人」や「社会」、「内面」「心理」といった概念と密接に関係する、文学史において定説とされている定義を指している。[1]

採択した一つ目のキーワードである「芝居」の定義について、あらかじめ確認する必要があろう。本研究が取り扱う「芝居」とは、新劇や現代劇、あるいは西洋劇ではなく、旧劇、より具体的にいえば、歌舞伎や文楽（人形浄瑠璃）の舞台や狂言台本、それに付属する義太夫や常磐津といった邦楽・舞踊へと範囲を限定している。というのも、本研究の狙いの一つに、日本近代文学が前時代の国内における諸現象をいかに受容し、それを血肉化させてきたかを明らかにするという目的があるからである。

日本の近代が「和魂洋才」のスローガンの元に成立したように、日本の近代文学もまた、従来の日本文学と西

洋諸国の文学の混血として誕生した。日本文学が外国文学との出会いによって各段に飛躍を遂げたことを疑う人はいない。外国文学の翻訳は日本文学の文体に決定的な影響を与え、西洋の文学理論が日本の文学理論の支柱となった。近代文学者の多くが外国語を駆使し、高等学校や大学の外国語科目で教鞭をとり、英文学、仏蘭西文学、露西亜文学、独逸文学、その他諸外国語の文学の翻訳を数多く発表した。

そうしたときに、日本の近代文学が比較的蔑ろにしてきたものが、日本の伝統文学からの流れであった。小新聞の「つづきもの」、政治小説、翻案小説、さらには『小説神髄』（松月堂、明治18年9月～明治19年4月）で展開された理論の実践と目される坪内逍遙の『一読三嘆当世書生気質』（晩青堂、明治18年6月～19年1月）ですら江戸文学の名残を色濃く残しているにもかかわらず、こうした戯作的なテクストは次第に近代文学の王道から追いやられ、西洋の文体や思想の影響を如実に反映したテクストが近代文学らしいテクストとして位置付けられるようになった。仮名垣魯文・山々亭有人が連名で教部省に提出した答申書「著作道書キ上ゲ」（明治5年7月）が示すように、江戸文学の系譜を汲む戯作者は「従来の作風を一変」することが要請される「下劣賤業」に従事していると見做された。むろん、戯作者当人による韜晦的な自己卑下であるこの答申書からは、新体制での生き残りを賭けた戦略性が幾分透けて見えるため、彼らの自己卑下を鵜呑みにすることはできない。しかしながら、体制側による出版統制を受け続けてきた江戸戯作の歴史を彷彿させるがごとく、体制に向けてのパフォーマンスが必要となるような位置に戯作者が陥っていた事実は疑えない。坪内逍遙の『小説神髄』が文学を芸術の位置にまで引き上げようとする試みであったとすれば、それは同時にそれまでの文学を芸術ではないと認めることを意味する。近代文学において、伝統的な日本の散文文学、つまり戯作的な要素は克服されるべきものとして現前していたのである。しかし、例えば馬琴批判を展開したはずの逍遙その人が実は馬琴の愛読者であったことを、あるいは歌舞伎を批判した菊池寛が歌舞伎に精通し歌舞伎戯曲を数多く手掛けていたことを見落としてはならない。克服すべき対象として措定されるためには、その対象に対する知識が裏付けとして確かに存在する必要があるのだ。

研究の場合も事情は同様である。外国文学の巧みな摂取が評価軸の一つとなっていることに引き換え、日本の従来の文学の影響は看過される傾向にある。[2] それは例えば、森鷗外の「舞姫」（『国民之友』明治23年1月）論の多くが独逸経験という観点から論じられ、その横溢する戯作的要素に目を向けられることが稀であることを思い返せばよい。それはおそらく、あまりにも常識的な事項であるがゆえに取り立てて論じるまでもないという先人の判断に拠るものだろう。日本の伝統的な文学が「古典」と呼ばれて実生活と乖離したときにはじめて、その影響は論じる対象になるのだ。江戸戯作が「古典」となり、注釈が必要になった今、ようやく近代文学におけるその影響を対象化できる時代となったのかもしれない。

伝統文学の中でも対象を「芝居」へと限ったのは、文学に関する諸現象の中で、「芝居」ほど多様な媒体で大衆に浸透したものはないと判断し得るからである。「芝居」は劇場という場で、戯曲や狂言台本、稽古本というテクストで、雑誌や新聞の劇評という批評の場で、義太夫節や常磐津といった音楽で、地歌舞伎やお祭りで、ブロマイドや写真や人々の噂で、若しくは伝説や昔話として、常に大衆の傍にあった。今でこそ時代の変遷とともに歌舞伎や文楽（人形浄瑠璃）が高尚な趣味と錯覚されるようになったが、「芝居」とは実に庶民的な娯楽であった。事実、歌舞伎の低俗性や前時代性、無思想性は文学者の間でも定期的に取り沙汰されており、例えば菊池寛の度重なる歌舞伎批判[3]や「文学」誌上での歌舞伎論争[4]などは有名である。言い換えれば、「芝居」はあまりに娯楽的で生活に密着しているがゆえに文学の場では軽視されてきたともいえよう。思えば「著作道書キ上ゲ」の時点で既に、「歌舞伎作者とは自然別有る儀に御座候間」と戯作者と歌舞伎作者の峻別が宣言されていたのだ。しかし、「芝居」は決して近代文学の中から排除されはしなかった。その大衆性ゆえに、題材として、引用として、描写の一部として、重要な役割を占め続けた。「芝居」見物が今日よりも遥かに日常的な行為であった明治・大正・昭和期の読者は、少なくとも現代の読者より「芝居」に関する素養があり、こうした同時代の読者はテクスト中の「芝居」の引用にもおそらく敏感であっただろう。「忠臣蔵」というコードが今や若者に通じなくなったといわれるように、当時は一般常識の範囲内であった事象も、時代の変遷によって注釈が必要となる。こうした現象は時代を経るにつれ加速していくだろう。つまり本研究の狙いは、一定数の同時代人にとって当たり前なものとして共有されていた「芝居」の知識を研究の俎上に載せることで、テクストを今一度読み替えることにある。

本研究において斎藤緑雨の小説テクストを取り上げるのは、日本近代文学史において、緑雨が伝統的な日本の「芝居」に最も精通した文学者の一人だと考えられるためであり、かつ、摂取した知識を自作に惜しみなく発揮していると判断できるためである。明治二十年代という日本近代文学の黎明期、同時代の文学者たちが外国語や外国文学へと傾斜していた反面、緑雨の関心は江戸へと向いていた[5]。同時代人すら驚愕するほどの「芝居」への知識はおそらく、日本近代文学における「芝居」摂取の一つの到達点を示すものであろう。

一方、日記、手紙、文学作品といった先行テクストの換骨奪胎を得意とする太宰治の小説テクストもまた、「芝居」とは切り離せない関係にある。太宰研究では仏蘭西文学、中国文学、聖書といった外国文学の影響が多く取り沙汰される傾向にあるが、太宰もまた、義太夫節の稽古の経験を持ち、十五世市村羽左衛門について言及する[6]などと、「芝居」に馴染みが深い文学者であった。事実、太宰の小説には、「芝居」に言及しているものや「芝居」をモチーフとしたものが数多く見受けられる。太宰の「芝居」表象が面白いのは、それが決して衒学的な態度ではなく、常に生活と密着したものとして登場している点にある。太宰の小説テクストは、日常生活に溶け込んだ

「芝居」表象を分析するには恰好の対象だといえよう。

さて、こうした「芝居」の中で、特に着目したいのが「見立て」という概念である。「見立て」とは共通点を媒介にある対象と異なる対象とを接近させていく行為であり、歌舞伎をはじめとする「芝居」を考える上で欠かせない概念でもある。「見立て」という技法が和歌を中心に日本の古典文学に多く取り入れられていることは広く知られているが、近代文学の場合、こうした技法はむしろパロディや模倣といった概念から捉えられる方が一般的であろう。本研究では、こうした事象を敢えて「見立て」という極めて「芝居」的な観点から捉えることで、近代文学におけるインターテクスチュアリティの問題を、「芝居」の問題と接続する足掛かりとしていきたい。

本研究における二つ目のキーワードは「女性」である。むろん、この語の指し示す範囲はあまりに広範であり、日本近代文学における「女性」全般の究明といった網羅的な研究はとても本研究の手には負えない。そこで、本研究では太宰治の「女語り」、太宰研究上の語彙でいえば〈女性独白体〉における「女性」へと問題を局限して分析を加えていく。

ここで少し、〈女性独白体〉の概観を説明しておこう。太宰治テクストの中に、「女性」の語り手によるモノローグ形式を持つテクストが十六篇ある。

「燈籠」（「若草」昭和12年10月）
「女生徒」（「文学界」昭和14年4月）
「葉桜と魔笛」（「若草」昭和14年6月）
「皮膚と心」（「文学界」昭和14年11月）

「誰も知らぬ」（「若草」昭和15年4月）
「きりぎりす」（「新潮」昭和15年11月）
「千代女」（「改造」昭和16年6月）
「恥」（「婦人画報」昭和17年1月）
「十二月八日」（「婦人公論」昭和17年2月）
「待つ」（創作集『女性』博文館、昭和17年6月）
「雪の夜の話」（「少女の友」昭和19年5月）
「貨幣」（「婦人朝日」昭和21年2月）
「ヴィヨンの妻」（「展望」昭和22年3月）
「斜陽」（「新潮」昭和22年7月～10月）
「おさん」（「改造」昭和22年10月）
「饗応夫人」（「光 CLARTE」昭和23年1月）

これらは「女語り」とも呼ばれるが、「女の独り言の形式」「女の独白形式の小説」という太宰自身の言葉から[7]、研究上は〈女性独白体〉という呼称が一般的である。なお、本研究でも、従来の慣習に従いこれらのテクスト群を基本的には〈女性独白体〉と呼ぶことにする。

これらの発表時期をみると、太宰治のいわゆる「沈黙」の時期に最初の〈女性独白体〉テクストである「燈籠」が発表されており、以降、およそ十年に亘ってこの形式のテクストが絶えず書き続けられていることがわかる。「若草」「婦人画報」「婦人公論」「少女の友」「婦人朝日」といったいわゆる「女性」向けの雑誌のみならず、「文学界」「改造」「新潮」といった有力な文芸誌にも掲載されている。

語り手の「女性」によるモノローグという大まかな形式は通底しているものの、それぞれが異なる物語を有し、一枚岩ではない〈女性独白体〉テクスト群の全てを覆い尽くすような一貫性のある見解は未だ提出されているとはいえない。さらに、ジェンダーの多様性が当然のものとして認められつつある現在、語り手が「女性」である（と判断できる）といった単純な理由からこれらのテクストを特権化することには些か抵抗がある。とするならば、急務なのは、語り手の性別だけを理由に本質主義的に定義されてきた〈女性独白体〉という概念の更新であろう。〈女性独白体〉という分類をこの先も有効なものとして延命していくためには、〈女性独白体〉という定義を現在のジェンダー概念を踏まえつつ再定義する必要がある。要するに、本研究は〈女性独白体〉と呼ばれるテクスト群を新たな視点から眼差すための一つの試みなのである。

二、本研究の構成について

本研究は、序章と終章に加え、以下の三章及び附章の合計十四節から構成される。

第一章「近代とは何か―明治二十年代と「芝居」―」は「芝居」をテーマとした章であり、斎藤緑雨の小説テクストを中心に明治二十年代のテクストを取り扱う。本章では、引用される歌舞伎・浄瑠璃・常磐津といった「芝居」に関する事柄を足掛かりとしながら論じている。第一章では、日本近代文学における「近代」の問題について、その成立の時点に遡り、小説・批評という側面から明らかにすることを目的としている。

第一節「斎藤緑雨「かくれんぼ」論―「芝居」という装置―」では、「かくれんぼ」（『文学世界』春陽堂、明治24年7月）における数多くの「芝居」の引用のうち、主人公山村俊雄が準えられる人物が登場する『心中天網島《しんじゅうてんのあみじま》』［近松門左衛門、享保5年初演］、『梅暦辰巳園《うめごよみたつみのその》（梅暦《うめごよみ》）』［為永春水、明治3年初演］、『助六縁江戸桜《すけろくゆかりのえどざくら》』［不明、正徳3年初演］、『戻《もどり》橋恋角文字《ばしこひのつのもじ》』［河竹黙阿弥、明治23年初演］という四つの演目に着目し、本テクストにおける「心理」描写の様相を論じていく。さらに本節では、「芝居」に始まり「芝居」に終わるこのテクストそれ自体が「芝居」化していくという構造を指摘するとともに、緑雨が前近代的・反近代的であるという従来の評価に疑義を呈し、緑雨の近代性を明らかにする。

第二節「斎藤緑雨「油地獄」論―「女殺」を欠く〈地獄〉―」では、「油地獄」（『国会』明治24年5月30日～6月23日）が近松研究会をはじめとする明治二十年代の近松門左衛門ブームや明治二十年代の『女殺油地獄《をんなころしあぶらのぢごく》』［近松門左衛門、享保6年初演］の再発見を反映したテクストであることを明らかにする。緑雨の「油地獄」と近松の『女殺油地獄』という二つのテクストの往還によって、「油地獄」における一見滑稽な目賀田貞之進の〈地獄〉が、「女殺」という感情や身体の接触を欠く、内面に閉じられた〈地獄〉として具体化していく様相を論証していく。

第三節「斎藤緑雨「門三味線」論―常磐津の物語―」では、「門三味線」（『読売新聞』明治28年7月26日～8月25日）が常磐津を描く物語であると同時に、「門三味線」という物語自体が一つの音曲となっているという仕組みを明らかにする。また、従来「富本や清元の文句」あるいは「端唄調のことば」であると認識されていた章題の出典を詳らかにし、二十三の章題の全てが常磐津の詞章の引用であることを明らかにする。

第四節「坪内逍遙「梓神子」論―近代への接続―」では、逍遙の「新文字」である「梓神子」（『読売新聞』明治24年5月15日～6月17日）について検討する。というのも、「梓神子」は同時代の「芝居」の認識について大きな示唆を与えるからである。「梓神子」では曲亭馬琴、井原西鶴、近松門左衛門といった狂言作者の霊が明治二十年代における文壇の批評状況を次々と批判していく。本節では、「梓神子」というテクストが梓神子という前時代の装置によって前近代性を装いつつも、前近代と近代を接続していることを明らかにし、従来没理想論争の前哨戦であると過小評価されてきた本テクストが〈近代批評〉の始点となっていることを論じていく。

第二章 「太宰治の「女語り」①―構築される「女性」―」では、近代・言文一致とは何かという問いを既に乗り越えたところから始まる、太宰治の〈女性独白体〉テクストを「女性」という観点から検討する。

第一節 「太宰治「燈籠」論―〈記録〉される言葉と〈記憶〉による語り―」は、〈女性独白体〉テクストの嚆矢とされる「燈籠」（「若草」昭和12年10月）について論じている。主人公「さき子」は「女性」であることを演出しながら自身の物語を「独白」していく。本節では、調書、新聞記事、「水野」の手紙のような〈記録〉される言葉を、〈記憶〉を基に語られ、他者による介入が不可能な「さき子」の語り（=「独白」）が解消していく動きを抽出することで、〈女性独白体〉という概念を再考していく。

第二節 「太宰治「きりぎりす」論―〈剝奪〉の先の希求―」では、高見順によって指摘された「女のエゴチズム」という評価の解体を目論んでいる。他者の言葉を剽窃し続けた結果、自分の言葉を奪われていく「あなた」と、「あなた」に弁解の余地を与えないまま徹底して言葉を〈剝奪〉していく「私」の姿から浮上するのは、「女」という性別には決して由来しない「私」の「エゴチズム」である。

第三節 「太宰治「千代女」論―「わからな」い少女―」では、「千代女」（「改造」昭和16年6月）を自己認識と他者認識の齟齬によって自らの「わからな」さに陥った「和子」が、語りによって「女」を確信していく物語であると読み解く。「なんにも書けない低能の文学少女」と「天才少女」という相反する自己評価、否定する対象である「千代女」という対象がいずれも「女」であることを意味付けていく。

第四節「太宰治「皮膚と心」論―「女」化する「私」―」では、「皮膚と心」（「文学界」昭和14年11月）の検討を通して、〈女性独白体〉における「女性」が所与のものではなく構築主義的に成立していることを明らかにし、語り手が何者かに変化する物語として読み解いていく。

第五節「太宰治「待つ」論―待つてゐる「私」の〈姿勢〉―」では、「待つ」（『女性』博文館、昭和17年6月）が〈コント〉として発表された事情を踏まえながら、語る「私」の〈姿勢〉attitude及びposition に着目して論じていく。対象を問題とせず到来そのものをひたすらに〈待つ〉「私」の〈姿勢〉から既成の価値観念に対する批評性を読み取り、その批評性こそが本テクストを〈コント〉たらしめていることを解き明かすことに狙いがある。

第六節「太宰治「饗応夫人」論―「饗応夫人」になる「私」―」では、「ウメちゃん」が「奥さま」に同一化していく物語として「饗応夫人」（「光CLARTE」昭和23年1月）を読解することで、「饗応夫人」というタイトルが「奥さま」のみを意味するのではなく、「奥さま」の「饗応」を語り、「奥さま」の「饗応」に同化していく「私」＝「ウメちゃん」をもその範囲に含んでいることを明らかにする。

第三章「太宰治の「女語り」②―「芝居」の中の「女性」―」では、〈女性独白体〉テクストである「おさん」（「改造」昭和22年10月）と「ヴィヨンの妻」（「展望」昭和22年3月）を「女性」と「芝居」の両者に着目して論じる。第三章では、典拠・引用元である「芝居」と太宰テクストとの差異が物語上で重要な役割を果たしていることを明らかにし、従来の解釈とは全く異なる太宰テクストの解釈を提出することを狙いとしている。

第一節「太宰治「おさん」論―小春の欠如と見立てられた「おさん」―」は、「おさん」とその典拠近松門左衛門『心中天網島《しんじゅうてんのあみじま》』〔享保5年12月初演〕等の懸隔に着目した論である。小春が欠如しており「女同士の義理」が成立しない本テクストでは「私」はおさん足り得ない。しかし、「私」は「夫」を治兵衛へと「見立て」、「その女のひと」を小春的存在として「見立て」の対象とする二重の手続きによって、自らをおさんに「見立て」る。さらに、従来「妻の態度の豹変」と捉えられてきた末尾の描写を、歌舞伎・人形浄瑠璃の「愛想尽かし」であると読み替えていく。

第二節「太宰治「ヴィヨンの妻」論—『仮名手本忠臣蔵』への接近と離脱—」は、「ヴィヨンの妻」の読み替えを試みた論である。「私」を二世竹田出雲・三好松洛・並木千柳の『仮名手本忠臣蔵《かなでほんちゅうしんぐら》』〔寛延1年初演〕における登場人物「おかる」へと「見立て」る「へえ？　奥さん、とんだ、おかるだね。」という一文を補助線にすることで、「ヴィヨンの妻」は新たな面貌を呈する。「人非人」と誹られた勘平が自害する『仮名手本忠臣蔵』とのインターテクスチュアリティの中に「人非人でもいいぢやないの。私たちは、生きてゐさへすればいいのよ。」という一文を置くことで、この末尾は従来の理解とは全く異なる意味を帯びてくるのである。

また、**附章「コリア語からの視点—翻訳と物語—」**は、日本文学の韓国語訳や作中に描かれた韓国語表現に着目した章である。韓国語訳・韓国語表現でありながらも章題に敢えて「コリア語」という語を採用したのは、「韓国語」と範囲を限ることで見えなくなるものの存在に自覚的でありたいがためである。これらは本書の主題である「見立て」や「女語り」の問題と直接かかわるものではないが、近現代文学への多面的なアプローチという観点から附章として掲載した。

第一節「翻訳の〈境界〉—森敦「天上の眺め」と「天上에서」—」は、森敦の「天上の眺め」（「ポリタイア」昭和47年6月）とその韓国語翻訳である「天上에서」（「日本研究」昭和49年7月）を比較することで、翻訳という行為の持つ可能性を検討した論である。従来の森敦文学研究で導入されてきた〈にて〉〈まで〉という思索方法を媒

介に二つのテクストを検討すると、「天上の眺め」と「天上에서」では明らかに異なる物語世界が展開されていることが浮上してくる。しかし、これはテクストが誤訳されているということを意味しない。この物語世界の変化が翻訳の本質であり、翻訳テクストは原文を逆照射し得るものとなるのだ。これこそが、言語間翻訳という行為が持つ可能性なのである。

第二節「李良枝「由熙《ユヒ》」論――「우리《ウリ》」（われわれ）という「우리《ウリ》」（cage）――」は、従来韓国（語）／日本（語）という二項対立で捉えられてきた「由熙」（『群像』昭和63年11月）の読みを解体し、「複数の」項目における対立を浮上させる試みである。由熙の韓国語が서울말《ソウルマル》を標準語・正しい韓国語とする規範意識から逸脱するが故に「オンニ」によって非難されていたことを指摘することで、「由熙」における「우리」が、共同体を形成する「われわれ」を指す言葉であると同時に、「cage・檻」としての「우리」、「울타리（fence・囲い）」としての「우리」として機能していたことを明かしている。

　以上の十四節を通して、近代文学における「女性」と「芝居」の問題を、「見立て」と「女語り」の観点から考えていきたい。

【注】

（1）こうした定義は、三好行雄や柄谷行人、前田愛などの業績に則っている。ただし、最新の研究ではこのような旧来の定義に対して疑義が呈されていることも付け加えておく。

（2）ただし、江戸期から明治期への連続性に着目した優れた研究として、前田愛や興津要等の業績がある。

（3）例えば「劇及劇場について」（『解放』大正8年6月）や「演劇私議」（『人間』大正9年2月）、「劇壇時事」（『演劇新潮』昭和2年3月）など。

（4）昭和26年9月～昭和27年8月に繰り広げられた論争。桑原武夫が歌舞伎の封建制を批判し、近藤忠義、猪野謙二が応酬した。
（5）むろん本研究は緑雨と外国との接点を否定するものではない。
（6）「放心について」（「もの思ふ葦（その一）」「日本浪曼派」昭和10年12月）及び「敵」（「もの思ふ葦（その二）」「作品」昭和11年1月）や「男女川と羽左」（「都新聞」昭和16年1月5日、『薄明』（新紀元社、昭和21年11月）収載時に「男女川と羽左衛門」へと改題）など。
（7）創作集『女性』「あとがき」（博文館、昭和17年6月）

第一章　近代とは何か——明治二十年代と「芝居」——

第一節　斎藤緑雨「かくれんぼ」論―「芝居」という装置―

一、はじめに――「かくれんぼ」の近代性

斎藤緑雨の『かくれんぼ』（明治24年7月）は、春陽堂の新作小説叢刊『文学世界』の第六巻として書き下ろしで出版された。「緑雨醒客」の署名が付された本篇には、初心な若旦那・山村俊雄が芸者たちとの交渉を通して色恋の沙汰を知り、「名代の色悪」へと変貌していく過程が描かれる。今日新聞の社長、小西義敬に連れられて吉原・柳橋で覚えた芸者遊びの体験が生かされているといわれ、言文一致体で書かれた「油地獄」（「国会」明治24年5月30日～6月23日）とともに緑雨の代表的な花柳小説である本作は、既に辛辣な批評家として新聞紙上に名を馳せていた緑雨を、小説家として改めて文壇に知らしめた。

引用や掛詞、縁語、地口に満ちた緻密なその文体は、新時代の文学として言文一致体を獲得・確立しようと格闘する同時代文学者たちの動きと些か異なっている。それは、題材や物語内容も同様であろう。

前時代に回帰するかのような、いわば「戯作」性とも呼べるものを巡って、発表時から現在に至るまで本作の評価は二分している。時代の潮流に逆らう、緑雨の江戸趣味が発揮された作としてその「反近代」性が肯定的に評価され得る半面、描かれる内容・人物が類型的であるとして「個人」や「心理」の描写の欠如という「前近代」性を読み込むことも可能なのだ。

むろん、このような見方は緑雨の文学史的な位置付けを考える上で妥当かつ有効である。しかし、「前近代」「反近代」という言葉の指し示すものは、検討しておく必要があろう。つまり、本稿が投げかけたいのは、「かくれんぼ」はむしろ「近代」的な物語なのではないかという問いである。「近代性」検討の端緒として、本稿では、ともすれば「前近代」的要素と見做されてしまいがちな「芝居」の引用に着目する。

二、同時代評／先行研究

緑雨歿後に刊行された明治著名人へのインタビュー集『唾玉集』[1]において、緑雨は創作の動機を以下のように回想している。

彼の頃（二十四年）色つぽいものと云へば、硯友社の受持で、其れが奈何だと云へば、例の佳人才子を少々向きを変へたばかり、何でそんなものが色つぽいものか、と云ふやうな料簡と、今一つは、其の頃はやツた恋は神聖だといふ説が癪にさわツたこと丶、此の外に又、あれを書く気に自分をさせたのは、魯文以来、千篇一律になツた芸娼妓ものが、猥褻だと云ふんで排斥されてゐましたネ、此の風潮に対してヤケにさかさまに出かけて見やうと思ツたので、芸娼妓だツて恋を知ツてゐるし、人間らしい所もあると云ふのを見せてやらう、と云ツたやうなつもりで、『かくれんぼ』の如き途方もないものを書いたが、

要するに、「かくれんぼ」は硯友社・北村透谷をはじめとする同時代文学や、芸娼妓ものの排斥という当時の

傾向への批判を込めて執筆されたことが明かされているのだ。むろん、これは「かくれんぼ」執筆から幾分時間が経過してからの回想であり、同時代評の力学が働いているため、全面的に信用するには慎重を要する。そこで、ここでは、作者の側からみると「かくれんぼ」が世の中への批判という方向性を有していたことを確認しておくに留めたい。ただし、この作者の言説は、研究史に影響を与えたという点で重要である。というのも、後にみるように、作者の批判意識が作品にいかに表出されているかという問題が論点の一つとなっていくからである。

続いて、同時代評をみてみよう。無署名「文藝時評」[2]では、「軽薄なる文字、此の上もなし。何処に妙味があるや更には分らず。平々凡々の猥褻小説と謂ふべし」と手厳しい評価が下されている。また、F.C.A「かくれんぼ」[3]では、「山村俊雄なるものは情浅く意思弱き軽薄男子にして罵るの価値あらず」と俊雄が評価され、「国会新聞嚢に小説「油地獄」あり、其観察極めて深刻鋭利にして能く山村俊雄如き軟弱男子の堕落を細写せり。其著者登仙坊なるもの緑雨の分身なりと聞く。芳し緑雨にして登仙坊の観察点を誤らず山村俊雄にシンパシーを起して更に細かに描写せば「かくれんぼ」は猶ほ十倍の妙味を有したるならむ」と「油地獄」との比較を通して「かくれんぼ」の描写に否定的な見解を示している。また、無署名「かくれんぼ」[4]では、「元より此作ハ人物の性質を先にしたる作にあらねバ主人公の俊雄が浮上ぼりになッてゐるにハあらず小春も冬吉も只ぽッと見えるばかりなれど若しそれをわるいといはバ五人女も一代女も同じ非難をまぬがれがたし甘い」とこの作の主眼を読み解いている。

このように、同時代評では、「妙味」、つまり「観察点」や細かな「描写」の欠如、「人物の性質」には主眼が置かれていないことが既に指摘されている。

この見解は、昭和期の「かくれんぼ」評価にも引き継がれていく。例えば湯地孝「解説」[5]は「かくれんぼ」を「通の文学」と位置付けながら、本作が「主人公の成行・彼を取巻く女達の人物や心理」よりも、「成行や人物によつて成立つてゐる世界を描かうとしてゐる」と指摘し、「花明柳暗の巷の表裏を、芸者と客との交渉の種々相を描き出し、そこにいろいろの場合や関係をくつきりと展開して見せ、以て遊びなるものがどういふものであるかといふ、その間の消息を、作全体の上から伝へやうとしてゐる」と説いている。また、伊藤整「近代日本人の発想の諸形式」[6]は、「悪の勝利であり、善悪の区別感の喪失であり、愛情や真実よりもハズミや気転や擬悪主義が人間をより深く左右する、という認識がこの短篇に盛られている」と指摘している。つまり、「かくれんぼ」では成行や人物・心理といった個人や個ではなく「世界」を、そして「遊び」を描写しているという見方がなされ、その物語内容の「悪」や「擬悪主義」が論点の一つとなっているのである。

平成に入ってからは、緑雨が『唾玉集』で言及していた批判性・批評性へと眼が向けられるようになる。池田一彦論[7]は、『かくれんぼ』は現代文学・思潮への小説の形をとった「批評」なのである。主題・題材だけでなくそこに盛られた思想や特異の文体全体が、一つの批評としての反時代的な現代小説を形成している」とし、「言文一致に端を発して所謂近代的文体が漸くその形を整えつつある時期、『かくれんぼ』の批評性・反時代性を最も強く保証するものは、第一にその文体であったと言ってよいように思う」と述べている。

また、河合恒論[8]では、「意識的な雅号の使い分けが可能にした批評家〈正直正太夫〉から小説家〈緑雨醒客〉への批評という形式は、自己の相対化を文字どおり構図として顕現させたという点で、緑雨の自己批評の姿勢を他の緑雨のどの序文よりも如実にうかがわせる」とし、〈叙〉から『かくれんぼ』が文壇の流れに逆行するものであることを充分すぎるほどに認識する緑雨の眼差し」と「それでもなお、あえてこのような作品を書いていくことを改めて選択した緑雨の姿勢」を読み取っている。

　さらに、粟飯原匡伸論は、[9]「緑雨は『かくれんぼ』において、俊雄の物語を基調としながらも、あえて特定の人物造詣《ママ》や具体的な心理描写をせず、人物を特定の〈個〉から解放し、そして類型として引用を多彩に織り込み、人間を系統立てて捉え、俊雄を物語と古典演芸のテクストの中を自由に往還させることで、登場人物を超えた普遍的な人間の本質を鋭く照射していくことを意識したのではないだろうか」と述べ、『かくれんぼ』における江戸趣味や江戸回帰には、取り残された戯作者という緑雨の限界などではなく、むしろ実体のついてこない急速な荒唐無稽な変化に対する緑雨の強い批判的姿勢のあらわれを認めることができる」と評価している。

　このような先行研究は、「かくれんぼ」の「批評」や「批判」の内実が両義的であることを示していよう。つまり、一方では緑雨の自己批評・自己批判として、他方では緑雨が他者を批評・批判するものとしてこの物語は享受され得るのである。さらに、人物造型や心理描写が意図的に排除されていることも読み解かれている。

　先行研究からは、「かくれんぼ」の評価が二分していることが確認できる。つまり、「人物の性質」や「心理」描写の欠如、類型的であるという点に「前近代性」を見出しこれを批判する方向と、時代の潮流に逆らい、明治24年という時代に非‐言文一致体で書かれていることを「反近代性」の表出として肯定的に受け取る方向である。「前近代」と取るか「反近代」と取るかは議論の分かれるところだが、結局、両者はこの物語が近代ではないという意識に裏打ちされている点で一致している。これに対し、本稿が示したいのは、「かくれんぼ」の「近代性」という新たな側面である。

　近代小説が成立したいま、「かくれんぼ」から個人及び「心理」の欠如を読み取り、内容や題材のみならず引用や掛詞、縁語、地口に満ちた緻密なその文体に緑雨の「前近代性」や「反近代性」を事後的にみるのは容易い。しかし、明治二十年代という特殊性を考え併せれば、近代文学の正統と見做されることのない「かくれんぼ」には、日本の近代小説がその成立の過程で切り捨てていったものの一端を窺うことができよう。

　また、この物語を類型的だというためには、まずその類型の内実を検討しなければならない筈である。少し先廻りになるが、「かくれんぼ」の物語内容を確認すると、そこには類型から遊離する描写が数多く見られるのだ。「かくれんぼ」は実に、歌舞伎・浄瑠璃といった当時の「芝居」の引用に満ちている。典拠を明らかにする先行論や注釈[10]は示唆に富むものの、「芝居」の内容にまで踏み込んだ読解には至っていない。主人公俊雄が準えられる「芝居」を精査すると、彼の自己に対する認識と他者が彼を眼差す認識の「皮肉」なまでの乖離が浮かび上がる。とすると、従来、欠如が指摘されてきた「個人」や「心理」の描写は、「芝居」の引用という形で丹念に書き込まれていることになる。

　本稿では、前近代へと回収されがちな「芝居」を本作がいかに引用し、その結果いかに近代的な要素が出現したかを明らかにすることで、近代小説としての「かくれんぼ」の位置を検討する。

三、「かくれんぼ」の時代性

「かくれんぼ」の前近代性が取り沙汰される一つの要因として、その文体が挙げられる。そこで、本作の文体の特異性を考えるために、言文一致体について確認したい。言文一致体とは、周知のとおり、話し言葉と書き言葉を限りなく一致させていこうという試みから生まれた文体を指す。新文体の確立を目指す言文一致運動は明治十年代終盤に隆盛を極め、様々な理論書や実作が誕生した[11]。

　そのような流れの中で、明治24年に本作は成稿される。こうしてみると、新時代の文学として言文一致体を獲得・確立しようとする気運とまるで逆行するかのような位置に、緑雨の、あるいは「かくれんぼ」の文体はあるように思われる。事実、緑雨が同時代の作家らと些か異なる位置にいたことを馬場孤蝶は後に証言している。[12]

> 明治二十二、三年頃からして、新文壇にさへもう二三の団結ができてゐた。硯友社派、早稲田派、民友社派などがその主なものであつた。緑雨君はその孰れにも属して居らず、当時では、それらの新文学者からは蔑視されてゐたところの旧戯作派の畑に近い小新聞の雑報記者の間から身を起して、独力、独歩で、当時の大作家として実力と地位とを獲得した人である。それで、緑雨君の作物には、その文体に於て、その取材の方向に於て、当時の文学の中では、極めて特異なる個性が顕然と表はれて居る

ただし、「油地獄」では、言文一致体が採択されている事実を併せて考えて置く必要があろう。緑雨は、言文一致体を書かなかった、あるいは書けなかったという訳では決してないのだ。

さらに、注意しなければならないのは、非‐言文一致体を採択する緑雨の態度が、時代への反発であるとは単純には受け取れないという点である。というのも、明治21年頃から、急進的な欧化主義政策への保守的反動として国粋主義が台頭していたからである。例えば、三宅雪嶺・志賀重昂・杉浦重剛らは政教社を設立し、機関誌「日本人」で国粋保存主義を唱え、西洋文化を咀嚼した上で摂取すべきであると主張した。同年、陸羯南も新聞「日本」を創刊し、国民主義を主張している。さらに、文壇においても、明治22年秋ごろから、西鶴調の雅俗折衷体が流行するなど、各界で欧化主義の見直しが行われていた。これは、「芝居」の場合も同様である。政府による歌舞伎の高尚化・近代化の要請を受け、明治19年に末松謙澄らにより演劇改良会が結成され、実証的な時代物や

残酷・猥雑な場面を省いた世話物の上映が目指される演劇改良運動が行われていたが、これも明治23年頃には収束し、成功したとは決していえなかった。つまり、見方を変えれば、緑雨の作品や文体は、そのような同時代の動きの反映であるとも受け取れるのである。むろん、反発の時期は長く続かず、不平等条約改正実現のために再び欧化政策が推し進められるようになるのだが、「かくれんぼ」執筆時は、ちょうどそのような反動の時期に位置していたことを押さえておくべきであろう。

緑雨が文体に意識的な作家であったことは疑いようがない。例えば、前掲『唾玉集』[13]では、「一体綿密でありますから校正が喧しくて、同じ「し」といふ仮名でも句の初めへ出るのは「志」に直すとか同じ「は」の字でも「ワ」と訓む所は「ハ」を嵌めるとか、斯んな事には非常に注意をされました」と回想されているように、緑雨は文体、文字に対して繊細なこだわりをみせている。

言文一致運動の揺れ動きの中で、緑雨が実際に新文体を試みていたこと、その上で敢えて「かくれんぼ」において文語体という非 - 言文一致体が選択されたことは重要であろう。そして、本稿では、緻密な積み上げを必要とするこの文体の採用と「芝居」の引用の問題が少なからずかかわっているのだと読み解きたいのである。そこで、「芝居」の引用に焦点を当てながら、「かくれんぼ」の文体の特徴を検討していきたい。

四、「芝居」の引用（＝「記憶」）

「かくれんぼ」という作品名自体が、既に「芝居」を彷彿させるものである。題名、さらに花柳界を舞台にしているという設定から、「芝居」に造詣が深い読者であれば、直ちに、『仮名手本《かなでほん》忠臣蔵《ちゅうしんぐら》』［二世竹田出雲・三好松洛・

並木千柳、寛延1年初演〕の七段目、「祇園一力茶屋の場」の発端を思い出すであろう。

敵の目を晦ますために祇園町の廓で遊蕩する大星由良助。酩酊して千鳥足の由良助は、目隠しをされた状態で、「〽由良鬼や　待たえ　手の鳴る方へ」という唄と手を叩く音を頼りに大勢の遊女・太鼓持ちらを追いかける。「めんない千鳥」、俗に「かくれ鬼」や「目隠し鬼」とも呼ばれる賑やかなこの幕開きは、廓遊びの華やかさが絵巻物のように展開される印象的な場面であるが、花柳界で行われるかくれんぼという行為は、このように華やかでありながら艶かしい、座敷での遊戯を想起させる効果を持っている。

本作は、直接的な「芝居」の引用に満ちている。本文の検討に入る前に、ここで引用という言葉について整理しておきたい。ここでの引用とは、作者である緑雨（正確には正直正太夫という署名が使われている）が「初学小説心得」[14]の中で用いた「記憶」という概念と一致している。正太夫は、「習うて得る」引用を「記憶」とし、「記憶ハ小説作者の必ず具備すべき条件なりとす」「記憶は小説を産む」「正太夫は記憶を一の学問と心得たり」と述べているが、本稿では、このような意味で用いられる行為を仮に引用と名付けておくことにしよう。

ちなみに、この正直正太夫という筆名も、「芝居」である『伊勢音頭《いせおんど》恋寝刃《こいのねたば》』〔近松徳三、寛永8年初演〕の第二幕、「太々講の場」の登場人物に由来する。第二幕は、通しで上演されない限り殆どかかることのない場であるため、あまり馴染みがないかもしれない。神官正太夫は、悪計をめぐらすものの愛嬌がある、コミカルな役どころであるが、「芝居」の本筋からすれば決して重要なポジションではない。そのような人物に自らを準えて批評を行う緑雨からは、批評家としての彼の戦略が透けて見えるのだが、批評家正直正太夫に関する考察は本稿の主題から逸れるのでここまでに留めておく。

さらに、「芝居」という言葉も整理しておく必要があろう。「かくれんぼ」本文にある「団十菊五を島原に見た帰り」という物語の内容から、本稿では「芝居」として主に歌舞伎を想定しているが、浄瑠璃・狂言・舞踊などをも含む総合的な演劇形式を指し示すため、本文中の言葉（「今日観た芝居咄」）を用いて「芝居」と表現している。ここでの「芝居」とは、戯曲・狂言台本のみを指し示すのではなく、語られ、歌われ、演じられる、その音・目・耳を動員して役者と観客によって〈場〉が形成される演劇様式としての「芝居」を指していることを強調しておきたい[15]。

さて、「かくれんぼ」の冒頭は以下のように始まる。

秀吉金冠を戴きたりと雖も五右衛門四天を着けたりと雖も猿か友市生れた時は同じ乳呑児なり太閤たると大盗たると聾が聞かば音は異るまじきも変るハ塵の世の虫けらどもが栄枯窮達一度が末代とは阿房陀羅経も亦之れを説けり　お噺は山村俊雄と申すふところ育ち団十菊五を島原に見た帰り途飯だけの突合と兎在る二階へ連れ込まれたがそも〳〵の端緒

「かくれんぼ」の語りが、明らかに「芝居」から始まっていることがわかる。「秀吉」と「五右衛門」は、『楼門《さんもん》（金門《きんもん》）五三桐《ごさんのきり》』［初代並木五瓶、安永7年初演］・『木下蔭狭間合戦《このしたかげはざまがっせん》』［若竹笛躬ほか、寛永1年初演］といった「芝居」で敵同士とされている。「金冠」つまり権威・富の象徴を戴く「秀吉」と、「四天」つまり大盗賊を象徴する歌舞伎の衣装を着用する「五右衛門」が、出生時には共に同じ「乳呑児」に過ぎなかったことに加え、「太閤」（タイコウ）と「大盗」（タイトウ）の音の類似性を指摘することで両者の差異を打ち消している。同じ庚申に生れたといわれる「秀吉」と「五右衛門」が、「太閤」つまり天下人と「大盗」つまり大泥棒という反転した立場になる運命の悪戯が多くの物語を惹起したのに対し、この記述は、その反転が見せかけのものに過ぎないことを明かしているのである。

さらに注目すべきは、この「お噺」で語られていく一連の出来事が、九代目市川団十郎と五代目尾上菊五郎の「島原」＝新富座での「芝居噺」を観劇した後の出来事であることが殊更に語られている点である。島原が立ち退いた後、島原は新富町と名前を変えた。その六丁目に劇場が新築されたため、明治の人々は元の地名にちなみ、新富座を「島原」と呼んだのである。このように、文章の上でも、物語内容の上でも、「かくれんぼ」では「芝居」が端緒となっていることがわかるだろう。

続く場面で、主人公俊雄は同伴の男と共に座敷に上がり、芸者小春と出会う。

> 小春俊雄は語呂が悪い蜆川の御厄介にハならぬことだと同伴の男が頓着なく混返すほど猶逡巡みしたるが孰か知らん異日の治兵衛はこの俊雄今宵が色酒の浸初め鳳雛麟児は母の胎内を出でし日の仮り名にとゞめてあはれ評判の秀才もこれよりぞ無茶となりける

同伴の男は、『心中天網島《しんじゆうてんのあみじま》』〔近松門左衛門、享保5年初演〕の紙屋治兵衛と遊女紀伊国屋小春に俊雄と小春を準えており、語り手もそれを引き継いでいる。「孰か知らん異日の治兵衛はこの俊雄」という言葉は、後日を知っている語り手による批評的な言説であることを示していよう。

俊雄が小春と馴染みになる様子は、例えば「相生《あひおひ》の松」（謡曲『高砂』〔世阿弥、初演不明〕や歌舞伎・浄瑠璃『文武相生松《ぶんぶあひおひのまつ》』〔作者不明、享保11年初演〕『相生源氏松緑葉《あひおひげんじまつのみどりば》』〔並木舎五柳、明治23年初演〕）のように、「芝居」を彷彿させる語彙を用いながら語られていく。「行義よくてハ成難いがこの辺の恋の辻占」というように、その語りには随所に語り手の判断が挿入されている。「俊雄君閣下」という慇懃無礼な呼称は、語り手による俊雄に対する皮肉にも捉えられよう。語り手は、登場人物に癒着しすぎることはなく一定の距離を取る。

随所に散りばめられた「芝居」の引用のうち、ここで一部について書いて置きたい。「五斗兵衛が末胤酔へば三郎づれが鉄砲の音位ゐにハびくりともせぬ強者」とは、泉三郎の鉄砲の音で目を覚ます五斗兵衛盛次のエピソードに由来するが、これも三段目の通称「五斗三番叟」で知られる『義経腰越状《よしつねこしごえじゃう》』〔千簬荘または並木永輔、宝暦3年初演〕などの引用であり、「新田足利」という言葉からは『心霊矢口渡《しんれいやぐちのわたし》』〔福内鬼外、明和7年初演〕などをはじめとする太平記ものの「芝居」が思い出されるだろう。

このように、数多くの引用を差し挟みつつ、語りは小春そしてお夏と俊雄の交渉へと展開していく。

おしゆんは伝兵衛おさんハ茂兵衛小春は俊雄と相場が極れば望みの如く浮名は広まり逢ふだけが命の四畳半に差向ひの置炬燵トント逆上ますると哢はれて其頃は嬉しく偶まかけちがへバ互ひの名を右や左や灰へ曲書一里を千里と帰つたあくる夜千里を一里と復た出て来て顔合せればそれで気が済む雛さま事罪のない遊びと歌川の内儀からが評判したりしが或夜会話の欠乏から容赦のない欠伸防ぎにお前と一番の仲よしハと俊雄が出した即題を儂より歳一つ上のお夏呼んで遣つてと小春の口から説勧めた答案が後日の祟り

前述の『心中天網島《しんじゅうてんのあみじま》』における小春と治兵衛の設定を受け継ぎながら、通称「堀川」として知られる『近頃河原達引《ちかごろかはらのたてひき》』〔作者不明、天明2年（人形浄瑠璃）・天明5年初演（歌舞伎）〕などのおしゆん伝兵衛、『大経師昔暦《だいきょうじむかしごよみ》』

［近松門左衛門、正徳5年（人形浄瑠璃）・正徳5年（歌舞伎）初演］などのおさん茂兵衛に小春と俊雄は並置されている。つまり、心中（『心中天網島』『近頃河原達引』）、磔（『大経師昔暦』）といった悲恋・死のイメージに二人は準えられているのだ。

ここで「置炬燵」という語が使用されているのは、『心中天網島』の改作『心中紙屋治兵衛《しんじゆうかみやじへえ》』［近松半二、安永7年初演］をさらに改作した『天網島時雨炬燵《てんのあみじましぐれのこたつ》』からの連想であろう。「置炬燵」という言葉には、炬燵でうたた寝をする治兵衛の姿が引用されており、本作の文章が実に緻密に積み上げられていることがわかる。

小春とお夏、二人の俊雄を巡るいざこざは、次のように語られる。

> 思へばこの味ひが恋の誠と俊雄は精一杯小春をなだめ唐琴屋二代の嫡孫色男の免許状をみづから拝受し暫くお夏への足をぬきしが波心楼の大一坐に小春お夏が婦多川の昔を今に、

「唐琴屋二代の嫡孫色男」とはつまり、『梅暦辰巳園《うめごよみたつみのその》（梅暦《うめごよみ》）』［為永春水、明治3年初演］、現在では『梅ごよみ』［木村錦花、昭和2年初演］として上演される「梅暦」の丹次郎のことを指している。とすると、「婦多川の昔を今に」とは、米八・仇吉による丹次郎をめぐる喧嘩に、小春・お夏を準えた表現であるといえよう。

ここまでの場面で引用された「芝居」のいくつかについて言及して置こう。「番頭丈八が昔語り」とは「お駒才三」として知られる『恋娘昔八丈《こひむすめむかしはちじやう》』［松貫四・吉田角丸、安永4年初演］のことである。また、「小春はお染の母を学んで」とあるが、「お染の母」とはお染久松ものとして知られる『新版歌祭文《しんぱんうたざいもん》』［近松半二、安永9年初演］のお常あるいは『於染久松《おそめひさまつ》色読売《うきなのよみうり》』［鶴谷南北、文化10年初演］の貞昌のことを指す。「千古不変万世不朽の胸づくし鐘にござる数々の怨みを特に前髪に命じて」とは、安珍・清姫伝説を元とし、「〽鐘にうらみが数々ござる」という長唄の詞章で有名な『京鹿子娘道成寺《きやうがのこむすめだうじやうじ》』〔藤本斗文、宝暦3年初演〕からの引用である。この「道成寺」は「かくれんぼ」冒頭部で俊雄が見たという九代目団十郎も得意とした演目の一つとして知られていることから、この物語では一つひとつの言葉が緻密に連関していることが改めて理解できよう。これらは皆、引用元となる「芝居」における状況や境遇との類似性によって引用され、「芝居」の登場人物と「かくれんぼ」の登場人物の状況や境遇を重ねることで、引用元の「芝居」そのものが持つ物語内容や、それに伴う豊かなイメージを喚起させる効果を持つ。むろん、そのイメージの全てが物語の筋に影響を与えているわけではないが、このような引用を繰り返し行うことで、和歌の本歌取りのように表現の重層化が図られるのである。

さて、俊雄は小春とお夏のみならず、秋子とも交渉するようになるが、その際、「脆いと申せば女程脆いは御座らぬ女を説くハ智力金力権力腕力この四つを除けて他に求むべき道は御座らねど」「是即ち女受の秘訣色師たる者の具備すべき必要条件」というように、「女」とはどういうものであるのか、「女受の秘訣」は何であるかという色事に関する批評的な語りが展開されていく。これらは、はじめは初心であった俊雄が、色事の作法を会得したことを示す語りである。

この場面で着目すべきは、小春、お夏、秋子との間の痴情の縺れを、『らいふ、おぶ、やまむらとしを』へ特筆大書すべき始末となりしに」と語っている点である。というのも、ここから、俊雄の人生を物語化するような志向が窺えるからである。

そして、語りはその事態を「俊雄も聊か辟易したるが弱きを扶けて強きを挫くと江戸で逢たる長兵衛殿を応用しおれハおれだと小春お夏を跳飛ばし泣るなら泣けと悪ッぽく出た」と『浮世柄比翼稲妻《うきづかひよくのいなづま》（御存鈴ヶ森）』〔四世鶴谷南北、文政６年初演」において白井権八を助ける幡随院長兵衛を「応用」して語る。「芝居」における任侠長兵衛はまさに大役であり、このような状況で長兵衛のような大きい役を引き合いに出すのは些か滑稽であるといえよう。また、直前で小春とお夏を「若女形で行く不破名古屋」とするのも、『浮世柄比翼稲妻』からの引用であり、ここでもこの文章が緻密に彫琢されていることが窺える。

語りは、さらに冬吉、小露との交渉、そして俊雄の花柳界通いからの一時撤退へと移る。「それ倩らいろは四十七文字を按ずるに、こちや登詰めたるやまけの「ま」が脱ければ残る所の「やけ」となるハ自然の理なり」という一文があるが、これは、「やまけ」という字の「ま」が脱ければ（「間抜け」との掛詞）「やけ」（自棄）という字が残るという言葉遊びである。このように、滑稽味のある、戯文的な表現が「かくれんぼ」の文体を為している。そしてこれこそが、「かくれんぼ」の文体の独自性であろう。本作では音の類似性によって一つひとつの語が互いに連関し、その言葉によって語られる内容もまたそれぞれ密接に結び付いている。その緻密さが滑稽味を帯びて表現されているところに、「かくれんぼ」の文体の特異性はあるのだ。同時に、このような表現が、読者の教養に依存する形で成立している点は注目に値する。むろん、読書行為の中で、必ずしもこの緻密な文体を全て読み解く必要はないだろう。それを読み解くという行為は読者の解釈の範疇にあり、「かくれんぼ」の文体とは次元の異なる問題であるともいえる。しかし、頻りに引用と言葉遊びを散りばめるこの文体は、他のテクストや表現によって自身のテクストの意味を決定付けようとする意図的な構成戦略が明らかに透けて見える。読者に高度な教養を要求するこの文体は、ある意味で読者を選ぶようなものであるともいえるのだ。

また、ここで「肱を落書の墨の痕淋漓たる十露盤に突いて湯銭を貸本にかすり春水翁を地下に瞑せしむるの儔」と為永春水の名が出て来るのは、唐琴屋の丹次郎からの繋がりである。

既に述べたように、語りは無条件に俊雄に寄り添うものではない。例えば、「二言目にハ女で食ふといへど女で食ふハ禽語楼の所謂実母散と清婦湯他ハ一度女に食れて後の事なり」「自堕落ハ馴れるに早く何日迄も血気熾んと我れから信用を剃で除けたまゝの皮何うなるものかと沈着居たるがさて朝夕を共にするとなれば各〻の心易立から襤褸が現はれ」というように、語りには、語り手の批評的言説が差し挟まれている。

物語は、雪江、お霜との交渉、そして俊雄が「名代の色悪」へと変貌したことが語られ最後となる。お霜に責められた俊雄は、「先祖の助六さまへ」済まないと、歌舞伎十八番の一つである『助六《すけろく》縁《ゆかりの》江戸《えど》桜《ざくら》』〔不明、正徳3年〕の助六を自身の先祖に位置付ける。「先祖の助六」に「済まない」というのは江戸っ子の常套句であるが、お霜に謝り倒している状況で、江戸一番の伊達男の末裔であると自ら述べる俊雄は実に滑稽であろう。

この最終場面で特徴的な点は、「最う千秋楽と俊雄ハ幕を切り」というように、「千秋楽」「幕切り」という「芝居」の用語が援用されていることである。

　村様の村ハむら気のむら、三十前から綱でハ行かぬ恐ろしの腕と戻橋の狂言以来かげの仇名を小百合と呼ばれあれと云へば点頭かぬ者のない名代の色悪変ると云ふハ世より心不目出度し〳〵

ここでは「戻橋の狂言」が言及されるが、これは本作発表前年の11月、歌舞伎座の中幕で初演された「戻橋」〔河竹黙阿弥、明治23年初演〕、本名題『戻橋《もどばし》恋《こひの》角《つの》文字《もじ》』を指す。初演時、鬼女は本作冒頭に登場した五世菊五郎、綱は二世市川左団次であった。

俊雄は坂田金時、卜部季武、碓井貞光とともに源頼光に仕えた渡辺綱ではなく、実は鬼女であった小百合という仇名で呼ばれる。「村様のむら」「むら気のむら」「綱」という音の連想から「戻橋」が導き出され、そこから「綱」と並ぶ「小百合」へと言葉が繋がっていることがわかるだろう。

ちなみに「変ると云ふハ世より心」とは、『仮名手本忠臣蔵《かなでほんちゅうしんぐら》』［二世竹田出雲・三好松洛・並木千柳、寛延1年初演］九段目「山科閑居の場」の「〽移り変るは世の習　変らぬは親心」からの引用である。

以上みてきたように、「かくれんぼ」は、俊雄が「色悪」という「芝居」の役へと変貌していく物語であるといえる。もちろん、立役ではなく女形である小百合は「色悪」ではないのだが、この点については後に詳述したい。

五、俊雄が準える／準えられる「芝居」

「かくれんぼ」の物語内容を確認したところで、本作に引用された様々な「芝居」の中でも、俊雄が自らを準える、あるいは、俊雄が他者から準えられる「芝居」に着目したい。というのも、これらの「芝居」には、状況や境遇の類似性から引用され、そのイメージによって表現の重層化を図るという機能だけに留まらない、着目すべき機能や特徴があると考えられるからである。

まず、一つ目が、『心中天網島《しんじゅうてんのあみじま》』の紙屋治兵衛である。

> 着たる糸織の襟を内々直したる初心さ小春俊雄は語呂が悪い蜆川の御厄介にハならぬことだと同伴の男が頓着なく混返すほど猶逡巡みしたるが孰か知らん異日の治兵衛はこの俊雄今宵が色酒の浸初め鳳雛麟児は母の胎内を出でし日の仮り名にとゞめてあはれ評判の秀才もこれよりぞ無茶となりける［…］おしゆんは伝兵衛

おさんハ茂兵衛小春は俊雄と相場が極れば望みの如く浮名は広まり逢ふだけが命の四畳半に差向ひの置炬燵トンと逆上まするとと唄はれて其頃は嬉しく偶まかけちがへバ互ひの名を右や左や灰へ曲書一里を千里と帰つたあくる夜千里を一里と復た出て来て顔合せればそれで気が済む雛さま事罪のない遊びと歌川の内儀からが評判したりしが

「小春俊雄」「蜆川」という言葉から窺えるように、同伴の男や世間といった他者が俊雄を紙屋治兵衛に準えていることがわかる。『心中天網島』では、治兵衛の妻おさんとの義理に苦しみながらも、小春と治兵衛は網島の大長寺で心中する。二人は手に手を取って心中へと赴くが、大長寺までの間、天神橋から過ぎて来たいくつもの橋を振り返り、「あれ見や」とその先にある橋を指し示し、死への道を歩む道行「名残の橋づくし」は有名である。このことから、治兵衛に準えられる俊雄には死のイメージが付与されていることがわかる。ただし、ここで付与される死のイメージとは、必ずしもマイナスなものではない。例えば「心中」つまり情死は「心中立」の際たる姿であり、「心中もの」という物語の範疇を越えて流行の現象となったことはよく知られている。死が相手への義理立てを意味するという「心中」の意味を考えれば、死のイメージとの重ね合わせは恋仲の絶頂の姿と捉えることも可能なのだ。

二つ目の「芝居」は、「梅暦」である。

思へばこの味ひが恋の誠と俊雄ハ精一杯小春をなだめ唐琴屋二代の嫡孫色男の免許状をみづから拝受し暫くお夏への足をぬきしが波心楼の大一坐に小春お夏が婦多川の昔を今に、何うやら話せる幕があつたと聞きそれもならぬと又福よしへまぐれ込みお夏を呼べばお夏ハお夏名誉賞牌を孰らへとも落しかねるを小春が見るから又かと泣て懸るに最うふツつりと浮気ハせぬと砂糖八分の申開厭気といふも実ハ未練

このように、小春とお夏に取り合いをされる俊雄は、自身を「梅暦」の丹次郎として積極的に準えている。「梅暦」というと、「かくれんぼ」発表の後に上演される木村錦花による現行『梅ごよみ』（昭和2年初演）の印象が強いが、この『梅ごよみ』は、明治3年に上演された『梅暦辰巳園《うめごよみたつみのその》』を基に作られたという。「婦多川」での顛末、つまり仇吉が丹次郎のために仕立てた羽織を踏む「芝居」で有名な喧嘩の場面は、春水の原作では『梅暦辰巳之園』に該当する。丹次郎は米八・仇吉・お長（蝶）に愛され貢がれる色男であり、そこに死の影はない。むしろ、生命力に溢れた人物であるとさえいえよう。俊雄は、生のイメージを抱かせる人物に自らを位置付けるのである。

三つ目の「芝居」は、『助六《すけろく》縁《ゆかりの》江戸《えど》桜《ざくら》』である。

お霜ハほんとゝ口を明いてあきるゝこと曲亭流を以てせバ半晌許兎も角大事ない顔なれど潰されたうらみを言て〳〵言まくらうと俊雄の跡をつけねらひ、それでも貴郎ハ済ますするか、済まぬ〳〵真実済まぬ、屹度済ませぬか、屹度済ませぬ、其済まぬハ誰へで御座ります、先祖の助六さまへ、何で御座んすと振上げてぶつ真似のお霜の手を俊雄は執らへ是ではなお済むまいと恋ハ追々下へ落て遂にふたりが水と魚との交を隔て

このように、俊雄は自身の先祖に助六を位置付ける。ここからは、助六の末裔であるという俊雄の自己認識が窺えよう。史実上の助六は花魁揚巻と心中したのであるが、「芝居」における助六は心中や死の要素が抹消され、

実は曽我の五郎時致であったと明かされる。最終的に髯の意休を討ち果たす助六は、江戸一番の伊達男であり、喧嘩の強い人物である。つまり、生のイメージが付与された人物の血筋に俊雄は自己を準えているのである。

四つ目の「芝居」は、「戻橋」である。

> 村様の村ハむら気のむら、三十前から綱でハ行かぬ恐ろしの腕と戻橋の狂言以来かげの仇名を小百合と呼ばれあれと云へば点頭かぬ者のない名代の色悪変ると云ふハ世より心不目出度し〳〵

このように、俊雄は「戻橋」の上演以来、実は鬼女であった小百合に他者から準えられている。歌舞伎舞踊『戻橋《もどりばし》恋角文字《こひのつのもじ》』では、渡辺綱は一条戻橋で美しい娘・小百合と出会うが、水面に映る影を見た綱は、小百合が実は愛宕山の悪鬼であることを知り、その片腕を切り落とす。小百合は黒雲の中に消え、「〽失せにけり」という常磐津の語りとともに幕切れとなる。とすると、ここでも他者から俊雄に死のイメージが付与されていることがわかる。

以上、四つの「芝居」から、生のイメージと自らを結び付けようとする俊雄の「心理」が窺える。むろん、ここでの「心理」は、苦悩や葛藤といった内面の告白と直ちに結びつくような、一般的に想起される近代小説における「心理」とは些か異なる。しかし、ここからは、自身を生命力溢れる人物へと重ねようとする俊雄の心の在り方、精神作用が確かに窺えるのである。つまり、「かくれんぼ」には、「芝居」の引用という形で、俊雄という個人の姿、心情が書き込まれているのである。

本作で引用される「芝居」の中でも、俊雄が自らを準える、あるいは他者に準えられる「芝居」は、元の物語が持つイメージを単に踏襲し、増幅させるのではない。引用元の「芝居」を参照することで強調されるのは、その類似性ではなく、むしろその「芝居」との差異なのである。つまり、ここでの引用とは既存の「芝居」を引き継ぎ補完するものとして機能している訳ではなく、元となる「芝居」に対して批評的距離を保ちながら新たな解釈を生み出していく行為なのである。そしてその差異性の中に、「心理」とも言い換え可能な、俊雄の在り方の独自性が見出せるのである。

また、他者による評価は死を志向しており、自己認識は生を志向しているという、アイデンティティ（＝自分は何者であるのか）とポジショナリティ（＝他者が自分を何者と名指しているか）のズレを、この物語は図らずも開示する。これはまさに、「個人」という概念がもたらす近代の問題である。

たしかに、「芝居」とは類型であり、「芝居」をただ羅列しただけではそこから「心理」を導き出すことはできない。本作で引用される「芝居」の多くは、既存の物語の登場人物の状況や境遇、つまり「芝居」の類型を巧みに利用し、重層的なイメージを効果的に喚起させてきた。そのような引用の中に、この物語独自の「心理」を読み取ることは難しい。重要なのは、本作ではそのような一般的な機能に留まらない引用が、俊雄の自己認識や他者からの認識に関わる語りの中で行われていたということである。「芝居」の類型をそのまま踏襲したのでは、それによって俊雄の独自性を発揮することは難しい。しかし、「芝居」が元々有する類型性と、物語内容の異なる様々な「芝居」をコラージュして積み重ねたイメージとの落差によって、既存の類型としての「芝居」の登場人物とは異なる俊雄の姿が見出されるのである。そしてその差異化された姿こそが、類型へと回帰されない、俊雄の「個人」としての姿なのである。

俊雄は、他者による評価が示す「死」、自己認識である「生」のどちらに偏るのでもなく、乖離した二つの狭間に存在する。「死」や「生」とは、物語の類型の極致でもある。ここでは、幾多の「心中もの」のように主人公が「死」を選ぶ物語になることも、またその裏返しである「生」を選ぶ物語になることもない。二つの可能性が提示されながらも、「死」という類型にも「生」という類型にも陥らないことがまさに、俊雄が類型から抜け出している証拠であり、俊雄の独自性が描かれているということなのだ。[16]

そもそも自己とは他者との不断の対立関係や緊張関係から見出され更新される概念であることを踏まえれば、自己への認識と他者からの認識の落差に葛藤が生じない、むしろ断絶している点こそがこの物語の近代性だといえよう。というのも、このような在り方は、自我の目覚めた個人が社会とぶつかり葛藤するという近代文学のパターンの裏返しだからである。近代的自我の問題を前に懊悩することがない俊雄の姿は、近代を提示しながら、類型に陥った他の近代小説を逆照射する。さらにいえば、この点がまさに緑雨文学の特徴ともいえる「皮肉冷笑」であると取ることも可能かもしれない。

思うに、これは歌舞伎における「思入れ」と相似する「心理」描写の方法なのである。歌舞伎では、顔の表情に個性的な表現を許さず、動作と姿態がそれを代行する。特別に俳優に心理状態を描写させるくだりでは、「ト思入れあって」とト書きして俳優の工夫に任せ、そのト書きの全てに感情心理の型を含めさせるのだ。[17]ここまで確認してきたように、「かくれんぼ」では、殊更に自身を生のイメージと結び付けようとする俊雄の「心理」ともいえるものが、俊雄が自身を丹次郎や助六という「芝居」の登場人物に準える行為によって暗に示されていた。このような俊雄の心の在り方を語りによって描写することも可能であろう。現に、登場人物の内面を語りによって表現するような心理描写が近代文学の標準的な方法となっている。しかし、「かくれんぼ」ではそのような方法は採用されない。語りによって詳述するのではなく、引用という〈型〉で、しかもその〈型〉をいくつも重ね、本来の姿からずらすことによって、「心理」を表現するのである。それは、俳優が「思入れ」という表現によって観客側に「心理」の読み取りを委ねるように、「心理」の読み取りを読者に委ねる行為であるともいえる。先行論が捉えてきた「心理」描写の欠如とは、この委ねられた「心理」の読み取りを受け取らなかったことを意味するのだろう。むろん、こうした引用による「心理」が近代の「心理」描写の姿であると主張したいのではない。「かくれんぼ」のこうした描写が、近代文学の「心理」描写の源流となった内海文三のそれと同列のリアリティを持つものだとは決していえないだろう。しかし、精細に描写されてこそ「心理」であり、「個人」の内面こそ全てであるという価値観を反転させ得る「かくれんぼ」の可能性に、また、そうした可能性が十分に残されていた明治24年という時点に、本稿では目を向けたいのである。

六、「芝居」としての「かくれんぼ」

「かくれんぼ」が「芝居」的な物語であることは概ね明確となったといえよう。その志向が直接的に表現された部分を今一度確認したい。

　小春ハ赤お夏ハ萌黄の天鵞絨を鼻緒にしたる下駄の音荒々しく俊雄秋子が妻も籠れり我れも籠れる武蔵野へ一度にどつと示威運動の吶声座敷が座敷だけ秋子は先刻逃水『らいふ、おぶ、やまむらとしを』へ特筆大書すべき始末となりしに俊雄も聊か辟易したるが二重鍵括弧を用い、『らいふ、おぶ、やまむらとしを』と名付けるこの語りは、俊雄の人生の評伝化を行っている。しかし、「かくれんぼ」が極めて「芝居」的な物語であることを念頭に置いたとき、この語りを出来事の物語化＝戯曲化として捉えることも可能だろう。それはつまり、俊雄の出来事の「芝居」化なのである。

山村の定紋負てハ居ぬとお霜が櫛へ蒔絵した日を最う千秋楽と俊雄ハ幕を切り元木の冬吉へ再び焼附いた腐れ縁燃盛る噂に雪江お霜は顔見合せ鼠繻珍の煙草入を奥歯で噛んで畳の上敷きへ投りつけ扨てハ村様か目が足りなんだと其あくる日の髪結にまで当り散らし欺されて啼く月夜烏まよはぬこと、触廻りしより村様の村ハむら気のむら、三十前から綱では行かぬ恐ろしの腕と戻橋の狂言以来かげの仇名を小百合と呼ばれあれと云へば点頭かぬ者のない名代の色悪変ると云ふハ世より心不目出度し〳〵

「千秋楽」「幕を切り」と俊雄の行動・状況を「芝居」の用語で準えている。また、物語を通して、俊雄が初心という状態から「色悪」という「芝居」の役柄へと変貌していることがわかる。歌舞伎の役柄である「色悪」とは、敵役の一つである。表面は二枚目であるが、色事を演じながら、実は残酷な悪人で、女を裏切る悪人の役のことを指す[18]。つまり「色悪」は立役の一種であるため、女形である小百合とは直接的には重ならないのである。とすると、この言葉は小百合に掛かっているのではなく、花柳界での交渉を通して変貌した俊雄の有様を指し示すことになる。そのような意味で、「かくれんぼ」は俊雄が役柄化する物語であるといえるのだ。

さらに、「不目出度し〳〵」と「かくれんぼ」を顕在的な形で物語化し、まるでチョンと柝を打つような幕切れを演出する語りで「かくれんぼ」は擱筆されるのである。

そもそも、「かくれんぼ」の舞台である花柳界という場所自体が「芝居」的な場であることは言を俟たない。芸者と客は座敷という舞台で疑似的な恋愛関係を演じる。「かくれんぼ」では、小春、お夏をはじめとする女たちは芸者という役を、客である俊雄は旦那という役を見事に演じているのだ。

このように、「かくれんぼ」からは、語られた俊雄の人生を物語化＝「芝居」化するような語りが窺える。「かくれんぼ」というこの物語自体が「芝居」化しているのである。それは、「かくれんぼ」が単に虚構の物語であるという意味に留まらない。「芝居」にはじまり「芝居」に終わるこの作品では、引用や地口に満ちた文体が常に先行する「芝居」を想起させながら、物語自体も「芝居」化していくという意味で、二重に作用しているといえるのだ。

七、おわりに――「芝居」という装置

本稿では、「芝居」に着目して「かくれんぼ」の考察を試みた。引用される「芝居」を丹念に追うと、先行論ではその欠如が指摘されてきた個人の「心理」が、（事後的にみると）近代小説の正統とされる方法とは異なった形で、丹念に書き込まれていたことがわかる。

「芝居」とは虚構の世界に遊ぶ行為であるが、かくれんぼという遊戯を題名とするこの虚構の物語もまた「芝居」であるといえる。

栗飯原匡伸論[19]は、

引用の多くは、タイトル、人物、語句、主題に限られ、他のテクストのイメージを印象的に立ち上げ表現に重層性を与えているが、一読して引用が分かるものも多くあるものの、その大半は地の文に埋没された形で表現されていく。こういった引用を探しだしていく作業もまた〈かくれんぼ〉ということができるのかもしれない。

と首肯すべき意見を述べている。むろん、他のテクストにもそのような側面はあるが、このテクストはそれが顕著であるという点に特徴があろう。「かくれんぼ」は、かくれんぼ＝潜在している引用と戯れる必要のある、遊戯を求めるテクストであるのだ。

「かくれんぼ」の文体は非常に「戯作」的である。縁語・類語・掛詞・地口・洒落・引用といった、音や意味による類似性によって引き出されていく技芸としての言葉の多層性・豊穣性は、（例外はあるものの）近代小説がその成立過程で捨象していった要素の一つである。他の言葉には代替不可能な、総てが連関するような緑雨のその緻密な文体は、語彙・文体のレベルでは極めて平板化していった日本の近代小説の姿を逆照射するだろう。[20]

近代小説成立の過渡期であった明治二十年代に書かれた「かくれんぼ」は、回顧的に見ればその後の文学史の王道になり得なかった。そのような意味で一見、「前近代」あるいは「反近代」のようにみえる「かくれんぼ」は、検討から明らかになったように実は近代的要素に満ちている。それは単に、本作が「大日本帝国憲法」「株式会社」「電話」「天気予報」「絵入新聞」という、同時代的・近代的な事項を文章中に取り入れたことを指しているのではない。近代小説を逆照射するような文体や俊雄の個としての姿、「心理」描写の在り方は、同時代を的確に捉えつつ、それを反転させているという意味で近代的なのである。そして、「かくれんぼ」において夥しく引用される様々な「芝居」は、先行する「芝居」との類似性・差異性の提示によって、「かくれんぼ」を既存のそれとは違う形の〈近代小説〉たらしめる装置として機能していたのであった。とするならば、殆ど無意識のうちに請け負ってきた、緑雨の文体や物語内容が近代的ではないという前提は、今一度改められなければならない。

【注】

（1）斎藤緑雨「かくれんぼ　故斎藤緑雨君談話」（伊原青々園、後藤宙外『唾玉集』春陽堂、明治39年9月）

（2）無署名「文藝時評」（「日本評論」明治24年7月）

（3）F.C.A「かくれんぼ」（「国民之友」明治24年9月）。F.C.Aとは不知庵、つまり内田魯庵のことである。

（4）無署名「かくれんぼ」（「読売新聞　附録」「批評」明治24年8月1日）。無署名だが、明治24年の「読売新聞」「批評」欄であることから、坪内逍遙による評であると判断できよう。

（5）湯地孝「解説」（『かくれんぼ』岩波文庫、昭和14年5月）

（6）伊藤整「近代日本人の発想の諸形式」（「思想」昭和28年2月、3月）

（7）池田一彦「斎藤緑雨『かくれんぼ』」（「國文學　解釈と教材の研究」平成6年6月）、『斎藤緑雨論攷』（おうふう、平成17年6月）所収。

（8）河合恒「斉藤緑雨『かくれんぼ』における〈叙〉の意義」（「國學院雑誌」平成17年10月）

（9）粟飯原匡伸「斎藤緑雨『かくれんぼ』における批評精神」（「國學院雑誌」平成18年3月）

（10）「かくれんぼ」には、吉田精一による註釈（『日本近代文学大系47　明治短篇集』（角川書店、昭和45年5月））や、花崎真也・川岸絢子による脚注（『明治の文学第15巻　斎藤緑雨』（筑摩書房、平成14年7月））、宗像和重による校注（『新日本古典文学大系明治篇29　風刺文学集』（岩波書店、平成17年10月））など充実した注釈が施されており、本稿もこれらの成果に負うところが多い。

（11）理論書としては、話し言葉に近い文体で書かれた円朝の速記本（三遊亭円朝『怪談牡丹燈籠』初版　全十三篇のうちの五、六篇（東京稗史出版社、明治17年8、9月））を評価した坪内逍遙の『小説神髄』（松月堂、明治18年9月〜明治19年4月）、物集高見の『言文一致』（平尾鍏蔵、明治19年3月）、矢野文雄の『日本文体文字新論』（報知社、明治19年3月）、末松謙澄の『日本文章論』（東京文学社、明治19年11月）、山田美妙「言文一致論概略」（「学海之指針」明治21年2月、3月）などが挙げられよう。実作としては二葉亭四迷の『新編浮雲』（金港堂、明治20年6月・明治21年2月、第三篇「都の花」明治23年7〜8月）や山田美妙の『夏木立』（金港堂、明治21年8月）などが有名である。

(12) 馬場孤蝶「緑雨君の作を選みて」（広津柳浪・川上眉山・斎藤緑雨『現代日本文学全集』7（改造社、昭和4年2月））

(13) 注（1）に同じ。

(14) 正直正太夫「初学小説心得」（「読売新聞」朝刊、明治23年2月14日〜3月14日）

(15) 作者緑雨に寄り沿えば、「油地獄」序文の中で、「歴史的妄想」「小説的妄想」について言及しつつ、物語の登場人物への同情・同化を「この場合にハ、これを小説と云ふより芝居と云ひたい」と述べ、小説と芝居を峻別している。

(16) 季節の名前が付され、代替可能な存在として描かれている芸者たちは類型であるともいえ、「女性」の「心理」が描かれていないとの批判も可能である。しかし、これは本作の問題というよりもむしろ近代文学の問題であり、同時代あるいはそれ以降の作品においても、同様の問題を孕む作品は枚挙に暇がない。本稿では、『心中天網島』と重ねるために「小春」の名が出現し、その「小春」という語が「お夏」「秋子」と次の言葉を産んでいく類語・縁語的な、言葉遊びの機能として芸者の名前が作用していることに意義を見出したい。

(17) 郡司正勝校注『日本古典文学大系98　歌舞伎十八番集』（岩波書店、昭和40年6月）「用語一覧」「思入れ」参照。

(18) 下中直也編『歌舞伎辞典』（平凡社、昭和58年11月）「色悪」参照。

(19) 注（9）に同じ。

(20) 言文一致体は、「文芸」「修辞」と表現可能な、読者の解釈の問題ではなく伝統として重ねられる語彙レベルでの言葉の重層性や豊かさを平板化してしまったと考えられる。「稲舟の否にはあらず」「身も住吉の」といった掛詞・洒落・地口のような、文語体では当たり前の如く行われていた言葉遊びが近代小説の文体の王道になり得なかったという点に、近代文学成立の過程で喪失されていったもののうちの一つを見出すことができるだろう。

第二節　斎藤緑雨「油地獄」論―「女殺」を欠く〈地獄〉―

一、はじめに――「油地獄」の評価

斎藤緑雨「油地獄」（明治24年5月30日～6月23日）は登仙坊の筆名で新聞「国会」に連載され、後に短篇集『油地獄』（春陽堂、明治24年11月）に収載された花柳小説である。この小説では、初心な書生目賀田貞之進が、柳橋の芸妓小歌に一方的な恋心を抱いて入れ揚げるものの、小歌はあっけなく他の男に落籍される。その事実を知った貞之進は忿怒・沈鬱し、鉄鍋で煮た油に小歌の写真を投込む。その油の中で溶けていく様子は、まさに油地獄というべき有様だったという内容である。「かくれんぼ」（『文学世界』春陽堂、明治24年7月）とともに、辛辣な批評家として知られる緑雨の存在を、小説家として文壇に知らしめた小説である。それとは裏腹に、緑雨や周辺人物による回想から[1]は、これが自身の代表作として評価される現状を懸念する意識が窺われる。とはいえ、緑雨の得意の作と見做され、好評を博した。

まず、同時代評に共通するのは、その観察力への着目[2]である。A.B.C. 評で「緑雨氏が社会人事を視るの眼」と「小太夫が紛々たる群小説に接するの皮肉なる批評眼」が同一と指摘されているように、皮肉屋として名を馳せていた緑雨の社会把握の仕方へと回収されている。

このような観察力は、主たる登場人物の心理描写の側面からも論じられている。「思い悩むこの主人公の心理解剖にこの作の中心があるので、その写実的な内面描写は極めて詳細」[3]と、貞之進の内面の描写という問題意識の下で理解されている。この点について、池田一彦論は「主人公の精細な心理描写を可能とした『油地獄』の言文一致の文体」[4]と述べる。これは、観察力や心理描写の問題と、言文一致という文体の問題を接続させ得る、貴重な指摘だといえよう。

また、先行作品との関係[5]も、論点の一つとなっている。池田論による無署名「今宗玄《いまそうげん》」（「東京朝日新聞」朝刊、明治24年5月8日）との詳細な比較はその代表的な例であるが、『女殺油地獄《をんなころしあぶらのぢごく》』〔近松門左衛門、享保6年初演〕のパロディである可能性を示唆した池田論・三好行雄論[6]はタイトルの問題を考える上からも意義深い。

本稿では、作品執筆の背景や経緯を知るために、明治期の近松受容の様子を明らかにする。なかでも、近松研究会での『女殺油地獄』の評価に焦点を当て、検討する。その上で、『女殺油地獄』から「油地獄」への影響について検証し、作品の新たな解釈を試みる。

二、『女殺油地獄』の活字化と近松研究会

『女殺油地獄』はタイトルの通り、殺人を描いた物語である。油屋を営む河内屋の次男与兵衛は、放蕩の果てに金銭に困窮し、自身の金の無心を断った同業者豊島屋の妻お吉を刀で惨殺する。日頃から与兵衛に親切に接していたお吉の必死の命乞いを切り捨てて、無慈悲に行われる油まみれの殺しの場は、まさに「もくぜん油の地獄」であった。

人形浄瑠璃として初演された『女殺油地獄』は、享保6（1721）年のそれ以降、再演の記録が確認できない。

昭和23年にNHKラジオで素浄瑠璃の「豊島屋油店の段」が放送されたことはあったが、『女殺油地獄』が復活上演されたのは、昭和37年の道頓堀文楽座である。お吉の三十五日の逮夜の日に与兵衛が捕まる大詰の「逮夜の段」までをも含む通しでの上演となると、昭和57年の国立劇場公演まで待たなければならない。また、歌舞伎としての初演は明治42年の大阪朝日座である。[7] 以降、『女殺油地獄』は歌舞伎の定番演目の一つとなっていくが、これは明治四十年代の出来事である。したがって、「油地獄」の作者緑雨が、作品執筆以前に上演された『女殺油地獄』を見ることは叶わず、観劇という点での接点を見出すことは不可能である。

一方で近松浄瑠璃の活字化は、『近松著作全書』1巻2巻（丸屋善七、明治14年11月・明治15年5月）にまで遡る。ただし、これには『女殺油地獄』が収載されていない。『女殺油地獄』の最初の活字本は、この作品発表の前年に発刊された。それが、有馬太郎編『女殺油地獄』（文学書院、明治24年3月）である。これを契機とするかのように、この浄瑠璃は立て続けに活字化される。早矢仕民治編『生玉心中・女殺油地獄』戯曲叢書第8冊（武蔵屋叢書閣、明治24年11月）、この叢書の合本として『近松世話浄瑠璃』（武蔵野叢書閣、明治25年1月）、さらには、岸上操編『義太夫文粋』下巻（博文館、明治26年5月）、山田武太郎編『日本浄瑠璃叢書』第2巻（明法堂、明治27年7月）と、明治二十年代だけでも複数の活字本が刊行された。こうした経緯で、『女殺油地獄』は比較的廉価で大量生産が可能な活字本として、容易に入手できるようになった。[8] したがって、『女殺油地獄』は明治十年代の版本の活字化の潮流に遅れて明治二十年代に再発見・流通されたのであり、そうした意味で、当時の出版界の流行を捉えた作品だといえよう。

この状況を反映したかのように、『女殺油地獄』は、この頃から文壇で盛んに言及され始めた。[9] このことは、同時代の『女殺油地獄』を読むことが、活字本によって行われていたことを示している。実際に、「国俗が近松の作を賞鑑することは今にはじまりたることにはあらねど其彼を美とする所以は此一二年間に於て大に変化せり」と指摘する明治25年の「早稲田文学」の記事[10]では、武蔵屋叢書閣による翻刻の完了が、近松世話浄瑠璃の再評価の契機の一つとして捉えられている。記事にて紹介された内田魯庵、饗庭篁村、坪内逍遙、北村透谷による批評の隆盛は、浄瑠璃の活字化に伴う現象であり、こうした動きは、演劇改良によって制約されていた旧来の世話物が、再び脚光を浴び始めたことを示すものだといえよう。

　活字化の動きとともに、明治二十年代の近松鑑賞を推し進めたもう一つの軸が、近松研究会である。明治23年冬に創設されたこの会は、坪内逍遙、綱島梁川、関根正直、伊原青々園、饗庭篁村、土井春曙、島村抱月、五十嵐力（巴千）、後藤宙外、水谷不倒、東儀鉄笛といった早稲田大学関係者が構成員となっており、相互に交友関係があることはよく知られている。由来・梗概や修辞といった従来の研究内容のみならず、西洋の文芸批評理論というアプローチから近松浄瑠璃を論じる立場をとり、その成果は、逍遙を中心とした回覧雑誌「葛の葉」（明治23年5月～明治24年7月、明治23年10月から「延葛集」と改題）や「早稲田文学」（明治24年10月～）などの誌上で順次発表されていった。この会の成果の集大成として、後に出版されたのが、『近松之研究』（春陽堂、明治33年11月）である。本書には、近松浄瑠璃の特定の一作に焦点が当てられた各論的な批評のみならず、近松世話物といったジャンルに関する論や、文学的な特質に関する論、評釈なども掲載されている。なお、「巻頭言」[11]では、近松研究会の発足や本書発刊の経緯が明かされている。

　同好相集りて巣林子研鑽の緒を発きしは、明治廿三年の冬なりしが年波の寄返るうちに、おなじ筋のしらべ積り〳〵て、此の一冊子をなすほどのかさとはなりぬ。いづれも一たびは雑誌などに掲げたりしものにて、今見れば、考の稚きも多かるをかく取纏めて世にいだすは、後の同好に同じやうのむだをさせじの心とうひ山ぶみの枝折ともなれかしと思ふ老婆心切のみ。

近松研究会という名称であるが、この名称が公式の場で用いられたのは、明治23年の創設から6年後、「早稲田文学」第1次第2期18号[12]である。実際に、回覧雑誌「延葛集」の時代には、この会は弥遠永会という名称で呼ばれていた。ただし、引用が示す通り、この時期の成果をも含めて近松研究会の成果と見做されているため、弥遠永会時代をも含めて近松研究会と考えても差し支えないだろう。

活字本出版による読者層の拡大に伴い、近松の研究もまた盛り上がりを見せた。その中心に位置していたのが近松研究会のメンバーであり、批評や評釈、あるいは校訂といった形で[13]ブームに貢献していた。いわば、「油地獄」と同時代に、近松研究会が牽引する形で、近松ブームが形成されていたということになる。

三、近松研究会の『女殺油地獄』評

近松研究会は、西洋の文芸批評理論を援用した批評を試みるという方針を採用していた。『女殺油地獄』は、明治二十年代にこのような方針の中で批評されたことを前提に読解する必要があり、こうした解釈こそが、この作品の同時代的な解釈であるといえる。西洋の文芸批評理論とは、具体的には「ダウデンやモールトンを師表」とした「須からく客観的、解釈的、帰納的」な新批評である。近松研究会を牽引した逍遥は、後に以下のように回想している。

比較的に近松の世話物がシェークスピヤに近いと言へる。君がたがシェークスピヤを自在に読破するやうになるまでのツナギに、近松物へ新批評法を適用して見てはどうだ？　思想を自由に発揮する為にもなり、文章の練習にもならうぢやないか、なぞと勧めた[14]

ここからは、二つのことが読み取れる。一つは、シェークスピヤの戯曲と比較的並び得るものとしての近松の世話物という評価、もう一つは、近松の世話物が、近代批評を試みる対象として相応しいという判断である。したがって、近松研究会は、近松の文章から近代的要素を見出す試みであると同時に、近代のフィルターを通した近松受容の実践でもあったといえるだろう。

このような批評のモードを念頭に置いて、逍遙による『女殺油地獄』評をみていきたい。「『女殺油地獄』を読みて所感を記す」（「日本評論」明治24年10月〜12月）[15]は、お吉殺しに至る「主人公」与兵衛の「心状」に生じた「主観の変動」に着目したもので、その悔恨説の是非で議論を巻き起こしていく。

手島屋にての慈母と義父との問答は人情の極致、一篇の精髄、浄瑠璃の圧巻、其子ならぬものもこれをきかば

“Turn his color and has tears in’s eyes.”

若しこれを舞台に登さば

“Would drown the stage with tears

＊＊＊＊＊

Makemad the guilty and appall the free,
Confound the ignorant, and amaze indeed
The very faculties of eyes and ears.”　…（A）

嗚呼何等のおそろしき活画ぞ、ダンカン王を殺して後のマクベスの述懐と頗る相肖たり「がらつく鍵の音」いかに百雷の一時におちかゝるが如く轟き“all the house”に鳴渡りけん殺す時には「心でお念仏南無あみだ」とつぶやきしも己に殺し了へて鍵の音雷と轟きwhen he “had most need of blessing” how “Amidabutsu” stuck in his throat?” 其薄氷を踏み焔を踏むや how “every noise appalled him?” たゞし与兵衛とマクベスとを比べば其意識上に大きなる相違あり、マクベスは君臣の義を解し人情義理を解し人情を解し我弑虐の大罪たることを意識して其君を弑殺す故に其怖るゝや意識の中より無意識に生じたる恐怖なり与兵衛は然らず人情を知らず義理を知らず人を殺すことの大罪たるを知らざるにはあらぬも其何故に非なるかは明かに知らず故に彼の怖るゝや死貌を見たる自然の刺撃なり即ち無意識の中より生じたる恐怖也　…（B）

引用文（A）は、豊島屋の戸口で、実母おさわと義父徳兵衛の自身に対する愛情の吐露を立ち聞きする場面での与兵衛の「心状」の変化を、引用文（B）は、お吉殺害直後の与兵衛の「心状」を、「The Tragicall Historie of Hamlet, Prince of Denmarke」（慶長６（１６０１）年頃）や「Macbeth」（慶長11（１６０６）年頃）の台詞を引用・改変（“Amen!”

から“Amidabutsu”へ）しつつ論じた箇所である。『女殺油地獄』の与兵衛とHamletやMacbethを重ねる逍遥評は、明らかにシェークスピヤを媒介にして『女殺油地獄』を読み解こうとしている。それは、単に類似する場面を抜き出し指摘しているのではない。人情や義理を解し、罪を自覚するがゆえに恐怖を意識の中から感じるMacbethを基準に与兵衛を捉えることで、逍遥は、罪の意識の欠如する与兵衛の恐怖が無意識の中から起きた反射的なものに過ぎないことを指摘する。直前の立ち聞きの場面で悔恨を覚えたはずの与兵衛が、その悔恨という「心状」の変化ゆえに、罪悪感の欠如した不条理な殺人を犯す。初演以降、長い間顧みられることのなかったこの浄瑠璃が、近代に入り高い評価を博したのは、逍遥のこの評に拠るところが大きい。そしてそれは、享保年間の大坂という過去の限られた時間や場所を生き、そうした特殊な環境下にのみ発動する「心状」を持つ人物としてではなく、逍遥の同時代に、さらには世界的に共有され得るような普遍的な「心状」を持つ人物として与兵衛を評価したからである。逍遥が見出したのは、複雑な家庭に育ち、罪悪感が欠如する孤独な若者という性格《キャラクター》に生じた「心状」の変化であり、その変化によって引き起こされた殺人という事件であった。こうした認識ゆえに、『女殺油地獄』は数多ある近松世話浄瑠璃の中でも、近代に通ずる物語として、明治二十年代から高く評価されてきた。与兵衛観は、逍遥が提唱した新批評の実践の結果であり、後の研究はこの評を中心に展開されていった。[16] このように、「油地獄」と同時代に、『女殺油地獄』は、逍遥が求める明治期における新しい文学の在り方を内在させた作品として見出されたのである。

　近松世話浄瑠璃、とりわけ『女殺油地獄』への新たな側面からの注目が明治二十年代に盛り上がりを見せていたことを踏まえたとき、「油地獄」を『女殺油地獄』との関連性を無視して読み解くことはできない。

　先行論では、緑雨の江戸趣味という見地から、「油地獄」と『女殺油地獄』の関連が可能性として提示されていたが[17]、むしろこれは、同時代の近松ブームの影響を受けて創作されたものであると、位置付けることが可能となった。したがって、暗黙裡に前近代や反近代[18]の意図が読み込まれてきた「油地獄」は、『女殺油地獄』の再発見という同時代状況を適確に反映した作品として、捉え直す必要がある。三好論では、「油地獄」と『女殺油地獄』の対照を「普通の読者が素直に読み解ける趣向ではな」いとしているが[19]、むしろこうしたブームの中に位置付けることで、「油地獄」の様相が明らかになるのである。

四、「引用」される『女殺油地獄』

それでは、「油地獄」は『女殺油地獄』をどのように吸収・変形しているのだろうか。まず問題としたいのは、両者の相互関係性を最も顕著に表すそのタイトルである。

油が末尾にしか登場しないことを踏まえたとき、「油地獄」というタイトルが、末尾の油煮の場面を象徴的に表しているとする解釈は、周知のことである。小歌の芸妓としての態度に恋愛的要素を過剰に読み込んでいた貞之進は、一方的なその感情を、双方向的なものと錯覚し、「約束したでもないことが心変りかのやうに思はれて」しまう。自身と小歌の関係性の現実を突き付けられた彼は、鍋に油を盛り火にかける。

油ハ次第に煮て大小の粒のぶつ〳〵と沸立つ頃から、貞之進の形相ハ自然に凄じくなつて、敲き附るやうに投込んだのハ小歌の写真で、くる〳〵と廻つて沈んだと思ふと直ぐ浮上り、十二三分が間に写真ハ焦げ爛れて、昨日迄ハ嬉しくながめられた目元口元、見る〳〵消て失つたを、まだ何か鍋の中に残つて居るやうに、貞之進ハ手を膝に突いて瞬きもせず屹と瞻詰めて其夜の明るのも知らなんだが、火勢漸く衰へて遂に灰になる時、貞之進の首ハ前に垂れて果ハ俯伏しになつて仕舞た。早起の秋元の女房が、猶ほ室内に残る煙に不審を立てゝ、何の臭ひかと貞之進の部屋の障子を、がらりと明けた其音に貞之進ハ驚き覚めて、ヤ小歌かと突然起つて足ハ畳に着かずふら／＼と駈寄つたが、あつと云て後退る女房の声と同時に、ぱつたり其所へ倒れて、無残、それからハ病の床。

貞之進は、「自然に凄じく」なる顔つきで、「小歌の写真」を油煮にする。彼の心中を推察すれば、確かに〈地獄〉に他ならないのであろうが、その内面が描かれていない以上、死や罰、責め苦が連想される〈地獄〉という語とは些か距離がある。ただし、この場面は池田論の指摘[20]により、「今宗玄《いまそうげん》」による趣向であることを書き添えておく。

そもそも、ここに至るまで、この作品全体の語り口は小歌が貞之進に対して気があると感じさせる言及を周到に回避し、商売上の対応に過ぎぬことがわかるよう配慮されていた。小歌ははじめから「「出」の姿」で登場している。手巾を渡すという小歌の親切も、「この多勢の宴会に一々お附申すのでハなけれど、出会つたまゝ先刻顔を覚えた客だと思へバ其処が商売で」というように、その意図は商売上のものとして明らかにされていた。さらに、二人の再会に際して、貞之進は小歌にとって「覚えがあるやうで思出せない」程度の存在であった。くわえて、貞之進の目の前で、小歌の「情郎」を匂わすあからさまな会話がなされてもいた。

そうしたことを勘案したとき、「小歌の落籍」という貞之進にとっての懲罰的結末は、当然の成り行きとさえいえる。思えば、「油地獄」において、貞之進の語られ方は初めから一つの方向性が貫かれていた。それは、貞之進が花柳界、ひいては対人関係に不慣れな人物であるというメッセージの反復である。貞之進の〈地獄〉は、

「もと〳〵口数の寡い、俗に謂ふ沈黙の方」であるという彼の気質によってのみ引き起こされた訳ではない。「親密な友達と云つてハ、貞之進に限つてひとりも無い」という序盤に提示された設定に、彼に親身になって客観的な意見を寄せる人物の不在はあらかじめ示唆されており、そこに貞之進が小歌に入れ揚げることとなる遠因は既に存在していた。したがって、貞之進の花柳界における挫折ははじめから明らかであり、この結末とそれに起因する油煮事件という行為が〈地獄〉であるとしたら、この〈地獄〉は、大袈裟で滑稽な貞之進の自己認識にしか回収できない。

本稿が同時代状況から繰り返し確認してきたことは、「油地獄」と『女殺油地獄』という二つの作品を往還して考える可能性や妥当性であった。ここで参照したいのは、「消る命の灯火は」という詞章から始まる、『女殺油地獄』の壮絶なお吉殺しの場面[21]である。

ほゑ立つるな女めと、喉笛の鎖を、ぐつと刺す、刺、れて、悩乱手足をもがき。そんなら声立まい、今死んでハ年はも、いかぬ三人の子が流浪する、其が可愛ひ、死とも無い、金も入程持て御座れ、助けて下され与兵衛様。ヲ、死に共ない筈、尤も〳〵、こなたの娘が可愛程、己も己を可愛がる親仁がいとしい、金払ふて男立ねばならぬ、あきらめて死んで下され、口で申せば人が聞、心でお念仏、南阿弥陀、南阿弥陀仏と、引寄て右手より左手の、ふと腹へ、刺てはゑぐり、抜てハ切、[…]庭も心も闇みに、打まく油、流る、血、踏のめらかし踏すべり、身内は血潮のあかづ、、赤鬼、邪見の角を振立て、お吉が身をきる剣の山、もくぜん油の地獄の苦痛、お吉の必死の命乞いは、聞き入れられるどころか、その言葉を受けた与兵衛によって、殺人行為の正当化に利用される。「刺てはゑぐり、抜てハ切」という与兵衛の執拗な手つきは、その凄惨さをありありと示している。ここに描かれているのは、「打まく油、流る、血、踏のめらかし踏すべり」という、身体のもつれを伴う油まみれでの殺人である。「もくぜん油の地獄の苦痛」と描写されるそれは、まさに〈油地獄〉と呼ぶべき惨状である。

このような〈油地獄〉、つまり『女殺油地獄』の〈地獄〉の中に貞之進の〈地獄〉を置いたとき、「油地獄」の新たな様相が明らかになる。「油地獄」において、油の中に投げ込まれるのは「小歌の写真」である。そこには、人間が油の中でのたうつ苦しみが描かれることはなく、したがって、そこに死と直結するような実体的な〈地獄〉は存在しない。しかし、〈油地獄〉という語によって、この作品では『女殺油地獄』の〈地獄〉のイメージが暗示的に「引用」されているのだ。その「引用」、つまり『女殺油地獄』との「対話」によって、貞之進の〈地獄〉は、具体的な〈地獄〉として再解釈され得るのである。ここでの「対話」とは、物語同士のそれであると同時に、読者側に要請される行為でもある。そうしたとき、「油地獄」は読み手に「対話」を要請する物語であるとも言い換えられるだろう。

渡辺保は歌舞伎の殺しの場における「殺される者と殺すもの」を繋ぐ「きずな」、「殺す側の憎悪」と「殺される側の感情」の表裏一体性を指摘している。[22]この観点を援用するならば、小歌の実体ですらない「写真」を煮るという貞之進の行為には、感情や身体の重なり合いも、両者を繋ぐきずなも存在しない。それは、徹頭徹尾一方的なものだといえる。ここには、芸妓と客という関係を、何とか恋として捉えようとする貞之進の、一方的な恋の蹉跌と破綻が描かれている。恋愛を獲得するための貞之進の足掻きはあくまで内向しており、小歌に直接的に働きかけることはない。

そうしたとき、「油地獄」と『女殺油地獄』という複数の作品の〈地獄〉から窺われるのは、貞之進の〈地獄〉がいかに個の内面という世界に閉じられた〈地獄〉であるかという点である。貞之進の揺れる主観は最終的に内向し、病を引き起こす。それは、他者に可視化されることのない「心状」の〈地獄〉である。

ある意味でその〈地獄〉は、硬直した一義的な〈地獄〉イメージを突き破るものでもある。「女殺」という〈地獄〉の欠如が逆説的にも貞之進の〈地獄〉を生み出す。つまり、ここに存在するのは、「油地獄」と『女殺油地獄』という二つの〈地獄物語〉の落差である。「油地獄」という作品を前にした際には、一人よがりの恋の懊悩とその挫折でしかなかった貞之進の滑稽な〈地獄〉は、「女殺」という感情や身体の接触すらできない貞之進の〈地獄〉へと具体化するのである。これが、二つの作品の往還から浮上する、〈油地獄〉という表象の解釈の可能性である。

お吉や実母、義父に情愛を受けながら「人情を知らず義理を知ら」[23]ない与兵衛と、小歌や友人から情愛を受けることがなかったがゆえに、「人情を知らず義理を知ら」ない貞之進。与兵衛の親不孝や非道、被害者お吉の凄惨な死はまさに悲劇であるが、貞之進の花柳界通いに起因する親不孝や、「女殺」の欠如、「病の床」という結末もまたある種の悲劇であろう。それは、二つの作品の緊張関係から見出される悲劇に過ぎないかもしれない。しかし、滑稽な物語としての「油地獄」という作品全体の解釈を変える一つの可能性ともなり得るのである。

五、おわりに——欠如する「女殺」

本稿では、「油地獄」を『女殺油地獄』との関係の中で読み解くという問題意識の下、同時代の言説を確認してきた。具体的には、近松浄瑠璃の活字化と近松研究会の活動という明治二十年代における近松ブームの様相を追い、近松の世話物の中でも、『女殺油地獄』が特に当時の出版事情や流行を捉えた、極めて同時代的な浄瑠璃であったことを明らかにした。同時代に再発見された『女殺油地獄』を反映した作品であることを前提としたとき、「油地獄」の新規性は、観察力や文体のみならず、同時代の流行を巧みに摂取した点にも認めることができる。

二作品の相互の関係性を考慮に入れたとき、死後の責め苦という字義通りの意味から距離の遠い「油地獄」における貞之進の〈地獄〉は、『女殺油地獄』の〈地獄〉との落差によって、「心状」の〈地獄〉へと具体化される。「油地獄」における〈地獄〉の「引用」は、貞之進の〈地獄〉を〈地獄〉たらしめる装置として機能していたのである。そうしたとき、「油地獄」とは、たとえ「今宗玄《いまそうげん》」を介在した間接的なもの[24]であっても、近松の『女殺油地獄』を「対話」的に摂取した一つの結果であると同時に、同時代の『女殺油地獄』の批評的解釈の一つの成果を示す作品だと位置付けられる。

明治二十年代の近松ブームという側面から「油地獄」を検討することで、実体的な〈地獄〉の欠如する滑稽な物語としての「油地獄」を、「女殺」を欠く貞之進の〈地獄〉物語であると再解釈することが可能となった。『女殺油地獄』と「油地獄」という両者の〈地獄〉の決定的な違いは、タイトルがまさに示している通り、「女殺」の有無に起因していたのである。

【注】

（1）緑雨は「油地獄を言ふ者多く、かくれんぼを言ふ者少し」（「日用帳（弐）」（「太陽」明治32年5月20日））と自作を解説しており、内田魯庵は「緑雨自身は『油地獄』を褒めるやうな批評家さまだからカタキシお話しにならぬと云つて、『かくれんぼ』や『門三味線』を得意がつてゐた」（「緑雨の十周年」（「現代」大正2年4月））と回想している。

（2）F.C.A（不知庵つまり内田魯庵）の「其観察極めて深刻鋭利」という評言（「かくれんぼ」（「国民之友」明治24年9月））や、A.B.C.（内田魯庵）による「此精緻なる観察」（「正太夫の「油地獄」」（「国民之友」明治25年1月））という見解など。「諷刺」という夾雑物が介入した観察態度への不満は見受けられるが、「彼は能く現社界を洞察す」とする北村透谷の評価（「油地獄を読む（一）」「油地獄を読む（二）」「油地獄を読む（三）」（「女学雑誌」明治25年4月30日・5月7日・5月14日））も観察力に着目したものである。

（3）昭和女子大学近代文学研究室「斎藤緑雨」（『近代文学研究叢書』7、昭和女子大学近代文化研究所、昭和32年12月）

（4）池田一彦「『油地獄』論—新聞雑報「今宗玄」との比較を契機に—」（「立教大学日本文学」昭和55年7月）、『斎藤緑雨論攷』（おうふう、平成17年6月）所収。

（5）林原純生論（「緑雨醒客の場合—〈虚構〉と〈他者〉に関連して—」（「日本文学」昭和63年2月））は、二葉亭四迷『新編浮雲』（金港堂、明治20年6月・明治21年2月、第三篇「都の花」明治23年7〜8月）を例に、「「浮雲」における近代文学生成の過程とは逆行する過程」に「〈他者〉性」をみる。また、「かくれんぼ」を「油地獄」の後日譚と読む塚越和夫論（「「油地獄」と「かくれんぼ」素描」（「早稲田大学高等学院研究年誌」平成2年3月））は、文体、心理描写、人物造型において「「浮雲」の亜流」と評価する。

（6）三好行雄「『油地獄』論—斎藤緑雨の反近代・その一」（「學苑」平成2年2月）

（7）なお、歌舞伎での復活以前の明治40年、三崎座の女芝居に上演記録がある。

（8）文学書院版は七銭、武蔵屋叢書閣版は八銭であった。

（9）坪内逍遙「梓神子」第8回（「読売新聞」明治24年6月9日）など。

（10）無署名「時文評論」「近松浄瑠璃の分析」（「早稲田文学」明治25年8月）

（11）坪内逍遙・綱島梁川『近松之研究』「巻頭言」（春陽堂、明治33年11月）

（12）早稲田文学記者「近松研究会第一回」（「早稲田文学」明治29年9月）

（13）例えば、篁村は武蔵屋本の出版に関与しており、不倒とともに博文館・帝国文庫版『近松時代浄瑠璃集』（明治29年8月）、『近松世話浄瑠璃』（明治31年6月）、『続近松浄瑠璃集』（明治32年2月）の校訂を行っている。

（14）坪内逍遙『柿の蔕』「「葛の葉」から「延葛集」へ」（中央公論社、昭和8年6月）

(15) 逍遙自選の『逍遙選集』8（春陽堂、大正15年10月）には、評題下に「(明治廿三年)」とあり、「延葛集」第5号（明治24年2月）には、水谷弓彦（不倒）の見解に対し逍遙による「百生の此前提　予が油の地獄の前提と相似て異なる所あり」との欄外書込がある。その他、逍遙の『柿の蔕』の記述などからも、本評が明治24年の「油地獄」発表時には既に共有されていたことがわかる。「延葛集」は『未完・坪内逍遙資料集』4（逍遙協会、平成13年12月）を参照した。

(16) 呉樓「逍遙翁の「女殺油地獄」に対する評を読む」（「文学界」明治29年4月）、藤村作「女殺油地獄の解釈」（『上方文文学と江戸文学』至文堂、大正11年11月）など。

(17) 池田論（注（4））は、「仮説」として「恐らく油煮の一件に対して「油地獄」という言葉を持ち出すことによって緑雨はこの小説に世人周知の近松の世話浄瑠璃『女殺油地獄』を重ね合わせようと目論んだ」「この小説はあの油屋豊島屋での油塗れ血塗れのおどろおどろしい殺しの場と、当のぐつぐつ煮かえる油鍋での写真成敗という滑稽極まりない場面との対照の妙を獲得する」と述べ、三好論（注（6））は、「斎藤緑雨は多分、近松の世話浄瑠璃『女殺油地獄』の存在を知っていた」と推測しながらも、「院本による知識でもあればともかく、一般の読者には馴染みのうすい芝居だったはずである」と述べている。

(18) 三好論（注（6））がその代表的な論である。

(19) 注（6）に同じ。

(20) 注（4）に同じ。

(21) 有馬太郎編『女殺油地獄』（文学書院、明治24年3月）より引用。

(22) 渡辺保「殺し場　陶酔の場所」（『歌舞伎―過剰なる記号の森』新曜社、平成1年3月）

(23) 坪内逍遙「『女殺油地獄』を読みて所感を記す」（「日本評論」明治24年10月～12月）

(24) **A.B.C.**「正太夫の「油地獄」」（「国民之友」明治25年1月）が同時代に指摘し、池田論（注（4））がその詳細を明かしたように、「油地獄」は「今宗玄」を典拠としている。ただし、「今宗玄」には「君代の写真を小さき鍋に投じ油を以てぐら〳〵と煮かへし」とあるのみで、油煮事件を〈地獄〉化するような描写は見受けられない。

第三節　斎藤緑雨「門三味線」論―常磐津の物語―

一、はじめに―常磐津の物語

「門三味線《かどざみせん》」は緑雨醒客・正直正太夫の筆名で「読売新聞」（明治28年7月26日〜8月25日）に連載された。江戸の下町を舞台として紙問屋のお嬢様お筆、荒物屋の娘お浜、鳶頭の息子巳之助という三人の少年少女の関係を中心に描く本作は緑雨の代表作の一つと評価されている。[1] 緑雨自身も「『かくれんぼ』や『門三味線』を得意がつて」[2]おり、相当な自信作だったようだが、本作を正面から研究の俎上に載せる論は決して多いとはいえない。

おそらくそれは、成立事情に起因する。末尾に「（発端をはり）」とあるように、「門三味線」は（廿三）で連載が中断された。事実、「社告」[3]には「作者病気の為暫時擱筆し居たるも作者既に平癒したるを以て九月一日より愈本篇に入り再び読者に見えんとす」との予告がある。しかし、再開予定日に至り、「已むべからざる事情あり断乎之を廃止」[4]との旨が急遽発表される。そもそも本来7月24日に開始予定だった掲載は「都合により延引」[5]されていた。そうした意味で、「門三味線」は周到に準備された作とは言い難い。本篇未入の状態で途絶していながらも傑作と評されてきたのだ。

「門三味線」という題名が示すように、本作は三味線の物語である。そして常磐津の稽古という設定が示すように、三味線の中でも常磐津の物語である。それは、章題が常磐津の詞章の引用であることからも明白である。

本稿では、「門三味線」の中で引用された常磐津の出典を明らかにするとともに、引用された常磐津の物語が本作中でいかなる役割を果たしているのかを検討したい。

二、同時代評／先行研究

「門三味線」は発表時から好評をもって迎えられていた。例えば原抱一庵[6]は「発端の六十行の文字、既に業に凡ならず」として本作を「乙未文界の奇作」と評価する。加えて、「覿面」（『国民之友』明治28年8月）を「門三味線と相并びてこの人の近頃の傑作」[7]とする無署名評が示すように、本作は明治28年の、そして緑雨の代表作と位置付けられていた。着目したいのは、緑雨作品の中で、「門三味線」が一つの評価基準となっていた点だ。

緑雨の文はたしかに今の第一流才子を圧すべし。十六七の尋中の学生、既に清本、富本、長歌、常磐津、かのプログラムを作りしの鬼才既に驚くべし。雲中語に洩るゝ気焔、文藝の時文、共にその才を尽すに足るべしと雖も、緑雨何ぞかの筆を以て小説に筆を染めざる。我等は未だ『門三味線』の一佳作を忘るゝ能はざるなり。[8]

ここに述べられているのは、警句や批評ではなく小説での文才の発揮を緑雨に望む評者の感情である。と同時に読み取りたいのは、同時代人にも驚異的であった緑雨の邦楽に対する知識である。それが発揮された傑作として「門三味線」は評価されていたのであり、緑雨への期待は、邦楽の知識や持ち前の気焔の小説への応用という側面で醸成されていたとも受け止められるのである。

同時代の本作の評価ポイントの一つに、その緻密な文章を挙げることができる。例えば、伊原青々園の「彼れを読んだ人は作者が如何に句を練り文章に苦心したかゞ知れませう」[9]という回想や、坪内逍遙による「最も成熟した感想と筆致とが現れてゐる」[10]という評価、魯庵の「全く油汗搾つて苦辛した真に雕進鏤骨の文章であつた」[11]という評価がその例である。魯庵は、続けて「門三味線」を面白くないと緑雨に述べた際に「頗る不平で、『君も少し端唄の稽古でもし玉へ、』と面白く無い顔をしてゐた」と回想するが、この挿話は邦楽の知識に対する緑雨の自負を示しているといえるだろう。

一方、「門三味線」研究は一つの方向性が貫かれている。それは、本作と同様に子供の世界を描いた樋口一葉「たけくらべ」（『文学界』明治28年1月〜明治29年1月）との関連性の解明である。

例えば、湯地孝論[12]は、本作は「三人の異なる性格を細かく描き分け、下町の子供らしい心持を自然に浮び上らせる」ことに重心が置かれていると読む。しかし、「『たけくらべ』のやうに奥行きがなく、ために読後の感銘を欠くのが遺憾」だと否定的な見解を述べる。稲垣達郎論[13]の場合は、「一葉作品に触発されるところがなかったとは言いきれない」と推測しながら、「『たけくらべ』に、ひどく見劣るものではなかろう」と肯定的に評価する。塚越和夫論[14]の場合も、「『たけくらべ』ほどの情緒はないが、作者は楽しげである」と述べる。三者は、「たけくらべ」を基準に本作を評価するという問題意識を共有したものだといえる。

この問題意識を深化させる形で両者の差異に着目したのが荻久保泰幸論[15]である。荻久保論は、本作が「ひとりの少年にふたりの少女を配」することで「たけくらべ」とは「逆の三角関係を設定した」とし、「三角関係のもつれを力点においてストーリーの展開をはかった点」で、「『たけくらべ』とは趣の違った小説が生まれた」と解釈する。同様に二作の差異に着目した菅聡子論[16]は、「母たちによってその秩序が守られていく」商いの町と、「父の言葉の支配する」遊郭の町という「門三味線」と「たけくらべ」の舞台設定の違いを見出し、前者には「〈女のネットワーク〉」が存在する反面、後者にはそれが形成され得なかったことを明らかにする。

二作の関係を作者の側で考える塚本章子論[17]は、緑雨の小説が一葉の小説への接近によって「彼女の小説の持つ抒情性に流されていった」と考察し、本作が「恋情と嫉妬に目覚め、人間関係の複雑さに巻き込まれていく予兆を示」[18]すと述べる。一方で、「たけくらべ」の影響を認めつつも、本作が「純粋に「子どもたちの時間」を書こうとしたと言うよりも、むしろその後の転変・展開を主眼としていた」とする十川信介論[19]の指摘も重要である。

このように、「門三味線」は「たけくらべ」との比較に争点を絞りこむ形で論じられてきた。むろん、本作が「たけくらべ」と掲載時期や物語設定を共有していることに異議はない。しかし、「たけくらべ」よりも顕著な形で登場する物語が先行研究において見過ごされてきた事実は指摘すべきだろう。「門三味線」においてまず問題にしなければならないのは、作中でより直接的に引用され、巧みに織り込まれた常磐津の物語そのものなのである。

三、常磐津という流派

題名が示すように、「門三味線」では三味線が大きな役割を担う。重要なのは、一口に三味線といっても、流派によってその内容や特色が大きく異なる点だ。三味線音楽が一般市民の習い事として定着するほどに身近だった江戸時代であれば、それは尚更だろう。

「門三味線」で常磐津が選択された説明に「今が江戸にて流行の常磐津にすぐれて声美きより、子供を托けるに気遣ひのない年配」である師匠文字兼の稽古所が近所にあるという設定上の理由を挙げることもできるが、それでは三味線の中でも殊更に常磐津の師匠である意味までは説明できない。現に緑雨は、「うたひ女」（『めさまし新聞』明治21年2月28日～3月31日）において清元の師匠延登美を登場させており、流派の違いに意識的であった。とするならば、常磐津という表象がいかなるイメージを喚起するものであるのかを確認する必要があろう。

三味線音楽は二つの系統に大別できる。[20]それは、物語を持つ「語りもの」系と、情景描写を中心とする「唄いもの」系である。前者は浄瑠璃とも呼ばれ、義太夫節、豊後節、常磐津節、富本節、清元節、新内節、河東節などが該当する。一方後者は、長唄、地唄（上方唄）、東明節などである。押さえておきたいのは、常磐津が「語りもの」、つまり物語を語る音曲である点だ。常磐津の背後には常に物語が存在する。「語りもの」の常磐津を引用することはその背後の物語をも自ずと引用する行為となるのである。

「語りもの」を代表する流派は義太夫節である。しかし義太夫は、文楽人形浄瑠璃と密着した、上方の風情の色濃い音曲である。ゆえに、江戸の下町を描く「門三味線」には不適格なのだ。

江戸に所縁のある「語りもの」は多い。豊後節は風紀壊乱との理由で弾圧されたため除外しても、その門下から生じた豊後三流と呼ばれる常磐津節、富本節、清元節、新内節や河東節がある。とはいえ、常磐津と清元の中間であった富本節は衰退し、新内節は座敷専門の音曲となっていた。河東節も次第に富裕階級の独占物となり、これら三流派は江戸の一般庶民から遠ざかっていた。

こうしてみると、庶民を描く「門三味線」で選択され得る三味線の流派は、江戸歌舞伎という「芝居」の劇音楽として発展した清元と常磐津の二つに絞られる。甲高い裏声が特徴の清元節は、すっきりとした江戸情緒を強調した音曲だ。一方で、台詞の勉強をするなら常磐津に行けといわれるように、常磐津節は江戸浄瑠璃の中で最も重厚かつ語る要素が強い。田辺秀雄論の言い方を借りれば、「一体に常磐津は穏健であり、豊後系の中では最も硬派といわれている。一方清元節は遅く発生しただけに時代の流行に敏感であり、最も江戸的な自由さを持っている」[21]のだ。

要するに本作では、江戸の「語りもの」の中で最も劇性の高い常磐津によって、背後に存在する物語がより鮮明に浮かび上がるように設定されている。したがって、常磐津の引用という形で、本作では背後の物語までもが引用されているとみるべきなのだ。

さらに、緑雨の「おぼえ帳（八）」（「太陽」明治30年10月5日）には、「比較的、場末に今多きは常磐津の師匠なり、常磐津がこの都を支配したる頂点は天保なるべし、後漸く清元の侵す所となりたれば、其中央を去れるも故なきにあらず」とある。本作では常磐津が「今が江戸の流行」という時期設定だが、現在の位置から回顧的に見れば、この設定には背後に衰退の影を含む。いずれ衰退する硬派で古風な音曲が隆盛を極めていた限られた時間の輝き。それは、お筆・お浜・巳之助という三人の身分の差や、お筆とお浜の不和の予兆という影が抜きがたく差し挟まれていながらも、立場が異なる三人が時間と感情を共有できる限られた〈子供の時間〉の最後の輝きと重なるのかもしれない。

四、常磐津と「門三味線」――章題について

「門三味線」には常磐津の音曲が数多く織り込まれている。お筆とお浜が稽古をする「猿曳《さるひき》」（本名題『花舞台《はなぶたい》霞《かすみ》の猿曳《さるひき》』「天保9年初演、中村重助、作曲：五代岸沢式佐」）や『忍夜恋曲者《しのびよるこひはくせもの》』「天保7年初演、宝田寿助、作曲：五代岸沢式佐」

はそのわかりやすい例であるが、なかでも圧巻なのは各章の章題である。

　章題について、青々園は「毎日の標題へ富本や清元の文句を一くだりづゝ掲げるといふので、稽古本を調べて居られた」[22]と証言しており、先行研究にも「端唄調のことばが掲げられている」[23]とあるが、実はこれは正確ではない。というのも、（一）～（廿三）の章題は全て常磐津の詞章の引用なのである。

○『**子宝三番叟**《こだからさんばそう》』（**「子宝**《こだから》**」**）［天明7年初演、不明、作曲：初代常磐津文字太夫・初代佐々木市蔵］
（一）「薫る袖垣中もよく／ほたけ祭の取々に」
（二）「絶ず変らぬわらんべの／ちくま遊の千代かけて」
（三）「皆なでし子の手を揃へ／優しき声の張つよく」
（廿二）「緋むくハ椿白無垢ハ／福のつぼみのかざ車」
○『**乗合船恵方万歳**《のりあひぶねゑはうまんざい》』（**「乗合船**《のりあひぶね》**」**）［天保14年初演、三代桜田治助、作曲：五代岸沢式佐］
（四）「五色いろどる宝船／よい乗合と被来れても」
○『**内裡模様源氏紫**《ごしよもやうげんじぞめ》』（**「五人囃子**《ごにんばやし》**」**）［天保9年初演、四代中村重助、作曲：五代岸沢式佐］
（五）「おぼこ娘の振袖に／浮れてふわと乗物を」
（十六）「綻びかゝる生娘と／よい道連のやさ男」
（十九）「こなたも胸ハ篝火と／悋気の角のはし娼や」
○『**積恋雪関扉**《つもるこひゆきのせきのと》』（**「関の扉**《せきのと》**」**）［天明4年初演、宝田寿来、作曲：初代鳥羽屋里長］
（六）「雨に綻ぶけはひとハ／女子をのぼすかけ詞」

○『三津朝床敷顔触《みつのあさゆかしきかほぶれ》』〔文化9年初演、福森久助、作曲：不明〕
（七）「色にや団扇も揚詰の／髭が行司にたつか弓」
○『戻籠色相肩《もどりかごいろにあひかた》』（「戻籠《もどりかご》」）〔天明8年初演、初代桜田治助、作曲：初代鳥羽屋里長〕
（八）「末さゝ啼の摺火打／石より堅い棒組に」
○『若木花容彩《わかきのはなすがたのさい》四季《しき》』（「対面《たいめん》」）〔天保9年初演、四代中村重助、作詞：四代岸沢式佐〕
（九）「五つや三つの頃よりも／小弓に小矢を取添て」
○『花来塒色鶏《はなにきつねぐらのいろとり》』〔初演天明7年、不明、作曲：不明〕
（十）「庭に広間の晴いくさ／勝ばや恋のにしき鶏」
○『燕鳥故郷軒《つばくらめこきやうののき》』〔寛政8年初演、村岡幸治、作曲：鳥羽屋里桂〕
（十一）「傍からむつと清酒の／なくて七くせ七つ梅」
○『帯曳小蝶昏《おびひきこてふのゆふぐれ》』〔宝暦13年初演、三代津打治兵衛、作曲：不明〕
（十二）「常聞く唄も今の身に／思ひ当りし親の慈悲」
○『忍夜恋曲者《しのびよるこひはくせもの》』（「将門《まさかど》」『忍夜孝事寄《しのびよるかうのことよせ》』）〔天保7年初演、宝田寿助、作曲：五代岸沢式佐〕
（十三）「柳ハませた振袖の／風にゆらゆく表向」
○『恋中車初音《こひちゆうしやはつね》の旅《たび》』〔享和3年初演、福森久作、作曲：三代岸沢古式部〕
（十四）「嵯峨や御室の花盛り／浮気な蝶も色かせぐ」
○『色直肩毛氈《いろなほしかたのまうせん》』〔天保1年初演、奈河本助、作曲：五代岸沢式佐〕
（十五）「斬込む刀もぎ取て落花微塵に八重桜」

（十七）「むすめ心の一筋も／男ゆゑなら曲り角」

○**『節句遊恋《せつくあそびこひ》の手習《てならひ》』（「夕涼《ゆうすず》み三人生酔《さんにんなまゑひ》」）**［天保4年初演、不明、作曲：五代岸沢式佐］

（十八）「桃や柳のいたづらに／色香たがひに争ふて」

（廿三）「波の鼓もはる秋の／調に通ふ四つの海」

○**『両顔《ふたおもて》月姿絵《つきのすがたゑ》』（「双面《ふたおもて》」）**［天明8年初演、木村円夫、作曲：岸沢九蔵］

（二十）「彼方へ引バ此方へも／もつれもつるゝ糸柳」

（廿一）「念ひハ同じあすか川／瀬と変行く昨日今日」

章題には計十五曲の常磐津の詞章が引用されている。緑雨の常磐津への造詣を知るには「おぼえ帳（七）」（「太陽」明治30年9月20日）に引き写された名題一覧を見ればよい。尋常中学校時代の記録とのことだが、挙げられた常磐津の名題は八十に上る。現行曲が二五十曲程度であることを踏まえると、驚異的な数である。「門三味線」に引用された常磐津も、『積恋雪関扉《つもるこひゆきのせきのと》』『忍夜恋曲者《しのびよるこひはくせもの》』のような代表曲もあるが、音曲集に一度も収載されず廃曲となったもの（『燕鳥故郷軒《つばくらめこきやうののき》』『花来塒色鶏《はなにきつねぐらのいろとり》』など）もある。緑雨が稽古本を調べていたという証言は間違いないだろう。

ここでは紙幅の都合上、最も多く引用された『子宝三番叟《こだからさんばさう》』に焦点を絞り見解を述べたい。『子宝三番叟』は十二人の子宝を持つ福者が子供たちの「四季の遊びの面白さ」を語る祝儀曲だ。「かをる袖垣仲も好く、火焚祭のとり〴〵に」（一）は陰暦11月の御火焚、「皆撫子の手を揃へ、優しき声の張強く」（三）は七夕の夜の踊り、「緋無垢は椿白無垢は、梅の莟みの風車」（廿二）は旧暦春の遊びの様子を語るもので、「絶えず変らぬ童の、ちくま遊の千代かけて」（二）は、親しい子供同士の絶えず変わらぬ竹馬遊びを千代八千代の目出度さへと願掛けする詞章である。したがって章題からは、お筆、お浜、巳之助が四季を通じて行ぅ様々な遊び、ひいてはそれほどまでに遊びを共にする彼女らの友情を言祝ぐとともに、その友情永続への願掛けを読み取り得るのだ。それは反面、友情の持続の難しさを暗に仄めかしているようにも読める。つまり章題は、展開に合致した常磐津の詞章であるのみならず、背後にある物語を通じて解釈の可能性を開示するのだ。それは本稿で触れることのできなかった他の章題の場合も同様である。

五、常磐津と「門三味線」――稽古曲について

続いて、稽古曲が登場する場面をみていきたい。

さあ浚ひましよと師匠が声のあらたまれバふたりが容ちもあらたまりて、犬に逐はれしも理りの今日ハ久しぶりの猿曳、儂ハ持つて来ませなんだとお浜の言ふを、こゝにありますとお筆ハおもやいの稽古本徐かにあけて、ならぶや小娘が其文句にもある花靭はなやかに唄ひ出すに、節ハお浜がおぼえしまゝを稍ませたれども、質とて声ハお筆が美はし、稽古了りて左様ならと出づる格子戸口、

後天的に習得する節廻しの巧さを持つお浜と、先天的な声の美さを持つお筆。一声二節ともいわれる音曲の世界ではあるが、ここでは優劣よりも、二人の対照的な姿が現れているといってよい。文字兼が「どうも家のハ声

がわるいでといへバ、何の声よりハ節廻しが此方のハ格別で御座ります」と弟子の親に世辞を言っているように、節廻しの巧さは声を補い、声の美さは節廻しを補う。異なる特質を持つお浜とお筆の常磐津の語りは相補的なものとして機能するのである。それは、二人の普段の関係と相似する。

『花舞台霞の猿曳《はなぶたいかすみのさるひき》』は、靭の皮にするために女大名に捕えられた小猿とその猿曳の物語である。猿曳が是非なく小猿を打ち殺そうとすると、自身を打ち殺すための鞭とは知らず、小猿は船漕ぐ真似をする。そのいじらしさに小猿は命を助けられるという筋である。

ここで「猿曳《さるひき》」が稽古曲に選択されているのは全く偶然ではない。「犬に逐はれしも理りの今日ハ久しぶりの猿曳」、犬猿の仲という語から連想された、「猿曳」を淩うがゆえに犬に逐われたという言葉遊びめいた選曲である。窮地に追いやられた猿が慈悲を受け救済されたように、犬に逐われて窮地に至った二人の少女が巳之助に救済される、という物語内容上の類似も見られる。

稽古曲が効果的に使用されるのは、『忍夜恋曲者《しのびよるこひはくせもの》』の場合も同様である。通称「将門」と呼ばれる『忍夜恋曲者』では、平将門滅亡後、源頼信の命を受けた大宅太郎光圀が残党の詮議のために相馬の古御所へと向かう。将門の娘滝夜叉姫は妖術を使って島原の傾城如月になりすまし、色仕掛けで光圀を引き入れようとする。正体を見破った光圀と滝夜叉姫との激しい立ち回りを山場とする「将門」が、お筆お浜の喧嘩の場面における稽古曲なのである。

お温習の順番が来たお浜は「儂しや筆様と一緒に語るハ何故歟今日虫が好かねバ、何なりと別の物にして下されと師匠に頼むが、「今度も筆様と掛合ひ物、将門にしてと自分から極めながら、今更好く好かぬが能うぞ言はるゝ」と師匠に窘められ、渋々ながら「『忍夜恋曲者』、けいこ本手に持ちて別々に床に上」る。しかし再燃する喧嘩によって、二人の常磐津語りは中断されてしまう。

争ふ色の解け合はず結ぼれし心と心、それ五行子にありといふと、唄ひ出す両人がいつになく乗らぬ調子、三味線持ちし文字兼の怪みて傍から心づくれど、雨ハ連りに古御所ならず甎ふ声、光圀様とわざとお浜の横向きて言へバ、偖こそ変化とお筆も亦横向きて言ふに、何とゝ申しと遂に出合はず、お腹が痛いと矢庭にお浜の飛んで下りしに、文字兼ハあきれて手をとゞむれバ、儂もと続いてお筆の下る機会、

〽夫れ五行子にありと云ふ、彼の紹興の十四年、楽平県なる陽泉の、往昔を茲に湖水の、水気旺んに浩々と、澄めるは昇る天津空、雨も頻りと古御所に、解語の花の立ち姿。[…]

〽大宅の太郎は目を覚まし、「将門山の古御所に、妖怪変化棲所を求め、人倫を悩ます由、頼信公の仰せを受けし光国が、暫し目睡む其うちに、見慣れぬ座敷の此の体は、正しく変化の所為なるか。

〽申し〳〵光国様。

「扨こそ変化御参なれ、〽イデ正体をと立ち寄る光国、女は慌はて押し止どめ、「ア、申し、様子云はねば御前の疑がい、私や都の島原で、如月と云う傾城で御座んすわいなあ。[…]

〽サア御尋ねなくとも御前の胸、晴らすは過ぎし春の頃、〽何と。「ア申し。

〽《クドキ》嵯峨や御室の花盛り、浮気な蝶も色かせく、廓の者に

連れられて、外珍らしき嵐山、

後者の引用は「将門」の当該場面である。ここからわかるのは、（十四）の章題にも使われた「〽嵯峨や御室の花盛り、浮気な蝶も色かせく」の直前で稽古が中断されている点だ。これは滝夜叉姫の言い寄りに対して光圀がわざと気を許す場面で、「初歩の人の練習曲によく使われ」[24]る常磐津の代表的なクドキである。重要なこのクドキの欠如は、お筆とお浜の険悪さを際立たせる。そのまま二人は「打ちつ撲きつゝねりつ果てハ引抓きつ」の喧嘩に発展するが、それまるで、「将門」の結末、「芝居」では引っ張りの見得となる光圀と滝夜叉姫の激しい争いさながらである。

このように、常磐津の背後の物語は「門三味線」の世界と響き合っている。従来看過されてきた常磐津の引用は、実は「門三味線」の世界を構築する重要な要素の一つとなっているのだ。

六、おわりに――「門三味線」という音曲

本稿が最後に示したいのは、「門三味線」が常磐津を描く物語であると同時に、「門三味線」という物語自体が一つの常磐津の音曲であるという解釈である。常磐津には物語全体を収めて一曲とするものもあるが、『忍夜恋《しのびよるこひは》曲者《くせもの》』のように長い物語の一幕や一部分を抜き出して一つの完成した音曲に仕立てるものも多く存在する。重要なのは、後者のような音曲も、音曲として独立性をもって演奏されたり、享受されたりする点である。当然のことながら、音曲において物語の一部を抜き出したということは、未完であるということを意味しないのである。「門三味線」は本篇のない未完作品ではあるが、「発端」として完成している。とするならば、それは「門三味線」が物語の一部であると同時に、一つの音曲として成立していることを意味する。ゆえに、本作は未完ながら

一作品としての評価を得られ、傑作とも評されているのだ。

「門三味線」という題名が想起させるのは、家の門前で語られる常磐津の音曲である。「門浄瑠璃」という言葉が門前で浄瑠璃を語る代価に金品を請う行為を指し示すように、「門三味線」という言葉にも、おそらく同様のイメージが付与されている。「門三味線」という物語がわれわれに請求する代価。その一つに、巧みに引用された先行する常磐津の物語との格闘を挙げてもよいかもしれない。

【注】

（1）「「油地獄」と殆ど同時に世に出た「かくれんぼ」、やや遅れて成った「門三味線」の三篇が代表作」（『近代文学研究叢書』7、昭和女子大学近代文学研究所、昭和32年12月）

（2）内田魯庵「緑雨の十周年」（「現代」大正2年4月）

（3）「社告」（「読売新聞」朝刊、明治28年8月28日）

（4）「社告」（「読売新聞」朝刊、明治28年9月1日）

（5）「社告」（「読売新聞」朝刊、明治28年7月24日）。加えて、本作は「絵入小説辻三味線」の題名で既に広告が打たれていた（「読売新聞」朝刊、明治28年7月23日）が、幸田露伴の「辻浄瑠璃」（「国会」明治24年2月1日～2月26日）との混同の懸念から急遽改題されている。

（6）抱一庵主人「緑雨『門三味線』発端」（「国民之友」明治28年8月）

（7）無署名「時文」（「文学界」明治28年8月）

（8）無署名「時文」（「文学界」明治30年10月）

（9）伊原青々園「故斎藤緑雨君」（「明星」明治37年5月）

（10）坪内逍遙「故緑雨君を追懐す」（「新小説」明治37年6月）

（11）注（2）に同じ。

（12）湯地孝「斎藤緑雨研究」（福田久道編『明治文学講座　第五巻　明治作家研究（上）』木星社書院、昭和7年12月）
（13）稲垣達郎「解題」（『明治文学全集二八　斎藤緑雨全集』筑摩書房、昭和41年2月）
（14）塚越和夫「斎藤緑雨—女性憎悪とpedophilia—」（「国文学　解釈と鑑賞」昭和58年4月）、「再び緑雨について」（『続明治文学石摺考』葦真文社、平成1年6月）所収。
（15）荻久保泰幸「緑雨と一葉—「門三味線」と「たけくらべ」—」（「国文学　解釈と鑑賞」昭和49年11月）
（16）菅聡子「母の江戸、父の明治『門三味線』『たけくらべ』」（「國文學　解釈と教材の研究」平成9年10月）
（17）塚本章子「樋口一葉と斎藤緑雨—小説における類縁性と差異—」（『論集樋口一葉Ⅲ』、おうふう、平成14年9月）、『樋口一葉と斎藤緑雨—共振するふたつの世界—』（笠間書院、平成23年6月）所収。
（18）塚本章子「斎藤緑雨の「恋」と「闇」—恋愛神聖論から道徳回帰への時代の中で—」（「近代文学試論」平成14年12月）、『樋口一葉と斎藤緑雨—共振するふたつの世界—』所収。
（19）十川信介「解説　緑雨醒客の出発」（『斎藤緑雨全集』5、筑摩書房、平成9年3月）、『明治文学　ことばの位相』（岩波書店、平成16年4月）所収。
（20）三味線音楽についての記述は、藤田洋『伝統芸能シリーズ　1日本舞踊』（ぎょうせい、平成1年11月）、杉昌郎『伝統芸能シリーズ　6邦楽』（ぎょうせい、平成2年6月）及び小島美子『日本の伝統芸能講座　音楽』（株式会社淡交社、平成20年3月）を参照した。
（21）田辺秀雄「江戸の浄瑠璃としての常磐津と清元」（山川直治編『日本音楽叢書六　邦楽』音楽之友社、平成2年8月）
（22）注（9）に同じ。
（23）注（1）に同じ。
（24）『伝統芸能シリーズ　6邦楽』（注（20）参照）

＊本稿中の常磐津の詞章は全て曽江清雄編『常磐津舞踊全集』（常磐津舞踊全集刊行会、昭和38年8月）に拠る。

第四節　坪内逍遙「梓神子」論―近代への接続―

一、はじめに――「新文字」としての「梓神子」

坪内逍遙「梓神子《あづさみこ》」は、自身が前々年から文学主筆となっていた「読売新聞」に全十一回に分けて連載され（明治24年5月15日（発端）、5月17日（第一回）、5月19日（第二回）、5月21日（第三回）、5月23日（第四回）、5月26日（第五回）、5月28日（第六回）、6月7日（第七回）、6月9日（第八回）、6月11日（第九回）、6月17日（第十回））、同年9月には春陽堂『小説春廼家漫筆』へと収載された。「発端」と同時に掲載された「社告」[1]では、「今日より坪内逍遙の根無し草といふ文話を掲ぐる筈なりしが都合によりて左のものと改めたり」とその経緯が明かされている。この福地櫻痴による「社告」から窺えるのは、「梓神子」という文章をいかなるジャンルへと回収すべきなのかという戸惑いである。

小説か、あらず、論文か、否、随筆か、あらず、寓言か、否、一種異様の鬼語古今独歩神変不可思議、驚く可く、愛すべく、怒るべく、悲むべく、笑ふべく、憫れむべき新文字なり、忽にして大議論、忽にして諷嘲譏刺、忽にして肉血ある人物、忽にして虚空の現象、作者は謙して拙作なりといふと雖も読者はまさに近来の傑出文字といはざる可らざるべしとなん評判々々

「小説」でも「論文」でも「随筆」でも「寓言」でもないという否定の積み重ねによってようやく定義付けられるのは、既存のジャンルに当て嵌ることのない「新文字」という概念である。しかもそれは、概念自体の曖昧さがゆえに、「一種異様の鬼語」、「古今独歩神変不可思議」という異常性の表示とともに、「驚く可く」「愛すべく」「怒るべく」「悲むべく」「笑ふべく」「憫れむべき」と言辞が費やされなければならない。この形容が釈然としないのは、ジャンル確定のために並べられたこれらの語彙が実際には「新文字」、つまり「新」たな「文字」（ここでの「文字」は、文章及び文学といった程度のものと解していいだろう）であること以外は何も語っていないからである。この言説の主眼は、「梓神子」によって読者が様々な感情を喚起させられるということよりも、むしろこの「新文字」によってある特定の感情が喚起されるわけではないという読後感の披瀝にある。ゆえに、一つの概念に回収できない評価が羅列されているのであり、ここで並べ立てられる修飾語は単に形式的な網羅性を誇示しているに過ぎない。

続く「忽にして大議論」「忽にして諷嘲譏刺」「忽にして肉血ある人物」「忽にして虚空の現象」も同様であろう。あまりに振幅の大きいこれらの評価は、連載される「梓神子」がどのような文章であるかを決して明らかにはしない。「社告」を目にする読者が期待するであろう何が書かれているのかという問題、その具体的な内容は空白のまま、期待値のみを上昇させる。作者の韜晦や謙譲にもかかわらず、読者にとっては「近来の傑出文字」となるに違いないという紹介者の確信は、根拠が与えられることのないまま貫かれている。

つまり「梓神子」は、同時代の読者に、なんだかよくわからないけれども新しいもの、「新文字」としか呼び得ない未知の何かとして把捉されるものであったのだ。それでいて、「近来の傑出文字」と評価せざるを得ない優れたものであるという予感。同時代を生きる福地櫻痴が捉えたこの予感は、後世を生きるわれわれに大きな示唆を与える。それは、現在では単なる「小説」あるいは「批評」とカテゴライズされるこの「新文字」が、同時代には新鮮な驚きを以て迎えられたという事実、そしてそれは、多分に当惑を引き起こすものであったことを明かすからである。

注目すべきことに、この戸惑い、ジャンルの不確定性は受容者側にのみ存在するものではない。「梓神子」は「壱円紙幣の履歴ばなし」（「読売新聞」朝刊、明治22年2月1日～3月20日）、「をかし」（「読売新聞」朝刊、明治23年8月18日～9月9日）、「政界叢話」（「読売新聞」朝刊、明治23年9月1日～16日）とともに単行本『小説春廼家漫筆』に収載されているが、この春陽堂の初刊本では「春廼家漫筆」という題の上に「小説」と角書きされている。ところが、この角書きは逍遙が自選した『逍遙選集』8（春陽堂、大正15年10月）において削除されているのだ。ここでの「小説」の意味は、逍遙が『小説神髄』（松月堂、明治18年9月～明治19年4月）において提唱した近代的「小説」を指すのではなく、「小説稗史」としての「小説」と理解する方が無難であろう。むろん、これは本作以外の諸作品へも跨る問題ではあるが、『小説春廼家漫筆』から「小説」という角書きが削除される動きは重要な意味を持つ。そこからは、逍遙自身の（より正確には逍遙を含む供給者側の）「梓神子」を前にした揺れを解釈できるからである。

それでは、「梓神子」の何が「新」しかったのか。この問いは、坪内逍遙という作家の文学史的位置付けを参照することで明確になるだろう。本稿は、逍遙の文学史的位置付けと、「梓神子」の書き振り、すなわちその文体の問題を接合しつつ、「梓神子」の「新」しさ解明することを目的としている。

二、先行研究

同時代の批評を戯文調で諷誡した「梓神子」は、「没理想」という語が初めて使われたために、森鷗外との没理想論争の前哨戦という文脈から評価されてきた。例えば、臼井吉見[2]は、「鷗外が逍遙にはっきり対立した」のは「梓神子」を書いた時点であると見定めている。

　事実、鷗外は「逍遙子の新作十二番中既発四番合評、梅花詞《ママ》集評及梓神子」（「しがらみ草紙」明治24年9月、『月草』（春陽堂、明治29年12月）収録時に「逍遙子の諸評語」へと改題）を書いて「新作十二番のうち既発四番合評」（「読売新聞」朝刊、明治23年12月7日～12月15日、『小羊漫言』収録時に「小説三派」へと改題）、「梅花詩集を読みて」（「読売新聞」朝刊、明治24年3月22日～3月24日）とともに「梓神子」への批評を加えている。鷗外がこの三作をまとめて議論の俎上に載せたのは、改題後のタイトルからも判断できるように、これらが全て批評を巡る逍遙の思索が展開されたものであったからに相違ない。

　逍遙は、「新作十二番のうち既発四番合評」において、物語を便宜上「固有派」「折衷派」「人間派」の三派に分類する。ここでの「固有派」とは物語を作る際に「事を主として人を客とし事柄を先にして人物を後にする」もの（＝「主事派」「物語派」、広義の「叙事詩」）であり、「折衷派」は「人を主として事を客とし事を先にして人を後にする」もの（＝「性情派」「人情派」、「叙事詩」と「ドラマ」の界）、「人間派」は「人を因として事を縁とする」もの（＝狭義の「ドラマ」）を指す。重要なのは、逍遙がこの三派には優劣がないことを繰り返し主張する点である。逍遙は「ドラマ」、つまり「人間派」を「標準」として「固有派」「折衷派」を批評することを窘め、各派の性質に応じた批評を行うべきだと提言しているのだ。加えて、逍遙はこの三派の分類とはやや角度を変え、「或一種の理法を得て之を活写せんとする」ものを「理想派」とし、「理想」「理法」の先行によって創作される「理想家」の世界は「造化自然の大世界」にはなり得ず、「理想家の小世界」でしかないことを指摘する。

　この「理想家」の世界について、詩に焦点を絞った形で展開されたものが、中西梅花の『新体梅花詩集』（博文館、明治24年3月）を評した「梅花詩集を読みて」である。逍遙は梅花を「理想詩人」（＝「叙情詩人」）へと位置付け、自然を宗とする「造化派」（＝「世相詩人」）と対置させた上で、梅花の「理想」が内界で撞着している点を批判する。また、「梓神子」では、作中人物「おのれ」が梓神子による生き口死に口を、梓神子の「理想」中の死霊生霊であると位置付け、梓神子を「理想詩人」へと重ねる。さらに終盤では、「手前勘の理想を荷ぎまは」る批評家への批判が展開される。続けて、モールトンの科学的批評が紹介され、「没理想の詩」（＝「ドラマ」）には「没理想の評」（＝「帰納的批評」）が必要であると、作品に応じた批評の必要性が語られる。

このように、逍遙の一連の作品は、物語の派の性質に応じた批評の必要性、価値判断の「標準」や「理想」を持つことへの危惧という二点が一貫していた。上記のような逍遙の批評観に対し、鷗外は逍遙が分類した三派がそれぞれハルトマンの「類想《ガッツングスイデエ》」「個想《インヂキヅアアルイデエ》」「小天地想《ミクロコスミスムス》」に該当すると判断した上で、「小天地想」を優位とした批評を主張する。そして、ハルトマン審美学を「標準」とした「理想」理解の上から、「人の著作を評する上は、絶て標準なきこと能はじ」との反駁を試みたのである。

鷗外の反駁は、逍遙の言説を巧妙に改変させており、逍遙の意図を逸脱させようとする戦略性が見られる。したがって、二人の論点が噛み合っているとはいえない。とはいうものの、逍遙と鷗外による一連の応酬は、批評の在り方を問題とし、「理想」概念を対立点とすることで基盤を共有してきたといえる。「梓神子」を没理想論争の前哨戦と位置付ける先行研究は、二人の応酬のこのような局面の尖鋭化に力点を置いているのである。

逍遙自身も「没理想の由来」（『早稲田文学』明治25年4月）において、「文界名所底知らずの湖」（『筆はじめ』明治24年1月）を「造化を湖に喩へ、シェークスピヤを沼に喩へたるにて、我が没理想論争のはじめなりき」と措定した上で、同時期に読んだモールトンの批評論の影響下に「梓神子」が書かれたことを振り返っている。毀誉褒貶にのみ終始する幼稚な批評を行う明治24年当時の日本の文壇を前に「且つ我れを叱し、且つ世を諷して思ふところをほのめかし」たものであったとする自作自解が、「梓神子」を没理想論争へと位置付けようとする意図へと回収されている点は極めて重要である。なぜなら、後に回顧する形で行われた逍遙によるこの自己規定が、本作を独立した作品としてではなく、没理想論争を理解するための一資料として扱うという先行研究の方向性を決定付けたといえるからである。

斎藤順二論[3]も、これらの見地の延長線上にある論である。斎藤論では、「新作十二番のうち既発四番合評」「梅花詩集を読みて」「梓神子」の三作の内容を追いながら、没理想論争の発端における争点の解明を試みている。また、中村完論[4]の場合も、「文界名所底知らずの湖」を逍遙のシェイクスピア的世界の受像の表象、「梓神子」をその世界の理論的消化の表象として連続して捉えることで、逍遙の「没理想」観の成立を見定めている。

しかし、本作は必ずしも没理想論争に関係する諸作品とともに読む必要はない。撫象子の署名で書かれた巌本善治評[5]は単行本収載作品全般に言及するものだが、「壱円紙幣の履歴ばなし、梓神子の二つは、世を嘲るの小説なり」と分類し、「梓神子は、馬琴、西鶴、近松門左衛門等の幽霊に事よせて、去年来の文学界の流行を嘲けたるものなり」と評している。加えて、前掲の「社告」を思い返してもよい。これらの同時代評価は、本作を没理想論争へと還元することなく読み得ることを充分に示している。

他作品との関係からではなく、「梓神子」を単独で研究の俎上に載せた岡本絵里論[6]は、本作を批評論と捉え、同時代における古典の位置や古典受容の有り様から「梓神子」の読解を試みている。つまり岡本論の目的は、逍遙が「古典」をいかに生かして自身の理論を補強したかという点の解明にある。さらに、「〈批評〉論」という主題に加えて、「「おのれ」と「古典」作品を生み出した怨霊達との対話、そこでの〈文学〉論」という主題を見出し、両者に「「理想」の「博」さ」という問題が貫かれていると論じている。

以上のように、「梓神子」の研究の射程は、「没理想」をはじめとする批評論の内実の解明や物語内部で展開される文学論の解明、つまり本作の内容へと向けられており、文体それ自体への着目には未だに至っていない。むろん、「梓神子」で展開される批評論や文学論は、明治二十年代の批評の在り方及び文壇状況を的確に反映しつつ、それらを打破しようとする格闘をありありと示している点で価値がある。しかし、本作の価値はそれだけには収まらない。展開される批評論や文学論の内実は勿論のこと、『小説神髄』（松月堂、明治18年9月～明治19年4月）において前近代的な稗史からの脱却を提起して近代小説の在り方を模索していた逍遙その人が、梓神子という前近代的な装置を用いながら前近代的な文体で近代批評を語ること自体が、既に実験的な試みであったと評価できる。それは、近代という時代がまだ完全に整備されていない明治二十年代という時代において、前近代を近代へと接続していく試みの実践であり、その行為自体が強烈な批評性を帯びているのである。その多重化された批評行為は、〈近代批評〉の在り方をいち早く提示したものだったのではなかったか。

三、接続される前近代と近代

先に本作が実験的な試みであると述べたのは、「梓神子」が一貫して、前近代と近代を積極的に接続させる指向性を持つ記述を展開しているからである。それは、明治24年という時代が単に前近代と近代の過渡期にあるという事実を指し示すのではない。本作は同時代における前近代から近代への移行を示しながら、その移行に対して批評的な距離を取る。前近代の棄却による近代の称揚という同時代の断絶的な時代認識の傾向を捉えつつ、本作は前近代と近代との積極的な結び付けを試みるのである。その代表的な例が文体であろう。言文一致運動の隆盛（あるいはその揺れ戻し）と重なる時期に敢えて非‐言文一致体を採択することは、それ自体が自ずと批評性を持つ行為となり得る。文体の移行期であるがゆえに、新たな時代の潮流に逆らい敢えて従来の文体を採択することには必然的に意味が生じるのである。それが、近代文学論の嚆矢と位置付けられる逍遙による選択であれば尚更であろう。逍遙が文体の革新である言文一致体に対して慎重な態度を示していたことは、「文章新論」（「中央学術雑誌」明治19年5月〜7月）等の記述からも明らかであるが、近代文学の理論的指導者である逍遙が「梓神子」という実作においても同様の態度を取り、戯文調の前近代的文体を駆使した本作を「読売新聞」という近代メディアに掲載したことを、前近代と近代の積極的な接続と評価しても良いだろう。

もう一つの例は、梓神子という装置である。梓神子とはそもそも何を指し示すのか[7]。近世期には、特定の寺社に所属しない様々な宗教者が存在していた。そのうちの一つが梓神子であり、東日本の一部、具体的には関八州・甲州・信州・会津表にわたってその存在が確認されている。梓神子は神事舞太夫とともに、宗教組織である神道神事舞太夫家（習合家）によって家職という名目で支配されていた。重要な点は、この習合家による独占管轄は幕府公認（「梓神子法令」正徳2年）のものであったことである。梓神子職の家職内容は（一）青襖札を雛形に切り竈の向うに貼り祈祷する、（二）絵馬札を配る、（三）数珠占いおよび梓職（口寄せ）の三ヵ条であった。

とするならば、江戸幕府公認の梓神子とはすなわち、前時代、前近代の象徴であると受け取ることができる。これは、本作「発端」の記述からも明らかである。「おのれ」が「幼かりしころ」には幕府公認であったはずの梓神子は、大政奉還という歴史の変遷を経て、「おのれ」が「長なりしころ」になると「官」すなわち明治政府によって禁止され、名目上の廃業を余儀なくされる。梓神子は明治社会において、前近代的・非科学的なものとして国家から排除されていくのである。梓神子の境遇をめぐる描写は、「おのれ」が時代の過渡期、つまり前近代社会から近代社会へという動きを体感してきた人物であることを同時に示している。しかし重要なのは、「おのれ」を含む前近代から近代へと移行してきたはずの人々が今もなお、胡散臭さを承知しつつも、有事の際には前近代的な梓神子を縋らずにはいられない現状である。つまり、梓神子の排除により前近代と近代を断絶させようとする同時代の動きを本作は否定するのであり、近代一辺倒へと傾く同時代状況を、梓神子という装置によって批評的に捉えているといえるのである。

二つの時代を接続させる指向性は「おのれ」の状況からも見出すことができる。「おのれ」は近頃、「身に負はぬおほけなき物思ひ」に陥る。「おのれ」がそのような自らを準えるのはいずれも狂乱する人物である。「保名」とは恋人である榊の前を亡くした安倍保名を指し、むろんこれは前近代の物語（『保名』〔四世鶴屋南北・篠田金治、文政1年初演〕）に属する。と同時に、まさに近代を象徴するかのような西洋文学、William Shakespeare作品の登場人物である「オヘリヤの伴侶」ハムレット（「The Tragicall Historie of Hamlet, Prince of Denmarke」（慶長6（1601）年頃））や「マックベス」（「Macbeth」（慶長11（1606）年頃））の名を持ち出して「保名」と並置する「おのれ」は、前近代と近代のどちらか一方にのみ身を置くことができない人物である。そこにあるのは、新たな時代に対応し切ることも、さりとて前の時代に安住することもできぬ「おのれ」の姿であり、言い換えれば、「おのれ」は前近代の物語と近代の物語を断続ではなく同時的に捉える人物であるということになる。ここに、二つの時代の積極的な接続を読み取ることができよう。

この「おのれ」の不調を、「今の世に名ある国手」は適切に診断することができない。近代科学の成果の反映であり、時代の最先端を行くはずの独逸医学を修める「国手」は、「独逸語の病名をほのめか」すのみで、「おのれ」

の病状は完治に至らない。ここに、一見万能にも思える近代医学の限界が示されている。そして、「怨霊」の憑依という「おのれ」の不調の原因を探り当てるのは、皮肉にも非科学的で旧時代的な「卜者の翁」であり、国家によって排除されつつある梓神子なのである。近代の限界、そして前近代の可能性を示しているという意味で、この設定は前近代を排斥し近代を称揚する同時代に批評的に響くものである。

加えて、「凡そ物は其需要のあらん限りは人為もて断滅すべきものにあらず」と判断し、「我此時に方り巫を信じ鬼に佞することの智士の耻たるを知らざりしにあらず然れども軽々しく排くること亦更に非なり」とする「おのれ」の慎重な姿勢を、文学の問題へと拡大して考えることは見当違いではなかろう。前近代的な文学の場合も同様に、需要がある限り前近代的だからという理由で排除するわけにはいかない。繰り返しになるが、「おのれ」の姿勢から窺えるのは、前近代を切り捨てて近代を獲得しようとする同時代への疑義である。「若夫れ未だ神子の何たるを明めずして排けんとするは疑不及也果たして信ずるに足ざるかあらぬかは面前彼を試したらん後なるべきなり我の彼を訪ふや彼を妄信するが為めの故にあらず学問の為に研究の緒を開かんとするのみ」と述べる「おのれ」は、前時代の事物を全面的に肯定するのではない。「学問の為の研究の緒」として梓神子による口寄せを実践する「おのれ」の試みは、前近代的要素を近代の視点から再検討する行為であり、ここでも「おのれ」が二つの時代を架橋し、積極的に接続させる人物であることが示されるのである。

四、曲亭馬琴の怨霊が捉える同時代の批評状況

本作において、同時代の批評状況が常に意識されていることを見逃してはならない。そしてそれは、先人の怨

霊という形で現れる。梓神子がまず初めに呼び寄せたのは、曲亭馬琴の死霊であった。一時は不遇に処せられたものの、明治の文壇では自らの文学が再評価されており、明治の文壇が自らの影響下にあるのだと主張する馬琴の怨霊は、自らの「再生」の予感を抱いている。

たしかに、明治二十年代には、翻訳小説の流行は落ち着きを見せ、歴史的人物を素材とする「時代小説」が続々と復活していった。山田美妙「胡蝶」（『国民之友』「附録」明治22年1月）や「新作十二番のうち既発四番合評」でも言及された饗庭篁村の『新作十二番之内勝鬨』（春陽堂、明治23年4月）もその一例である。と同時に、自ずと「勧善懲悪」調の物語も復活し始める。しかしながら、「勢ひのかうなる中に頑にして鈍きこと汝の如き輩のありて我理想を低しと誹り我観念を卑しと罵る而も些の証をも示さ」ない人がいることを馬琴の霊は憤慨する。「おのれ」のように、具体的な根拠も示さず自身を批判する者がいるのだと馬琴の霊は託つのである。つまり、馬琴の怨霊は同時代の批評状況を批判しているのであり、物語外の情報を参考とすれば、馬琴を否定した「小説神髄」に対する逍遙の自己批判としても読めなくはない。松月堂の分冊版『小説神髄』第二冊、第三冊目にあたる「小説の主眼」で展開された以下の馬琴批判は有名である。

彼の曲亭の傑作なりける八犬伝中の八士の如きは仁義八行の化物にて決して人間とはいひ難かり作者の本意もともとよりして彼の八行を人に擬して小説をなすべき心得なるからあくまで八士の行をば完全無欠の者となして勧懲の意を寓せしなりされば勧懲を主眼として八犬士伝を評するときには東西古今に其類なき好稗史なりといふべけれど他の人情を主脳として此物語を論ひなば瑕なき玉とは称へがたし［…］蓋し八犬士は曲亭馬琴が理想上の人物にして現世の人間の写真にあらねば此不都合もありけるなり

むろん、取り立てて作者逍遙の自己批判を想定せずとも、馬琴の霊による批判の射程が『小説神髄』を含み込もうとしていることは明白である。なぜなら、「汝増長の其昔し一も二もなく我れを罵りて勧懲の模型に局したりといひなし八犬士を例証にして非理屈をならべしが取るに足らざれば今まではいはざりき是我作の差別に目をつけ我作の平等を知らぬ痴愚なり」と語られるからである。馬琴の霊は、批評には具体的な指摘が必要であり、形而上的で曖昧な表現は批評ではないと主張する。そのような主張に対し、「第三回」「第四回」では「おのれ」による反論が繰り出される。

「おのれ」は、「今人の謂ふ勧懲とは足下の謂ふ勧懲と名は似て実の異なる」ものであり、馬琴が拠って立つ笠立による勧善懲悪が「方便の為の勧懲」であるために、「人間の善悪を自証しての上にておのづから発する勧善懲悪とは先づ其性に隔あれば其相もまた同じき事を得」ないのだと反駁する。ここから読み取れるのは、前近代的な概念を近代へと単純に当て嵌めることへの「おのれ」の警戒であり、近代に前近代を安易に嵌入することへの疑念である。前近代と近代は単純に連続しているのではない。解釈という行為を通して、積極的に接続される必要があるのである。

笠立の勧善懲悪は、『閑情偶寄』[8]及び『笠翁传奇十种』の「玉搔头序」[9]に詳しい。前者の「戒讽刺」の段には「劝使为善，诫使为恶」との記述がある。該当箇所は、昔の人には字の読み書きができる人が少なかったために、スズによって愚かな男女に善を為すことを薦め、悪い事をする勿れと誡めていた。現在はもうそのようにする理由はないため、このような文章を設けて優れた説法を借りて大衆に言い聞かせるのだ、というような内容である。そして、「以之劝善惩恶即可，以之欺善作恶即不可」（以上の事から勧善懲悪は良いが、善を欺いて悪を為すことは良くない）

との結論が述べられている。さらに、後者の著作には「昔人之作传奇，事取凡近而义发为惩」という記述がある。当時の中国語における「传奇」とは、日本語で「物語」程度の意味を表すらしい。この一文は、「昔ノ人传《伝》奇ヲ作ル、事ヲ凡近ニ取リテ义《義》ヲ为惩《勧懲》ニ发《発》ス」と読み下しできるであろう。そしてこの一文を引用しながら勧善懲悪について述べたのが、「八犬伝第九輯帙下套之中後序」[10]であった。

このような前近代に傾いた馬琴による勧善懲悪論に対し、「足下は方便といふことに拘ひて理想をきづつけ勧懲といふことに泥みて美術を汚せり」と「おのれ」は痛烈に批判する。馬琴の勧善懲悪は「方便」のためのものであるために、「理想」が軽視されているのだ。一方で「おのれ」の論によれば、一貫した「理想」に基づいた勧善懲悪であれば構わないということにもなろう。したがって「おのれ」は単に勧善懲悪を良し悪しの判断基準にしているのではない。

「おのれ」は続けて、近頃誕生しかけている「理想派の勧懲詩人」の存在と「明治二十四年」の文壇状況を語る。やはり同時代の文壇状況が繰り返し言及されていることを確認しておこう。今の時代の作者は古人よりも「上手」であり、「学問も理想も上なるべし」と「おのれ」は現在の作者を擁護する。現在の作者はただ着想が「普遍相」ではなく「現在相」に偏っているだけなのだ。それは、現在の作者の発想が近代のみを指向していると言い換えることができよう。ここに欠如しているのは、前近代を近代へと接続し、その近代をその先の時代へと接続していく意識であろう。

明治24年の文壇状況は、例えば内田魯庵「二十四年文学を懐ふ」（「早稲田文学」明治25年2月）を参照できる。「おのれ」は、「若し廿四年以後に於きて時代物の小説起らば此たぐひ出来すべし足下の流儀とはちがふなり且つ又只相のみを見ても足下のとはちがふなり」と馬琴の霊の主張を峻拒し、馬琴の「時代小説」は「客観」であり「エポス」であるが、当今の傾きは「主観」であって「リ、ツク風ドラマ風」であると両者を対置する。「おのれ」は、前近代と近代が断絶しているという現在の文壇状況を正確に捉えているのだ。

五、井原西鶴の怨霊が捉える同時代の批評状況

続いて登場するのは井原西鶴の怨霊である。長い間日の目をみなかった西鶴文学であるが、近年は西鶴を慕う人々が続々と出現し、再評価され始めた。その再評価の基盤がしっかりしていないというのが西鶴の霊の恨めしさの正体である。西鶴ブームについては、竹野静雄の『近代文学と西鶴』[11]に詳しく、再評価の理由として、本書では明治二十年代初頭の古典復興期に「欧化に刺激されて強まった文学尊重意識から伝統文学が再認識され、遡ってやがて西鶴に及んだ」ことと、「『小説神髄』に学んだ作家たちが戯作文学の傾向性と卑俗性をようやく否定し、政治小説・翻訳小説をも斥けて、西鶴に写実文学としての価値を見出した」こと、さらに硯友社同人のように「言文一致の未熟さに倦んだ世情に西鶴風の雅俗折衷体が迎えられた」ことが挙げられている。例えば饗庭篁村は、いち早く西鶴の影響を受容し、尾崎紅葉に『男色大鑑』（貞享4年）を提供している。淡島寒月も西鶴本の蒐集や翻刻・紹介を行い、尾崎紅葉の場合も西鶴に傾倒し、「伽羅枕」（『読売新聞』朝刊、明治23年7月5日〜9月23日）などの雅俗折衷体や西鶴調の作品を発表している。幸田露伴も寒月から大量の西鶴本を借りており、「露団々」（『都の花』明治22年2月17日〜8月4日）や『風流仏』（吉岡書籍店、明治22年9月）などの西鶴調の作品を執筆している。評論「井原西鶴」（『国民之友』明治23年5月）も有名であろう。また内田魯庵は紅葉の紹介で寒月邸を訪れ、「『好色五人女』序」（『好色五人女』武蔵屋叢書閣、明治23年12月）などの西鶴に関する評論を執筆している。中西梅花も寒月邸に出入

りし、元禄文学の研究を行ったという。

しかし、西鶴への批判的言説が存在しなかった訳ではない。愛鶴軒西跡・蝸牛露伴（幸田露伴）合作の「井原西鶴を弔ふ文」（「小文学」明治22年11月）において、露伴は、

悼ましき哉、楞厳の会に古王の歎、おもかげの歌に閨秀の感。さもあらばあれ日月心なくして嘗て止まらず、干支則あつて更に緩まざれば、英雄畢竟馬前の塵、美人多くは是泡中の影、消て痕なく去つて声なし、遂に行く道を免れし者もあらねば、頓て解けん身を誰か保たむ。

と述べており、内田魯庵の場合も前述の「「好色五人女」序」において、

彼は小説家にも物語作家にあらねば、元より彼の手腕をもて京伝或は馬琴と比ふもあらず。彼が述作は足利時代の小話を一転し分明に一種の浮世草子なるものを起し小説世界の一起源を開きしかど、悉く端物にして広く人間を観察せしも社会の一部に過ぎず、殊に性情を面白く写せしも其変化流転する所以を詳かにせず、深く世態と人情の関係する処を説明せしに非ず、又最高の理想あつて是を人事に寓せしにもあらず。されば小説家として是を尊ぶ事頗る疑はしく、京伝馬琴以上にあるべくも思はれず、思はれざるも彼の価値は毫も減ぜざるなり。

と述べている。西鶴の怨霊はこのように同時代における西鶴ブーム及びそれに伴う形で登場する西鶴批判を挙げ

ながら、「我悪からば悪いやうに何故親切にいうてはくれぬ」といふように、馬琴の怨霊と趣旨を同じくする恨み言を述べる。ここでも、怨霊は抽象的・形而上的な批評ではなく、具体的な批評を求めている。同時代の批評状況を批判するこの発言に対し、「おのれ」は西鶴に対する敬意を表出しながらも、西鶴の霊が述べる「時代物興隆」が「世話物衰退」を示してはいないことを指摘する。

「おのれ」によれば、作者の「理想」が広く、当代を容れることができるならば、現在の社会の姿のみを写したとしても未来の社会は写し得る。作者の「理想」が広ければ、仮に特定のものの姿を描写（＝「時代物」）したとしても、それは普遍的なものをも写し得る（＝「世話物」）のだ。それは「理想」の存在によって二つの時代の接続が可能となることを示しているだろう。その具体例として、「シエークスピヤの作は其名は古英国を写せるもの」であっても、「彼天稟の詩人幸ひにして小理想の奴とならずして造化が教ふるままに写し」たために、「今尚吾々の智と情とを動かし不言不説の間に我々の未来をも教ふる」のだという。つまりそこに、「世話物」と「時代物」の差別は不要なのである。そして、西鶴の霊が主張する「世話物衰退」の原因として、「おのれ」は世話物作者が「明治二十四年度」を写し得ずに「理想中の二十四年」を描いているに過ぎないということを挙げるのである。

六、近松門左衛門の怨霊らが捉える同時代の批評状況

次に登場するのが近松門左衛門の霊である。「所謂ドラマとやらんの真の旨を得て人間の本相を写したるものは斯くいふ門左衛門を除きて外はあるまじ」と自賛する近松の霊は、「実用と美術とを一つ」にする「理屈づく

めの評判」を否定し、作者それ自体（＝「実用」）と作品（＝「美術」）との線引きを要求する。そして、「凡そ美術といふものは実と虚と皮膜の間にあるものなり虚にして虚ならず実にして実ならぬ間にこそ美術の趣味は籠るなれ」と『難波みやげ』（元文3年）にて展開された「虚実皮膜論」[12]を語る。近松はその中で「芸といふものは実と虚との皮膜の間にあるもの也」「虚にして虚にあらず、実にして実にあらず、この間に慰が有たもの也」「趣向も此ごとく、本の事に似る内に又大まかなる所あるが、結句芸になりて人の心のなぐさみになる」と述べ、徹底的な写実でもなく、かといって虚構に過ぎることもない、「似」ていながらも「大まか」という微妙な所に「芸」の本質をみる。「実」にのみ偏ればその作品はすぐに風化してしまうが、「虚中の実」を書けばそれは普遍的なものになる。近松の霊の恨み言は、「日本国のシエークスピヤ、シーザル、オテロー、リヤー」という同時代の称賛が無根拠で覚束ない点にあり、馬琴・西鶴の怨霊と同様に具体的な批評の必要を訴えている。

近松の怨霊に対し、文壇の代表者として「おのれ」は疑義を呈する。何を「虚」とし何を「実」とするかの峻別は容易ではなく、さらには「実」から出る「虚」というものもある。「おのれ」は、当世の理屈家が説く詩の「写生」について言及しながら、「画工」と「写真師」、「詩人」と「理学家」の違いを述べる。そして、今の世は「形の実を重しとすること理の実を重しとするよりも甚だし」いのだと現在の傾向を批判する。つまり「おのれ」の批判は、前近代と近代、その両方に向いていることになる。

近松の霊ののち、紫式部、本居宣長、荻生徂徠かと思われる漢文学の霊、特に外山正一を想定したと推測できる「新体詩抄」の作者の霊[13]など、様々な怨霊が入れ替わり出現し、梓神子は気絶する。つまり、中古、近世、近代と時代を横断した怨霊が登場するのである。本作に捉えられているのは、前近代のみでも近代のみでもない。その両方が、断絶でも嵌入でもない接続という形で存在するのである。

七、前近代文学と近代文学の接続

梓神子の気絶後に展開されるのが、取次老爺による「おのれ」批判である。老爺による「批評」論では、「おのれ」が「理想」を「杓子定規」という一定の基準に当て嵌めようとする点、「おのれ」の「批評」が結局は「嗜好」に過ぎない点が批判され、時と場に応じて「標準」が動く「批評」と明確な「標準」がある「裁判」の差異が打ち出される。「用不用」という実用性を目安にした勘定は「批評家」の本分ではない。「批評家」は、「美術の解釈者」でなければならないのだ。老爺は「批評とは元褒貶の謂ひにあらず」、其の作品の「本旨の所在を発揮する」ことにあると主張する。ゆえに「批評家」は、作品に表われる作者の「理想と技倆とを発明」しなければならない。

近ごろモールトンが唱ふる科学的批評の旨も此意の外ならず演繹的専断批評の世は逝かんとす帰納的批評の代近づけり就中没理想の詩即ちドラマを評するには没理想の評即ち帰納的評判を正当とす夫の理想詩は益あれども害なし特り理想評判に至ては当代の詩人を誤らしめて兼ては前代の詩人を損なふ其罪いと大なり斯くいへばとて貴公此論をもて直に作者の心得とすべきものなりと思ふこと勿れこれは科学的批評家の心得なり批評家の心得と作者の心得とは別なり批評家の眼中より見れば作者は没理想といふことを主とするも元より不可無く勧善懲悪といふことを主とするも不可なく唯美之写さむと力むるもよかるべし作者としての作者の心得については別に論あり爰には只批評家の本分をいふのみなり云々の作は世に益あり又は益無しといふは当世又は未来世に対しての評判なりこれは科学的批評にあらずして実地応用批評などといふべし純粋評判

と応用評判との間に別あること猶純粋哲学と応用哲学との間に別あるが如くなるを知れかし

老爺が言及する「モールトン」とはMoulton Richard Green〔嘉永2（1849）年5月5日‐大正13（1924）年8月15日〕を指し、「近ごろモールトンが唱ふる科学的批評」とは、おそらく「Shakespeare As A Dramatic Artist」（The Clarendon Press, Oxford, 明治18（1885）年4月）で展開された文学批評論であろう。本書の邦訳は現在に至るまで出版されておらず、正宗忠夫（白鳥）がCharles Mills Gayleyによる「An introduction to the methods and materials of literary criticism」（Ginn & Company, 明治32（1899）年）を抄訳した『文学批評論』（早稲田大学出版部、明治37年）においてその内容を僅かながら確認できるのみである。したがって、逍遙が原書を読んでいたことに疑いの余地はない。逍遙は以下の引用をはじめとする原書での記述を前提に「帰納的批評」を理解したのだ。

The presumption is clearly that literary criticism should follow other branches of thought in becoming inductive. Ultimately, science means no more than organised thought; and amongst the methods of organisation induction is the most practical. To begin with the observation of facts; to advance from this through the arrangement of observed facts; to use a priori ideas, instinctive notions of the fitness of things, insight into far probabilities, only as side-lights for suggesting convenient arrangements, the value of which is tested only by the actual convenience in arranging they afford; to be content with the sure results so obtained as 'theory' in the interval of waiting for still surer results based on a yet wider accumulation of facts: this is a regimen for healthy science so widely established in different tracts of thought as almost to rise to that universal acceptance which we call common sense. Indeed the whole progress of science consists in winning fresh fields of thought to the inductive methods.

先述したように、逍遙は「没理想の由来」（「早稲田文学」明治25年4月）中で、人身攻撃や毀誉褒貶に終始していた日本文壇の批評を否定し、モールトンの「帰納的批評」を企図していたと執筆の意図を振り返っている。モールトンが提唱するのは、他の思想分野に倣った帰納的な文学批評であり、「a priori ideas」や「instinctive notions of the fitness of things」「insight into far probabilities」、要するに「おのれ」がいうところの「理想」は利便性を追求する際に用いられる副次的なものでしかない。

「演繹的専断批評」から「帰納的批評」への移行が示すのは、「没理想」の詩＝「ドラマ」を評するには「没理想の評」が正当であるという、作品の性質に合わせた批評態度・批評方法選択の必要性であろう。そして、「理想詩」はいいが「理想評判」は駄目であるというように、「理想」の問題が作者側から評者側へとスライドされていく。作者側が「理想」を持つことは必要である。しかし批評者は「理想評判」を持つことは禁じられているのであり、そこにあるのは批評家と作者の峻別であろう。批評家は「理想」を離れて其物を評すべきであり、作者には作者の心得がある。「科学的批評」ではない「実地応用批評」の代わりに、「純粋批評」が求められるのである。そして、この取次老爺の発言こそが「まことの没理想の作者と批評家の本相」であると結論付けられるのである。

かくして、「おのれ」の不調は、別名「お染風」とも呼ばれた「忌はしの流行風」へと回収される。つまり、「おのれ」の不調は時代の所為にされるのである。本作と同年に出された「風俗画報」には「お染風」の記事があり、[14]「此度の流行性感冒《インフルエンザ》をばお染風と名附けたるは伝染病の染の字を取りしものなる由」とその名の由来が説明されている。流行性感冒は明治23年夏に流行し、命を落とした人も多くあった。次第に「虎列拉《コレラ》流行の勢ひ猖獗なるに圧倒されて暫く潜」んでいたものの、冬にコレラが終結すると再び勃興しはじめる。そこで、多くの家では『新版歌祭文』〔近松半二、安永9年初演〕や『於染久松色読売』〔四世鶴谷南北、文化10年初演〕等のお染久松物語に因み、「門口に久松留守と書いて粘付け置けばお染風が入らぬよしにて市中を見れば往々久松留守と赤き紙へ書いて粘付け」た。「中には誤つてお染留守と書いて粘たるもの」もあったそうで、「梓神子」末尾の「お染留守」もそれに該当する。つまり、「おのれ」は「理想不在」と書くことで、怨霊の憑依を避けようとするのである。「流行風」という同時代の現実とともに、それを「護符」という前近代的な方法で対処する現実を末尾に描写することから も、この物語において前近代と近代の接続が一貫していることを窺い知れる。

「流行風」がそうであったように、「梓神子」はやはり明治24年という今現在に立脚し、さらにその立脚点を絶えず意識させるように書かれている。「梓神子」で繰り返し説かれるのは、具体的かつ作品に沿った批評の必要性であった。さらに本作は、梓神子という非論理的・前時代的な装置によって浮上させたものを、論理・近代的なもの、即ち新しい文学評論という形へと接続していく試みであったと捉えることができる。「梓神子」は前時代の排除に傾く同時代を批判的に捉えながら、前時代を同時代へと積極的に結びつけようとする。それは、文学の場合も同様である。〈当代の文学〉を〈怨霊たちによる恨み言〉が批評し、さらにそれを〈おのれの反論〉が批評する。その〈おのれの反論〉をも〈取次老爺〉によって批評していくという構造[15]は、まさに前近代文学と近代文学を接続する多重化された批評行為である。おそらく、「梓神子」が最初から論理立てて書かれていたとすれば、このような重層的な批評・相対化は不可能だったといえよう。そしてこれこそが、梓神子を据えて過去の霊を蘇らせるという戯文めいた前近代的文体、既存のジャンルに回収されることのない「新文字」だからこそ書くことができた世界だったのではないか。

八、おわりに――多重化される批評

論証してきたように、「梓神子」は梓神子という前近代的装置を使い、さらにそれを非‐言文一致体である前近代的文体を使って表現することで、同時代の批評状況に一矢を報いようとする。言文一致体が普及しつつある時代に敢えて非‐言文一致体を採用し、さらに前近代を排斥して前近代と近代を断絶として捉える同時代の状況を作中に描くことで、前近代と近代を積極的な接続として捉えようとする本作は同時代の批評状況への批判として作用するのだ。一見前時代を装いながらも近代への接続を企図する本作の前衛的な試みは、明治24年には既に、近代的装置や近代的文体のみでは同時代文壇への対抗《カウンター》になり得なかったことを示唆していよう。

口寄せされる怨霊たちは、彼らに対する明治24年現在の批評を批判する。その霊による批判を「おのれ」がさらに批判する形で物語は展開される。しかし、本作はそれだけではない。取次老爺が「おのれ」の批評をさらに批判することによって、新たな時代に来るべき批評の姿が提言されるのである。同時代のみならず、過去も未来も見据える多重化された批評は、同時代の人々にとっては新鮮な戸惑いを隠せぬ「新」たな「文字」であったといえよう。

「梓神子」では、前近代を排斥して一新させようとする同時代への批判とともに、前近代と近代を断絶ではなく接続によって捉えようとする姿勢が貫かれている。印象に終始し具体性が欠如する（と本作で語られる）同時代の批評状況に対し、次の言説がその前の言説を否定によって更新し、その否定された言説をさらに次の言説が否定によって再更新するという具体的かつ多重化された批評行為自体が、既に実験を伴なった一つの大きな批評行為となり得る。その苦闘を言い当てたのが、幾重もの否定が重ねられた末にようやく定義付けられた、既存のジャンルには収まらぬ「新文字」というカテゴリーであろう。

要するに「梓神子」とは、敢えて前近代性を装いつつ、前近代を近代へと接続する試みだったのであり、それを〈近代小説〉の提唱者である坪内逍遙が行ったことに大きな意味がある。この試みがいかに同時代に作用し、いかに〈近代批評〉を変容させたかについては、「梓神子」の読解に主眼を置いた本稿では保留せざるを得ないが、この点は後の〈近代批評〉の展開を丹念に追うことで解明できるはずである。

本稿では、「梓神子」が没理想論争の前哨戦へと回収される小品ではなく、新たな批評方法の模索であったと積極的にその意義を見出したい。そしておそらく本作は、明治二十年代という時代に〈近代批評〉が胚胎していた可能性を正確に捉えている。とするならば、文学史で取り沙汰されることの殆どない坪内逍遙の「梓神子」にこそ、〈近代批評〉の始点は見定められるのである。

【注】

（1）福地櫻痴「社告」（「読売新聞」朝刊、明治24年5月15日）
（2）臼井吉見『近代文学論争』上（筑摩書房、昭和50年10月）
（3）斎藤順二「没理想論争の発端をめぐって―「小説三派」「梓神子」と「逍遙子の諸評語」―」（「二松学舎大学人文論叢」昭和53年10月）
（4）中村完「「底知らずの湖」と「梓神子」―「没理想」観の成立―」（「国文学ノート」昭和59年3月）
（5）撫象子「小説、春廼屋漫筆」（「女学雑誌」明治24年10月）
（6）岡本絵里「坪内逍遙「梓神子」を読む―明治二〇年代初頭の「古典」―」（「論叢　国語教育学」平成22年9月）

（7）以下、役職としての梓神子についての記述は、中野洋平「信濃における神事舞太と梓神子―信濃巫女の実像」（西村明高『日本文化の人類学／異文化の民俗学』（小松和彦・還暦記念論集刊行会、平成20年7月））及び橋本鶴人「近世地域社会と宗教者の社会的位置―神事舞太夫・梓神子の事例から」（東日本部落解放研究所編『東日本の部落史Ⅲ身分・生業・文化編』（東日本部落解放研究所、平成30年1月））参照。なお、作品名「梓神子」と区別するために、本稿では役職梓神子を示す場合は、引用の場合も括弧を用いずに表記する。

（8）温京华、田军点校『笠翁文集第一巻　闲情偶寄』（光明日报出版社、平成9年10月）より引用。

（9）李漁『李漁全集第五巻　笠翁传奇十种（下）』「玉搔头序」（浙江古籍出版社、平成2年10月）より引用。

（10）曲亭馬琴「八犬伝第九輯帙下套之中後序」（『滝沢馬琴集Ⅲ』本邦書籍株式会社、平成2年11月）を参照。

（11）竹野静雄『近代文学と西鶴』（新典社、昭和55年5月）

（12）守随憲治・大久保忠国校注『日本古典文学大系 近松浄瑠璃集下』「近松の言説「難波みやげ」発端抄」（岩波書店、昭和34年8月）より引用。

（13）外山正一「「新体詩抄」「序」」（『新体詩抄』丸屋善七、明治15年6月）には、「甚だ無礼なる申分かは知らねども三十一文字や川柳等の如き鳴方にて能く鳴り尽すことの出来る思想は、線香烟花か流星位の思に過ぎるべし、少しく連続したる思想、内にありて、鳴らんとするときは固より斯く簡短なる鳴方にて満足するものにあらず」との記述がある。

（14）花兄病史「お染風」（「風俗画報」明治24年2月）

（15）

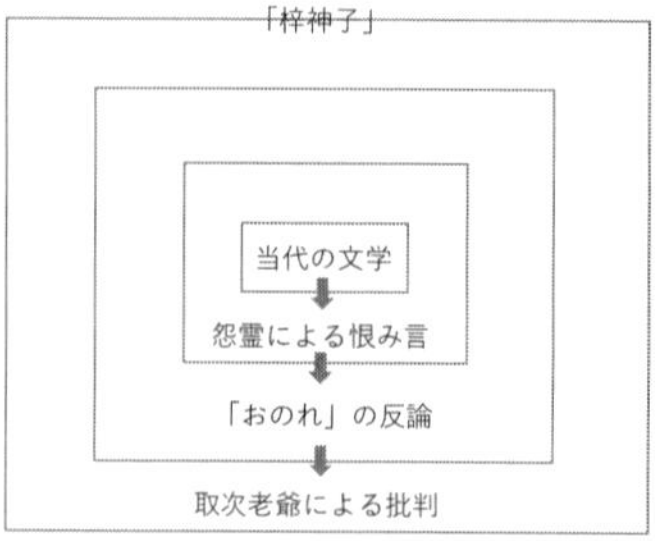

第二章　太宰治の「女語り」①——構築される「女性」——

第一節　太宰治「燈籠」論―〈記録〉される言葉と〈記憶〉による語り―

一、はじめに――掲載誌「若草」について

太宰治が文体に意識的な作家であったことは、その全集を一読すれば納得し得るであろう。過剰な自意識が溢れ出すような饒舌体は、なかでも太宰が得意としていた文体の一つであるが、女性の語り手が過去の出来事について一人称で回想しながら語っていく形式の作品群は、とりわけ〈女性独白体〉や「女語り」といった特別な名称を与えられており、太宰研究史の中でも特徴的な文体の一つとして位置付けられている。

この文体の成立を作者の側から考察したり、ジェンダー研究の立場や同時代的な文脈から意義や成果を問うたりする優れた研究は多いが、それぞれが異なる物語を有するこれらの作品群がどのように関連し合い、この文体が太宰文学の、ひいては日本近代文学の中でどのように位置付けられるかという問題については検討の余地が残されている。とすれば、まずは〈女性独白体〉であるとされる作品を、一つ一つ丹念に検討していく作業が急務であろう。

本稿で取り上げる「燈籠」は、数多い太宰の〈女性独白体〉小説の第一作目であるという点で意義深い。この文体発生の端緒へと遡行して、この作品のいかなる部分が成功し、同時代人からいかに受容・評価され、後に書き続けられる同文体の作品とどのような点が共通しているかを見定めることは、〈女性独白体〉、さらには太宰治

の文体を考える上で必要不可欠である。

太宰治の「燈籠」は、昭和12年10月に「若草」誌上に発表され、後に創作集『女性』（博文館、昭和17年6月）に収載された。この物語の主人公、「ことし二十四」になる「さき子」は「まづしい下駄屋」の「一人娘」である。「五つも年下の商業学校の生徒」である「水野さん」と眼科で知り合い、懇意になった「さき子」は、彼のために「男の海水着を一枚盗み」、交番に連行されてしまう。「さき子」は警察の尋問に対して必死に弁解を行うのだが、この事件は「変質の左翼少女滔々と美辞麗句」という見出しで新聞に掲載せられ、「水野さん」からも一方的に縁を切られてしまう。しかし「さき子」は「あかるい電燈の下」で、自分たち一家は「美しい」のだと胸にこみあげて来る「静かなよろこび」を語る。

「燈籠」の初出が掲載された雑誌「若草」は、大正14年10月に宝文館より創刊された文芸雑誌である。[1]「若草」は「令女界」の姉妹雑誌として位置付けられており、創刊号の巻頭に掲載された「この『わかくさ』は、新しき時代のよき女流作家を世にださうといふ、尊い使命をも負うて、雄々しく生まれ出たのです」という城しづかの宣言を裏付けするような充実した読者文藝欄、投稿欄、通信欄がその特徴の一つといえる。「女性中心」ではあるものの、男性投稿者も歓迎していることは、「令女界」に掲載された「若草」広告（大正14年8月）の「其の文藝の応募者に男女の区別を設けない」という一文からも窺える。

水谷真紀[2]は、同人制が解消され、編集方針が明確となった大正15（1926）年3月号の「若草」を調査し、佐藤春夫の「忘れがたい少女」、佐藤惣之助の「乙女ばなし」、川端康成の「少女と文藝」といった「少女」に関するテクストが掲載されたことに加え、片岡鉄平、今東光、稲垣足穂の作品の主人公や語り手が何れも女性であることに着目し、「男性作家が『若草』に寄稿するテクストは、若い世代の女性を主人公と設定することが多くみられる」ことから、「「女性中心」という『若草』の編集方針は、女性作家を多く登用するという書き手のジェンダーのみを意味するのではなく、若い世代の女性を中心とした物語を掲載することも示しているといえるだろう」と述べているが、水谷論の調査対象時から十二年が経過した「燈籠」掲載時にもこのような傾向が見られるといえそうである。というのも、「若草」に発表された太宰治作品も概ね「女性を中心とした物語」なのである。
例えば、太宰が「若草」に初めて寄稿した「雌に就いて」（昭和11年5月）や「あさましきもの」（昭和12年3月）、「I can speak」（昭和14年6月）、「律子と貞子」（昭和17年2月）では、女性を中心に物語が展開される、あるいは女性が物語の鍵となる作品である。また、「燈籠」を機に、「葉桜と魔笛」（昭和14年6月）や「誰も知らぬ」（昭和15年4月）といった、女性の語り手が主人公となるいわゆる〈女性独白体〉作品も次々と寄稿される。もちろん、「ア、秋」（昭和14年10月）や「乞食学生」（昭和15年4月～昭和15年12月）といった例外となる作品もあるが、太宰は概ね「女性中心」という特色に沿った作品を「若草」に発表していることがわかる。

二、同時代評／先行研究

今でこそ太宰文学の一転機と目される「燈籠」であるが、同時代人の反応は存外乏しかった。「若草」の読者投稿欄である「「座談室」前号合評―本誌の批評・感想・読者文藝の批評・感想等―」（昭和12年12月）に掲載された島田実の投稿文では、「燈籠」に対して否定的な評価がなされている。

太宰治は取つつきにくい男である。しかし取つついてみると、彼の文学はより親しまれて、再読時には書取つておく程になるのだ。しかし此の作品を彼は何のために書いたか。原稿料を取るためでなかつたかと疑ひたくなる。前のコントの方がまだよかつたやうな気がする。

ここで、「まだよかつた」と含みのある言い方で評価されている「前のコント」とは、昭和12年3月に掲載された「あさましきもの」を指している。「燈籠」を「原稿料を取るため」に書いたのではないかとする島田の推測には、この作品が作家の純粋な芸術表現としてではなく、生計の手段としての水準にしか成り得ていないという痛烈な批判が含有されている。同記事に掲載された美山壮児評では、「創作では中條百合子氏と太宰治氏とのが断然よかつた」と太宰の「燈籠」について言及されており、木村道康評では「「変種」と「燈籠」は略同じやうなもの。でも悪くない」と、「燈籠」と同じ号に発表された細野孝二郎の「変種」と並列して評価されている。美山評と木村評では、作品自体は差し当たり評価されているものの、詳述するほどの作品としては捉えられていない。現在、確認できる「燈籠」に関する同時代評は上記の三つであり、「若草」以外の有名文芸雑誌にはこの作に関する評は見当たらない。つまり、発表時に於いて、「燈籠」は文壇で話題になった訳でも、高評価を受けた訳でもなかったのだ。「燈籠」は、事後的に評価された作品なのである。

次に、主要な「燈籠」研究史を確認したい。昭和12年という「沈黙」の時期に「燈籠」が発表されたことに着目し、「前期から中期への移行を直截に表現した唯一の小説である」と評した奥野健男論[3]を皮切りに、「燈籠」は太宰文学の一転機として捉えられてきた。「燈籠」を「太宰の作家としての転換を直接的に示すという意味で非常に重要な作品」であると指摘した兼弘かづき論[4]や、「燈籠」を「「前期／中期」の〈中間点〉ではなく、両者を結ぶ〈結節点〉として記念碑的な作品」と評価する平浩一論[5]はその一例である。

この転機の内実は、大きく二分されているといえよう。一方は、物語内容・作風の転機であり、〈明るさ〉や〈家族の団欒〉という要素に着目したものである。例えば〈「あかるい電燈の下」に集う家族の団欒〉という構図を発見し、この構図を初めて成立させたという点において「燈籠」を一つの転機と見做している角田旅人論[6]は、その代表的な例であろう。

このような見方は、「燈籠」の物語内容と太宰の実生活とを重ねて読解する指向から導かれたものだといえる。佐々木啓一論[7]の場合は、「さき子」の少女性は太宰の韜晦の手段としての「自己卑下」だと読み解く。また、石田忠彦論[8]では、「さき子」ではなく「水野」に太宰を重ね、「水野」の手紙の白々しさは「太宰の自己批判」であると考察している。一方、井原あや論[9]は、「皆が揃って同じ方向へと進んでいく時代の中で、その輪の中から抜け出して生きるさき子の姿」から、「戦中の太宰の姿勢」を読み解ける可能性を論じている。「さき子が自分の感情に向き合い、負の過去を〈振り返る〉」過程に意味を見出す山田佳奈論[10]は、太宰が「「燈籠」を執筆することで、自らの荒れた半生を受け入れようとし、その反省に一区切りつけて、新しい道を歩もうとしたのかもしれない」と考察する。

たしかに、「燈籠」が発表された昭和12年は、小山初代と小館善四郎の姦通発覚、初代との心中未遂、別居、離別、姉あいの死、兄文治の選挙違反といった事件が相次ぎ、太宰にとってまさに激動の一年であった。太宰の心境が主人公「さき子」に仮託されていると読み解く従来の論は、「さき子」が絶望の中から〈明るさ〉を見出す物語内容に、陰りの多い実生活から太宰が一抹の希望を見出すプロセスを投影しているのだ。

他方では、「燈籠」は文体・手法の転機としても捉えられており、いわゆる〈女性独白体〉や「女語り」と呼ばれる、女性の語り手によるモノローグ形式の作品の嚆矢であることが指摘されている。この文体が採用されたことについて、木村一信論[11]では、「単に文体上の問題にとどまらず、作品の内容とその価値、太宰治という作家の作品史における意味といった諸問題にまで関わる事柄」であるとしている。また、和田哲也論[12]は、太宰が「前期」の創作姿勢に行き詰まりを見せ、転換の必要に迫られていたことを論証した上で、この文体が「〈主観〉から「客観」への視点の変化」という転機を齎したと論じている。また、金京淑論[13]は「〈芸術の重大の岐路」に立たされた当時の作者が、それまでの自己向けの前期的な作風を変え、直接的な自己表現を抑制して行くにあたって極めて有効的な表現方法でもあったはずである」と〈女性独白体〉を評価している。一方、水川布美子論[14]では、「独白」という形式自体が「世間との隔絶を宣言するような姿勢をとっている」ことを指摘し、「社会的視点を除外したまま家庭の幸福に終始し、それで問題解決と出来るのは、さき子が女性だからではないか」と「女性の独白による長所、もしくは甘さ」を批判している。さらに、遠藤祐論[15]のように、この作品からは「自分以上の存在、特定の〈誰か〉」を聞き手として意識する語り手の姿勢が窺えるので、「女性の一人称の語りというかたち」をとってはいるものの、「女生徒」や「斜陽」のような「独白体」の作品ではないという見方もある。

今でこそ太宰文学の転機と位置付けられている「燈籠」が、発表時に於いてそのような評価がなされていなかったことは先に確認した。本稿では、太宰の全十六篇[16]ある〈女性独白体〉作品群の嚆矢となったといわれる「燈籠」を、「女性」は果たして「独白」しているのかという観点からもう一度問い直し、「燈籠」発表後、昭和23年1月まで十年以上に亘って書き続けられるこの女性一人称の文体・手法において、「燈籠」がいかなる意味を持っているのかを探っていく。その上で、「燈籠」の中の様々な種類の言葉の混在に着目し、その言葉を〈記憶〉と〈記録〉に分類して、〈記憶〉が〈記録〉を覆っていく様相を辿りたい。

三、「女性」は「独白」しているのか

「燈籠」が〈女性独白体〉や「女語り」と呼ばれる、女性の語り手によるモノローグ形式を持つ作品群の嚆矢として位置付けられてきたことは確認した通りである。この〈女性独白体〉という呼称は、作者である太宰自身の言葉に由来している。

　昭和十二年頃から、時々、女の独り言の形式で小説を書いてみて、もう十篇くらゐ発表した。読み返してみると、あまい所や、ひどく不手際な所などあつて、作者は赤面するばかりである。けれども、この形式を特に好きな人も多いと聞いたから、このたび、この女の独白形式の小説ばかりを集めて、一本にまとめてみた。題は、「女性」として置いた。少しも味の無い題であるが、あまり題にばかり凝つてゐるのも、みつともないのである。[17]

しかし、〈女性独白体〉という名称の「独白」、つまりモノローグという点には懐疑的な意見も多い。例えば遠藤論[18]では、「「燈籠」の語りは、基本的には〈monologue〉ではない。〈誰か〉がさき子に応えさえすれば、〈dialogue〉となる可能性をもつ」と述べており、太田瑞穂論[19]では「「燈篭《ママ》」は形式的には独白の形をとってはいても、人間存在に対話的に浸透しようとするダイアローグの志向を持った小説」だとしている。また、山田論[20]も「今は、〈振り返りのモノローグ〉だというしかない。なぜなら、この語りを誰に問いかけたかは、小説内では読み取れないからである。つまり、モノローグをダイアローグにできるかは、ひとえに語り終えた後のさき子自身にかかって

いる」と判断を保留している。要するに、これらの論では何れもモノローグ／ダイアローグという区分方法を用いて、「さき子」の「独白」が「対話」の可能性を孕んでいることを指摘しているのである。

実際に「燈籠」の冒頭をみてみよう。

言へば言ふほど、人は私を信じて呉れません。逢ふひと、逢ふひと、みんな私を警戒いたします。ただ、なつかしく、顔を見たくて訪ねていつても、なにしに来たといふやうな目つきでもつて迎へて呉れます。たまらない思ひでございます。［…］盗みをいたしました。それにちがひはございませぬ。いいことをしたとは思ひませせぬ。けれども、――いいえ、はじめから申しあげます。私は、神様にむかつて申しあげるのだ、私は、人を頼らない、私の話を信じられる人は、信じるがいい。

字義通りに受け取るのならば、「さき子」の語りは、「神様」や「私の話を信じられる人」に向かって語り始められたとみてよいだろう。しかし、それらの相手による「さき子」の語りへの反応や反駁は当然ながら本文に描かれていない。「燈籠」の語りは、他者による反駁の余地を与えぬ、対話の構築よりもあくまで自分の中に終始した語りという特質を持っているのである。

そこで、本稿では「燈籠」、あるいは他の作品における〈女性独白体〉の「独白」を、「対話」（＝ダイアローグ）と二項対立的に用いられる「独白」（＝モノローグ）ではなく、独り語り、つまり自分の語ることに対して他者による介入を許さず、自分自身に返ってくる語りという意味での「独白」と再定義して検討していく。

「燈籠」において、「さき子」はまず、「私は、まずしい下駄屋の、それも一人娘でございます。」と、「娘」という「女性」のカテゴリーに自己を同定して語り始める。これは、自己が「女性」であることを演出する語りであり、「皮膚と心」（「文学界」昭和14年11月）、「千代女」（「改造」昭和16年6月）等の作品と共通している[21]。

この点を踏まえて、「燈籠」を嚆矢とする〈女性独白体〉作品は主体が「女性」性を志向し、「女性」であることを演出するようにそれぞれの「私」を「独白」していると再定義したい。

四、「眼帯の魔法」

「さき子」は、「言へば言ふほど、人は私を信じて呉れ」ないと、語れば語るほどにその語りが信頼されないことを承知しつつ語る。「言へば言ふほど」に、その言葉の指示内容を、ひいてはその言葉を発する「私」の真意を、人は信じない。言葉を尽くせば尽くすほどに、他者の目から見れば、言葉と「私」との懸隔が限りなく広がっていくという焦燥感。このように語る「さき子」の中では、言葉が意味伝達、意思疎通の道具として十全に機能することはない。自身の言葉が真実を伝えることはできないという言葉への不信を抱えながら、それでも「さき子」は必死に何かに呼び掛けるのだ。

また、「さき子」は「誰にも顔を見られたくない」「夕闇の中に私のゆかたが白く浮んで、おそろしく目立つやうな気が」する、「この朝顔の模様のゆかたを憶することなく着て歩ける身分になつてゐたい」「薄化粧をして歩いてみたい」と、過剰なまでに外見、または他者の視線を意識している。つまり、「燈籠」では、誰かに眼差される存在としての、そしてその眼差しを忌避する存在としての「さき子」の姿が語られているのである。もちろんそれは、「盗みをいたしました」と「さき子」が語っていく窃盗事件と密接に関連している。しかし、ここで着目しておきたいのは、窃盗事件が起こる以前から、「さき子」が「わがまま娘」とされ、「水野」との交際も「男狂ひ」扱いされて近所の人たちから嘲笑されていることである。「さき子」は、事件以前から既に負性を持った人として表象されているのだ。そしてこれは、「ほとんど日陰者あつかひ」を受けるような「家庭の娘」であるという出自や器量の問題と結び付けられているのである。
「さき子」は、窃盗事件の契機となった「水野」との出会いを以下のように語る。

申すも恥かしいことでございます。水野さんは、私より五つも年下の商業学校の生徒なのです。けれども、おゆるし下さい。私には、ほかに仕様がなかつたのです。水野さんとは、ことしの春、私が左の眼をわづらつて、ちかくの眼医者へ通つて、その病院の待合室で、知り合ひになつたのでございます。私は、ひとめで人を好きになつてしまふたちの女でございます。やはり私と同じやうに左の眼に白い眼帯をかけ、不快げに眉をひそめて小さい辞書のペエジをあちこち繰つてしらべて居られる御様子は、たいへんお可哀さうに見えました。私もまた、眼帯のために、うつうつ気が鬱して、待合室の窓からそとの椎の若葉を眺めてみても、椎の若葉がひどい陽炎に包まれてめらめら青く燃えあがつてゐるやうに見え、外界のものがすべて、遠いお伽噺の国の中に在るやうに思はれ、水野さんのお顔が、あんなにこの世のものならず美しく貴く感じられたのも、きつと、あの、私の眼帯の魔法が手伝つてゐたと存じます。

「申すも恥ずかしいことでございます」と「水野」との交際を反省的に述べながらも、「私には、ほかに仕様がなかつたのです」と、自分の力では回避不可能なものであったかのように「水野」とのことが振り返られていく。

しかしこれらは、「眼帯の魔法」の所為、つまり異常時の出来事であると周到に責任が回避されるように語られているのである。「魔法」という妖術は、その効力が切れてしまえば、「魔法」に掛けられていたその時とは断絶した形で現実へと回帰していく。「眼帯の魔法」が切れた「さき子」は、その只中にいた「さき子」とは断絶していることになるのだ。

五、「さき子」の弁明

さらに「さき子」は、「みなし児」で後ろ盾が誰もいない「水野」の出自を語ることで、まるで「さき子」の窃盗が「水野」の所為である、あるいは「さき子」の窃盗に正当性があるかのように打ち出していく。しかし、その窃盗は、衝動的なものではなく、計画的犯行であったことは明らかである。というのも、「さき子」は「町内では、一ばん手広く商つてゐる」という「大丸の店」へ「すつと」入り、「女の簡単服をあれこれえらんでゐるふり」をしながら「うしろの黒い海水着をそつと手繰り寄せ、わきの下にぴつたりかかへこみ、静かに店を出」ているからである。「さき子」は自身の犯行が露呈しないよう、店選びから実際の犯行の際まで、細心の注意を払って行動しているのである。

窃盗が見つかり交番に連行された「さき子」は、次のように事情聴取される。

おまはりさんは、私を交番の奥の畳を敷いてある狭い部屋に坐らせ、いろいろ私に問ひただしました。色が白く、細面の、金縁の眼鏡をかけた、二十七、八のいやらしいおまはりさんでございました。ひととほり

私の名前や住所や年齢を尋ねて、それをいちいち手帖に書きとつてから、急ににやにや笑ひだして、

――こんどで、何回めだね？

と言ひました。私は、ぞつと寒気を覚えました。私には、答へる言葉が思い浮ばなかつたのでございます。まごまごしてゐたら、これは牢屋へいれられる、重い罪名を負はされる、なんとかして巧く言ひのがれなければ、と私は必死になつて弁解の言葉を捜したのでございますが、なんと言ひ張つたらよいのか、五里霧中をさまよふ思ひで、あんなに恐ろしかつたことはございません。叫ぶやうにして、やつと言ひ出した言葉は、自分ながら、ぶざまな唐突なもので、けれども一こと言ひだしたら、まるで狐につかれたやうにとめどもなく、おしやべりがはじまつて、なんだか狂つてゐたやうにも思はれます。

「おまはりさん」が「名前や住所や年齢を尋ねて、それをいちいち手帖に書きとつて」いるのは、調書作成のためだと推測できる。これらの情報は犯罪の証拠として、「手帖」に〈記録〉されていく。
また、ここでは、「まごまごしてゐたら、これは牢屋へいれられる、重い罪名を負はされる、なんとかして巧く言ひのがれなければ」と考えた「さき子」の支離滅裂な弁明が、常習犯として牢に入れられないための狂言であったと振り返られ、語られている。

――私を牢へいれては、いけません。私は悪くないのです。［…］私を牢にいれては、いけません、私は二十四になるまで、何ひとつ悪いことをしなかつた。弱い両親を一生懸命いたはつて来たんぢやないか。いやです、いやです、私を牢へいれては、いけません。私は牢へいれられるわけはない。二十四年間、努めに

努めて、さうしてたつた一晩、ふつと間違つて手を動かしたからつて、それだけのことで、二十四年間、いいえ、私の一生をめちやめちやにするのは、いけないことです。まちがつてゐます。私には、不思議でなりません。一生のうち、たつたいちど、思はず右手が一尺うごいたからつて、それが手癖の悪い証拠になるのでせうか。あんまりです、あんまりです。たつたいちど、ほんの二、三分の事件ぢやないか。私は、まだ若いのです。これからの命です。私はいままでと同じやうにつらい貧乏ぐらしを辛抱して生きて行くのです。それだけのことなんだ。私は、なんにも変つてゐやしない。きのふのままの、さき子です。

「私を牢へいれては、いけません。私は悪くないのです」と詭弁を弄し、自身が入牢されるべき人間ではないことを繰り返し主張する「さき子」の姿から、窃盗に対する反省は全く窺えない。あるいは、窺えないように語られていると言い換えた方が適切かもしれない。反省よりむしろ、計画的犯行であったはずの窃盗という行為自体を認めないような口振りである。そのような語りの中で、「私は、なんにも変つてゐやしない」と、事件以前の「きのふ」との連続性の中で自己を捉えようとする「さき子」の姿が浮上してくるのだ。

海水着ひとつで、大丸さんに、どんな迷惑がかかるのか、人をだまして千円二千円としぼりとつても、いいえ、一身代つぶしてやつて、それで、みんなにほめられてゐる人さへあるぢやございませんか。牢はいつたい誰のためにあるのです。お金のない人ばかり牢へいれられてゐます。私は、に《ママ》だつて同情できるんだ。あの人たちは、きつと他人をだますことの出来ない弱い正直な性質なんだ。人をだましていい生活をするほど悪がしこくないから、だんだん追ひつめられて、あんなばかげたことをして、二円、三円を強奪して、さうして五年も十年も牢へはいつてゐなければいけない、はははは、をかしい、をかしい、なんてこつた、ああ、ばかばかしいのねえ。

「さき子」は自身の罪を反省するのではなく、論点をずらしながら、時局に相応しくない挑発的な発言をする。しかしこれらの行為は、「狂つてゐた」、若しくは「水野」への想い、つまり「眼帯の魔法」へと回収され、責任が回避されていくのである。さらに「私はきつと狂つてゐたのでせう」「精神病者のあつかひを受けた」と「さき子」が自身の異常性を主張する語りが続く。つまり、その時の「私」は普段の「私」ではなかったと振り返られていくのだ。このように語ることで、「さき子」の自己分裂が強く打ち出されていくのである。

六、〈記録〉される言葉と〈記憶〉される語り

「さき子」の窃盗は夕刊の記事となって〈記録〉される。

その日の夕刊を見て、私は顔を、耳まで赤くしました。私のことが出てゐたのでございます。万引にも三分の理、変質の左翼少女滔々と美辞麗句、といふ見出しでございました。恥辱は、それだけでございませんでした。近所の人たちは、うろうろ私の家のまはりを歩いて、私もはじめは、それがなんの意味かわかりませんでしたが、みんな私の様を覗きに来てゐるのだ、と気附いたときには、私はわなわな震へました。

「変質の左翼少女滔々と美辞麗句」という新聞記事の見出しは、決して突飛ではない。「さき子」が「左翼少女」扱いされるのにはそれ相応の理由がある。というのも、「若草」掲載の初出には、「私は、〔二字分伏字〕にだつて同情できるんだ。」という一文が見られるのである。おそらく、時局にそぐわないという太宰の、あるいは出版社の判断により伏字が施され、単行本（創作集『女性』（博文館、昭和17年6月））収載の際には削除された一文であるのだが、この伏字部分には時局では許されることのない言葉が挿入されることは想像に容易い[22]。同号の「若草」に、「日本精神・再認識論」という特集が組まれており、室伏高信が「新日本精神の高揚」、林房雄が「新しき日本主義のために」という記事を発表していることを併せて考えると、伏字を用いないと伝えることのできない「さき子」の発言がいかに時局に反しているかが理解できるだろう。とはいえ、「さき子」が「変質の左翼少女」であるという内実は空白化されている。「さき子」が左翼かはわからない。しかし新聞記事により、彼女は「変質の左翼少女」として確かに〈記録〉されるのである。

そして、その〈記録〉された言葉は「近所の人たち」にまで伝達され、信憑性のあるものとして受け入れられていく。「さき子」が言葉への不信を抱えているのに反して、彼らは〈記録〉された言葉を疑ってはいない。だからこそ、「さき子」は、「近所の人たち」の好奇の目に晒されるのである。

「水野」も、〈記録〉された言葉を信じた人物の一人である。続く場面では、事件直後に「水野」から届いた手紙が挿入されている。

　やがて私は、水野さんからもお手紙いただきました。

――僕は、この世の中で、さき子さんを一ばん信じてゐる人間であります。ただ、さき子さんには、教育が足りない。さき子さんは、正直な女性なれども、環境に於いて正しくないところがあります。僕はそこの個所を直してやらうと努力して来たのであるが、やはり絶対のものがあります。人間は、学問がなければいけません。先日、友人とともに海水浴に行き、海浜にて人間の向上心の必要について、ながいこと論じ合つた。僕たちは、いまに偉くなるだらう。さき子さんも、以後は行ひをつつしみ、犯した罪の万分の一にても償ひ、深く社会に陳謝するやう、社会の人、その罪を憎みて、その人を憎まず。水野三郎。（読後かならず焼却のこと。封筒もともに焼却して下さい。必ず。）

これが、その手紙の全文でございます。私は、水野さんが、もともと、お金持の育ちだつたことを忘れてゐました。

「水野」が、〈記録〉された言葉を全面的に信じた上で手紙を書いたことは、その文面から窺うことができる。〈記録〉された言葉は、それを真実だと思わせるような強度を持っているのだ。

また、引用からわかるように、「水野」の手紙の前後は一行空きで区切られ、「さき子」の語りとの明確な書き分けが施されている。「水野」の手紙を直接話法で引用しつつ、「私は、水野さんが、もともと、お金持の育ちだつたことを忘れてゐました。」という一言のみで片づけ、それ以上言及しない語りは特徴的である。「さき子」は二人の問題点を「教育」の格差から「育ち」の格差へと転換せしめることで、自分ではどうしようもない問題として片づけようとしているのである。ゆえに、自省することなく、語りはそれ以上の「水野」に対する言及を拒むのである。「燈籠」における「独白」性を、この場面からも看取できるであろう。

「燈籠」における言葉は、〈記録〉と〈記憶〉の二種に分類できる。〈記録〉は新聞、手帖に書かれる調書、「水野」の手紙が該当し、文字として書き留められ、保存され、原則として書き換えられることはない。一度書かれてしまった文字という痕跡は、その存在自体を抹消しない限り保持されるのである。そのことを自覚しているのが「水野」である。彼は手紙が〈記録〉となることを承知しているがゆえに、「（読後かならず焼却のこと。封筒もともに焼却して下さい。必ず。）」と〈記録〉それ自体の抹消を指示するのだ。一方で、〈記憶〉に分類されるのが「さき子」の語りであろう。「さき子」は事件後に、〈記憶〉を基に過去を振り返り、語っていく。この語りによって、一連の事件は再構成されるのである。

〈記録〉される言語は本質的に変更不可能であるが、一方〈記憶〉は書き換え得る。「燈籠」では、〈記録〉として残る調書や新聞記事、「水野」の手紙を、〈記憶〉を基に語られる「さき子」の語りが覆っていく構造を指摘できるだろう。〈記録〉が取られたことを承知の上で、事後的に〈記憶〉を上書きしていく「さき子」の語り。様々な種類の言葉を、他者の介入を許さない「独白」という一点で回収しようとするのである。[23]

　針の筵の一日一日がすぎて、もう、こんなに涼しくなつてまゐりました。今夜は、父が、どうもこんなに電燈が暗くては、気が滅入つていけない、と申して、六畳間の電球を、五十燭のあかるい電球と取りかへました。さうして、親子三人、あかるい電燈の下で、夕食をいただきました。母は、ああ、まぶしい、まぶしいといつては、箸持つ手を額にかざして、たいへん浮き浮きはしやいで、私も、父にお酌をしてあげました。私たちのしあはせは、所詮こんな、お部屋の電球を変ることとくらゐのものなのだ、とこつそり自分に言ひ聞かせてみましたが、そんなにわびしい気も起らず、かえつてこのつつましい電燈をともした私たち一家が、ずゐぶん綺麗な走馬燈のやうな気がして来て、ああ、覗くなら覗け、私たち親子は、美しいのだ、と庭に鳴く虫にまでも知らせてあげたい静かなよろこびが、胸にこみあげて来たのでございます。

「こつそり自分に言ひ聞かせてみ」ることとは、その言葉を自分自身へ向ける、要するに「独白」することと同義であろう。それは、自分自身を自身の言葉の通りに思い込ませ〈記憶〉する行為であり、自分自身を言葉で作り上げていく過程である。「所詮」という語彙の選択から多少の不満が窺えるものの、「美しい」と語ることで「私たち一家」は「美しい」と認識されるものになっていくのである。ここからは、言葉が感情を覆い隠していく動きが読み取れる。「さき子」が「燈籠」物語を語ることで、〈記録〉を覆い隠して〈記憶〉の中に解消していくことと同様の構造をここに指摘することができる。

七、おわりに――「女性」を「独白」する語り

本稿では、太宰自身の言葉から呼称されてきた〈女性独白体〉という概念を、「女性」「独白」の指示内容という点から再検討し、「燈籠」あるいは他の〈女性独白体〉作品の「独白」を、「対話」(＝ダイアローグ)と二項対立的に用いられる「独白」(＝モノローグ)ではなく、独りで語る、自分の語ることに対して他者による介入を許さず、自分自身に返ってくる語りという意味での「独白」と再定義し、太宰治の〈女性独白体〉作品は語り手が単に「女性」であるのみならず、語る主体が「女性」性を志向し、「女性」であることを演出するように「私」

を「独白」していることを明らかにした。

「燈籠」からは、調書、新聞記事、「水野」の手紙のような〈記録〉される言葉を、〈記憶〉を基に語られ、他者による介入が不可能な「さき子」の語り（＝「独白」）が解消していく動きを抽出することができる。「さき子」にとって不利な、あるいは「さき子」を指弾するものとして働く〈記録〉を提示した上で、その〈記録〉を〈記憶〉を再構成した「さき子」の語りが覆いつくしていくため、このような語りから自己の正当性を主張する「さき子」像が事後的に造形されていくのだ。こうして造形された「さき子」は、既存の枠には収まらない、鮮烈な個性の溢れた「女性」であり、人物であるといえよう。窃盗を犯し、常識や社会生活から逸脱してしまった「さき子」は、世間から指弾される存在として描かれていると同時に、それすらも自らの語りの中に解消し、物語として語ってしまう強さを有している。「燈籠」の成功は、このような個としての「私」が、生き生きと描かれている点にあるのではないだろうか。

この物語の末尾では、「美しい」と語ることで「私たち一家」が「美しい」ものとなっていく様子を窺うことができる。「燈籠」の後に書かれていく他の〈女性独白体〉作品では、これが発展し、語り手が「女」であることを殊更に語ることによって「女」を獲得していく動きが捉えられていくこととなる。何かを語ることによって別の何かになっていくというモチーフは後の〈女性独白体〉において繰り返されるものの一つである。そのような点からも「燈籠」を〈女性独白体〉の嚆矢だと位置付けることができるだろう。

【注】

（1）雑誌「若草」に関する総合的な研究は、小平麻衣子編『文芸雑誌『若草』—私たちは文芸を愛好している』（翰林書房、平成30

年1月）に詳しい。
（2）水谷真紀「「新しい女」と向き合う―文芸誌『若草』における女性像をめぐる試み―」（「東洋通信」平成22年1月）
（3）奥野健男「解説」（『きりぎりす』新潮文庫、昭和49年9月）
（4）兼弘かづき「太宰治「燈籠」論―転換点の作品としての意義―」（「日本文藝研究」平成15年6月）
（5）平浩一「朧化される独白―太宰治「燈籠」論―」（「文学・語学」平成25年3月）
（6）角田旅人「『燈籠』―「愛といふ単一神」と「家庭」の構図の成立―」（「国文学　解釈と鑑賞」昭和60年11月）
（7）佐々木啓一「『燈籠』―自閉のなかの少女性の世界―」（『太宰治論』和泉書院、平成1年6月）
（8）石田忠彦「補助線の問題―「千代女」「燈籠」「満願」―」（「国語国文薩摩路」平成8年3月）
（9）井原あや「太宰治「燈籠」論―『女性』論のために―」（「大妻女子大学大学院文学研究科論集」平成13年3月）
（10）山田佳奈「太宰治「燈籠」の一考察―さき子・振り返りのモノローグ―」（「阪神近代文学研究」平成25年5月）
（11）木村一信「「燈籠」論―〈明るさ〉への助走―」（『太宰治研究』8、和泉書院、平成8年1月）
（12）和田哲也「太宰治「燈籠」論―女性の一人称告白体による視点の変化」（「國學院大學大学院文学研究科論集」平成14年3月）
（13）金京淑「太宰治の『燈籠』論」（「言語・地域文化研究」平成19年3月）
（14）水川布美子「太宰治「燈籠」研究」（「神女大国文」平成15年3月）
（15）遠藤祐「〈聖なるもの〉の影―太宰治「魚服記」「地球図」「燈籠」など―」（『聖なるものと想像力』彩流社、平成6年2月）
（16）「燈籠」（「若草」昭和12年10月）、「女生徒」（「文学界」昭和14年4月）、「葉桜と魔笛」（「若草」昭和14年6月）、「皮膚と心」（「文学界」昭和14年11月）、「誰も知らぬ」（「若草」昭和15年4月）、「きりぎりす」（「新潮」昭和15年11月）、「千代女」（「改造」昭和16年6月）、「恥」（「婦人画報」昭和17年1月）、「十二月八日」（「婦人公論」昭和17年2月）、「待つ」（創作集『女性』博文館、昭和17年6月）、「雪の夜の話」（「少女の友」昭和19年5月）、「貨幣」（「婦人朝日」昭和21年2月）、「ヴィヨンの妻」（「展望」昭和22年3月）、「斜陽」（「新潮」昭和22年7月～10月）、「おさん」（「改造」昭和22年10月）、「饗応夫人」（「光CLARTE」昭和23年1月）の十六篇。
（17）創作集『女性』「あとがき」（博文館、昭和17年6月）
（18）注（15）に同じ。

（19）太田瑞穂「太宰治における一人称対話体の展開」（内田道雄編『論集 文学のこゝろとことば』七月堂、平成10年6月）

（20）注（10）に同じ。

（21）「皮膚と心」の主人公「私」は、吹出物をきっかけに夫との関係の中で抽出され、「私」のみに由来する特殊な「女」の姿を、「典型的な「女」」という枠に無理に押し込める。自らを「女性」というカテゴリーへと同一化することで、「女」であることを殊更に「独白」するのである。また、「千代女」では、自分自身が「わから」ず、よい「娘」ではない、よい「姉」でもないと否定を積み重ねながら語る主人公「和子」が、自身が「女」であることから語り始め、回想が「いま」に追いつくに当って再び自身が「だめな女」であることを語る。そして末尾では、自身を「なんにも書けない低能の文学少女」「天才少女」へと位置付け、自らの「女性」性を強く志向する。なお、詳細については本章の三節及び四節を参照。

（22）斎藤理生「太宰治の単行本における本文の問題―戦後の検閲を中心に」（安藤宏・斎藤理生『太宰治単行本にたどる検閲の影』（秀明大学出版会、令和2年10月））は、太宰治の生前である昭和22年6月に既に作家の手による校訂が終えられていた『雌に就いて―太宰治選集―』（杜陵書院、昭和23年8月）所収の「燈籠」を調査し、この伏字部分が「強盗」であったことを明かしている。しかし、伏字という表現を用いているがゆえに、その空白には原理上「強盗」以外にも「共産主義」「社会主義」「左翼」といった言葉をも想定し得る。本稿では伏字が持つこうした意味拡充の機能に着目しており、この空白こそが「さき子」を「変質の左翼少女」として〈記録〉される存在たらしめているという立場を採っている。

（23）さらにいえば、〈記録〉された言葉を基に上書きされた〈記憶〉の言葉（＝「さき子」の語り）を、再び書き換え不可能な〈記録〉化したものがこの「燈籠」というテクストである。

＊「燈籠」本文の引用は「若草」（昭和12年10月）に拠り、旧字体は新字体へと変更した。

第二節　太宰治「きりぎりす」論―〈剝奪〉の先の希求―

一、はじめに――「反俗」か「女のエゴチズム」か

昭和15年11月、「新潮」に掲載された「きりぎりす」は、〈女性独白体〉と呼ばれる形式を持つ小説である。太宰治は、女性を語り手として設定し、その語り手が独白するという手法の小説を十六篇執筆しているが、「きりぎりす」はその六篇目に当る作品である。

「きりぎりす」に関する研究史は、「反俗精神」「俗と反俗」というキーワードを軸に展開されてきた。その嚆矢となったのが、「きりぎりす」掲載と時を殆ど同じくして発表された平野謙評[1]である。その一月後、高見順[2]は平野評を受け、一見「美しい反俗精神とも見られる」女の精神は「女の醜悪なエゴチズムの変形」「反俗精神の仮面を被つた女のエゴチズム」であると指摘し、「きりぎりす」という作品は、「反俗精神を書いたものといふより、さうした女のエゴチズムの悲劇を書いたものと言つた方がいゝかも知れない」と考察している。この高見評では「反俗精神」の内実が検討されたものの、「私」のエゴチズムは果たして「女」という性別に起因する、あるいは「女」という性別を取り立てる必要のあるものなのだろうか。「私」のエゴチズムは、高見評とは違う視点から捉え直す必要があるのではないか。その後も「反俗精神」を下敷きに様々な論が展開されていくのだが、例えばイソップ童話「蟻ときりぎりす」を参照した論[3]もその一つといえるであろう。

しかし、これらの読みの多くは、作者太宰治の存在が投影されている。研究史では「自己批判」や「自戒」という語がキーワードとして頻出しているが[4]、このような作者と登場人物の同一視は、太宰自身による自作自解の影響が大きい。というのも、太宰は『玩具』に「きりぎりす」を収録する際、その「あとがき」[5]の中で以下のように述べているのである。

「きりぎりす」は昭和十五年の秋に書いた。このころ少し私に収入があつた。千円近い金がまとまつて入つたのではなかつたかと思ふ。そんな経験は私にとつてははじめてであつたので非常に不安であつた。[…]自分もこんな事では所謂「原稿商人」になつてしまふのではあるまいかと心配のあまり、つい自戒の意味でこんな小説を書いてみた。この小説発表の後で、あれは文壇の流行作家何某を攻撃したものだ、という噂も起こつたやうであつたが、私はそんな何某などを相手になどしてやしない。私の心の中の俗物根性をいましめただけの事なのである。

つまり太宰は、「きりぎりす」の作中に「画家」として登場する「あなた」と、「きりぎりす」を執筆し、「作家」として原稿料生活を送る「太宰治」とを引き寄せ、意図的に同一化せしめているのである。続いて、この小説が他者を批判するために書かれたものではなく、「私の心の中の俗物根性をいましめ」る意図をもって書かれたものであることを説明している。ちなみに、「きりぎりす」発表後に、この小説が「文壇の流行作家を攻撃したもの」であるという噂があったという記述があるが、そのような噂の痕跡は見当たらない。むろん、紙媒体以外の所でそのような噂が蔓延していた可能性もある。しかし、同時代評をみる限り、このような噂を取り立てて言及し、弁明する必要性があったようには思われない。つまり、太宰のこの自作自解は、読者の読みを規定する戦略であったと考えられるのである。

また、井原あや論[6]が指摘したように、「反俗」をめぐる同時代評を受けた後に書かれた自作自解に、執筆当時の太宰の意図が正確に反映されているとは言い難い。「同時代評で挙げられた「反俗精神」に接続する、「原稿商人」「自戒」「俗物根性」といった〈作者の言葉〉を言わせてしまう同時代評の力学とも言うべきものが働いていた」とみる井原論の見解は正しいだろう。

現在では、この小説を語り手の「私」ではなく、「あなた」の側から考察する男性中心主義的な読解への批判から、語る「私」に焦点を当てる論が主流となっている。代表的な論を挙げれば、「きりぎりす」には「独白形式」が用いられながらも、「同一テーマに対するふたつの意味の最終判断が衝突するダイアローグ」が描かれていると考察した太田瑞穂論[7]、語り手は語りによって現在進行的に「「この世」の正体」に気付いていくのだと述べた佐藤厚子論[8]、「〈俗世間〉とは対極の位置に自らを位置付けることで、〈反俗の人〉として自らを美化し、自己陶酔」する新たな語り手像を提出した福田悦子論[9]、「男が〈書く（描く）主体〉として中心化されている限りにおいて、男を語る女の声はテクストの周辺に追いやられる」と述べた坪井秀人論[10]、「妻は、夫による他者の言葉の模倣、横領、剽窃を指弾」しており、「「自分の言葉だけは、持ってゐるつもり」の妻は、夫を糾弾するものであると同時に、妻の語りのメタレベルにいる批判者（たとえば「太宰治」と署名する者）によって、自分の言葉を持つという幻想を批判されているのかもしれない」と指摘した川崎賢子論[11]、「〈夫との別れの物語〉を、妻が〈成長の物語〉として編」むことが妻の語りの目的であるとした山田佳奈論[12]等がある。

こうしてみると、先行研究における「私」への評価は、俗化する「あなた」と対置する反俗の人という正当性を「私」に読み取る肯定的な論説と、「私」の中に自己陶酔や「女のエゴチズム」を読み取る否定的な論説に二分できるだろう。

同時代評から先行研究にかけて、「きりぎりす」に関する多くの論考が現実の作者、あるいは作者による自作自解の影響下におかれて考察されてきた点は批判すべきである。また、「俗と反俗」「反俗精神」という構図の解明が論点となって来たことに対する批判は散見されるものの、「俗と反俗」という構図は未だに解体できていない。よって、本稿では、作者である太宰治に関する事項は考察の対象外とした上で、「あなた」を語る「私」の言葉を出発点に「きりぎりす」を考察していきたい。

二、〈剝奪〉される言葉

まず、〈剝奪〉という言葉の定義を明確にしたい。本稿では、無理に剝ぎ取り奪う、取り上げるといった辞書的意味を引継ぎつつ、「私」が一方的に「あなた」から物事を取り上げる、その行為や在りようを、〈剝奪〉と名付けて置くことにする。本稿における〈剝奪〉という語には、暴力性とともに一種の愛情をも含み込むものであるのだが、この〈剝奪〉の両義性については後述したい。

さて、「きりぎりす」では、「あなた」の反応や言葉が「私」の手により様々な形で〈剝奪〉されている。

こんな事はどうでもいいのですが、また、あなたに、ふふんと笑はれますと、つらいので、記憶してゐるだけの事を、はつきり申し上げました。いま、こんな事を申し上げるのは、決して、あなたへの厭がらせのつもりでも何でもございません。それは、お信じ下さい。私は、困ります。他のいいところへお嫁に行けばよかつた等と、そんな不貞な、ばかな事は、みぢんも考へて居りませんのですから。あなた以外の人は、私には考へられません。いつもの調子でお笑ひになると私は困つてしまひます。私は本気で、申し上げてゐるのです。おしまひ迄お聞き下さい。

「私」は「こんな事はどうでもいいのですが」と前置きしながら、饒舌に弁明交じりの語りを語る。敬語が多用された丁寧な口調が用いられているものの、「厭がらせ」「不貞」「ばかな事」と、その口調とは不釣り合いな激しい語彙が選択されているのがわかるだろう。この引用文で、語り手「私」は、過去の「あなた」の言動から「あなた」の反応を類推している。「あなた」の「ふふんと笑」うという反応、「いつもの調子でお笑ひになる」という反応を先読みし、その行動をあらかじめ言語化した上で否定することによって、「あなた」の行動を規制しているのである。つまり、ここで「私」は「あなた」に本来起こり得る反応を〈剝奪〉していることになる。

また、一人称独白体の特性上、「あなた」の行動は全て「私」を通して語られる。したがって、「あなた」の言葉も、「私」の言葉に直された形で語られている。

私が、歯医者へおいでになるやうにおすすめしても、いいよ、歯がみんな無くなれあ総入歯にするんだ、金歯を光らせて女の子に好かれたつて仕様が無い、等と冗談ばかりおつしやつて、

それは精しく前夜の事を私に語つて下さつて、何先生は、どうだとか、あれは愚物だとか、無口なあなた

らしくもなく、ずゐぶんつまらぬお喋りをはじめます。

深夜、酔つてがらがらと玄関の戸をあけて、おはひりになるや否や、おい、三百円あまして来たぞ、調べて見なさい、等と悲しい事を、おつしやいます。

先の引用に見られる「等と」「何先生は、どうだとか、あれは愚物だとか、」という言葉は、「あなた」の言葉が「私」の言葉へと変質したものであることを端的に示している。過去に存在した「あなた」の発話は、直接話法で再現されることはなく、「私」が介入した間接話法で表記されてしまう。「あなた」の言葉は、「私」による翻訳という形で物語から〈剝奪〉されているのだ。とすると、「私」の語りから「あなた」の実体へは遡行不可能である。読者は、「私」の語りによって仮構される「あなた」の姿を読み取る他はない。

あなたは、ほんとに、お喋りになりました。以前あなたは、あんなに無口だつたので、私は、ああ、このおかたは、何もかもわかつてゐながら、何でも皆つまらないから、こんなに、いつでも黙つて居られるのだ、とばかり思ひ込んで居りましたが、さうでもないらしいのね。あなたは、お客様の前で、とてもつまらない事を、おつしやつて居られます。前の日に、お客様から伺つたばかりの画の論を、そつくりそのまま御自分の意見のやうに鹿爪らしく述べてゐたり、また、私が小説を読んで感じた事をあなたに、ちよつと申し上げると、あなたはその翌日、すましてお客様に、モオパスサンだつて、やはり信仰には、おびえてゐたんだね、なんて私の愚論をそのままお聞かせしてゐるものですから、［…］あなたは、以前は、なんにも知らなかつたのね。ごめんなさい。私だつて、なんにも、ものを知りませんけれども、自分の言葉だけは、持つてゐるつもりなのに、あなたは、全然、無口か、でもないと、人の言つた事ばかりを口真似してゐるだけなんですもの。

「私」は、「あなた」が「無口」から「お喋り」に変化したと語っている。そして「あなた」の変化に基づいて、「私」は過去の「あなた」への認識を改める。「私」は過去を振り返り、過去の「あなた」が「無口」であったのは、思慮深さではなく、無知がゆえであったのだと位置付けていくのである。

また「私」は、お客様や「私」の論を自分の論としてそのまま人に聞かせる人物、つまり、他者の言葉を剽窃する人物として「あなた」を定位していく。そして、「自分の言葉だけは、持つて居るつもり」の「私」と、「全然、無口か、でもないと、人の言つた事ばかりを口真似してゐるだけ」の「あなた」が「私」の中で対置されるのである。

「私」が言葉に拘っているのは、この場面だけではない。例えば、次の引用部分からも同様のことがいえるであろう。

その年の二科の画は、新聞社から賞さへ貰つて、その新聞には、何だか恥づかしくて言えないやうな最大級の讃辞が並べられて居りました。孤高、清貧、思索、憂愁、祈り、シヤヴアンヌ、その他いろいろございました。あなたは、あとでお客様とその新聞の記事に就いてお話なされ、割合、当つてゐたやうだね、等と平気でおつしやつて居られましたが、まあ何といふ事を、おつしやるのでせう。

「私」は、「あなた」が二科展に出した画が新聞社の賞を受けたこと、その画に対する新聞の讃辞を「あなた」が肯定していたことを語る。ここでも「あなた」はお客様に対して、自分自身の言葉でその新聞記事、あるいは自分の画に関して語ろうとはしない。もちろん、「割合、当つてゐたやうだね、等と平気でおつしやつて居られましたが」という「あなた」の言葉は、「等と」という言葉が示す通り、典型的な間接話法であり、「あなた」の実際の発話とはいえない。しかし、この「私」の語りは、新聞記事の言葉を「口真似」する人物として、「あなた」を印象付ける。加えて、そのような姿に驚く「私」を語ることによって、「私」と「あなた」の二人の対置は強度を増していくのである。

そして、「私」による「あなた」の言葉の〈剝奪〉が決定的になるのが以下の場面である。

　先日あなたは、新浪漫派の時局的意義とやらに就いて、ラヂオ放送をなさいました。私が茶の間で夕刊を読んでゐたら、不意にあなたのお名前が放送せられ、つづいてあなたのお声が。私には、他人の声のやうな気が致しました。なんといふ不潔に濁つた声でせう。いやな、お人だと思ひました。はつきり、あなたといふ男を、遠くから批判出来ました。あなたは、ただのお人です。これからも、ずんずん、うまく、出世をなさるでせう。くだらない。「私の、こんにち在るは、」といふお言葉を聞いて、私は、スヰツチを切りました。一体、何になつたお積りなのでせう。恥ぢて下さい。「こんにち在るは、」なんて恐しい無智な言葉は、二度と、ふたたび、おつしやらないで下さい。ああ、あなたは早く躓いたら、いいのだ。

「私の、こんにち在るは、」という言葉は、「きりぎりす」全文のうちで唯一の直接話法である。戦時下に発せられたこの言葉は、確かに国家的な色彩を帯びている。しかし、直接話法が用いられるこのラヂオ放送は、「あなた」が自分自身の言葉を直接的に表現できる唯一の機会ではなかったか。「あなた」の「こんにち在る」所以が、「あなた」の言葉で続けられることは想像に容易い。しかし、「私」はラヂオのスヰッチを切ることで「あなた」の言葉を遮断する。他者の言葉を剽窃する代償として、「あなた」の言葉は、まさに「私」の手によってテクストから〈剝奪〉される。もちろん、他の家のラヂオからは「あなた」の声は相変らず流れ続けているだろう。しかし、「私」が語るこの「きりぎりす」という物語から、「あなた」の声は〈剝奪〉される。「私」は、「あなた」のラヂオ放送を遮断することによって、「あなた」のあり得たはずの言葉をテクストから〈剝奪〉し、その行為を語ることによって、〈剝奪〉は顕在化させられるのである。

他者の言葉の剽窃を繰り返してきた「あなた」に、自分の言葉を語る資格が与えられることはない。まるで懲罰のように、「私」は「あなた」の言葉を〈剝奪〉し、自分の言葉へと回収することで、「あなた」を抑え付け、理想の「あなた」像を自分に引き寄せるのである。

三、「私」の希求

嫌気が差した「あなた」へ別れを告げているはずの「私」の語りは、それとは裏腹に「あなた」への愛情をわれわれに読み込ませる。その仕掛けを紐解くために、一度本文冒頭へと戻りたい。

> おわかれ致します。あなたは、嘘ばかりついてゐました。私にも、いけない所が、あるのかも知れません。けれども、私は、私のどこが、いけないのか、わからないの。私も、もう二十四です。このとしになつては、どこがいけないと言はれても、私には、もう直す事が出来ません。いちど死んで、キリスト様のやうに復活でもしない事には、なほりません。自分から死ぬといふ事は、一ばんの罪悪のやうな気も致しますから、私は、あなたと、おわかれして私の正しいと思ふ生きかたで、しばらく生きて努めてみたいと思ひます。

「私」は「私のどこが、いけないのか、わからない」と自己を正当化しながら「あなた」に別れを告げている。自分の欠点を見つめ、改善しようとする努力も、「あなた」の生きかたに理解を示そうという姿勢も見受けられない。それにもかかわらず、「私」はこの語りの直後に結婚当時を回想しながら、「あなた以外の人は考へられ」ず、「あなた以外の人と結婚する気は、少しも」ないことを殊更に強調し、結婚当時の「あの頃」も、そして別れを切り出した「いまも」変わらぬ愛情が存在することを畳み掛けていく。

「私」は、「私でなければ、お嫁に行けないやうな人」、つまり、他の誰でもない「私」の存在を求める人の元へ嫁ぐことを求めていた。有り体にいえば、「私」は代替不可能な、運命的な結婚を望んでいたといえよう。ゆえに、「私」は父親の応接室での「あなた」の絵との邂逅を、まさに運命的に語っていくのである。

> 火の気の無い、広い応接室の隅に、ぶるぶる震へながら立つて、あなたの画を見てゐました。[…]見てゐるうちに、私は、もつとひどく、立つて居られないくらゐに震へて来ました。この画は、私でなければ、わからないのだと思ひました。真面目に申し上げてゐるのですから、お笑ひになつては、いけません。私は

あの画を見てから、二、三日、夜も昼も、からだが震へてなりませんでした。どうしても、あなたのとこへ、お嫁に行かなければ、と思ひました。

「この画は、私でなければ、わからない」という予感は、まさに自分が「あなた」にとって代替不可能な存在であることを「私」に確信させただろう。しかし、それは錯覚である。少なくとも、「父」と「但馬」が「あなた」の絵の価値を理解しているからこの絵が応接室に飾られているということに、「私」は気付かない。錯覚を抱えたまま、ただ画だけを根拠に、「私」は「あなたのところへ、お嫁に行」く決心をする。

私は、あなたを、この世で立身なさるおかたとは思はなかつたのです。死ぬまで貧乏で、わがまま勝手な画ばかり描いて、世の中の人みんなに嘲笑せられて、けれども平気で誰にも頭を下げず、たまには好きなお酒を飲んで一生、俗世間に汚されずに過して行くお方だとばかり思つて居りました。私は、ばかだつたのでせうか。でも、ひとりくらゐは、この世に、そんな美しい人がゐる筈だ、と私は、あの頃も、いまもなほ信じて居ります。その人の額の月桂樹の冠は、他の誰にも見えないので、きつと馬鹿扱ひを受けるでせうし、誰もお嫁に行つてあげてお世話しようともしないでせうから、私が行つて一生お仕へしようと思つてゐました。私は、あなたこそ、その天使だと思つてゐました。私でなければ、わからないのだと思つてゐました。それが、まあ、どうでせう。急に、何だか、お偉くなつてしまつて。

「私」が「あなた」を不遇の天才画家だと理想化していた過去を饒舌に語れば語るほど、「あなた」が「私でなければ、わからない」人間ではなかったことに対する失望はより印象的なものとして迫る。「私でなければ、わからない」といふ言葉を繰り返し強調する「私」の語りは、「あなた」が他人から評価を受けることが、「私」と「あなた」の運命の瓦解を意味することを突き付けていく。

この愛情表出のメカニズムは機能し続ける。幸福を恐怖し、幸福の反動として「あなた」に「病気」や「悪い事」が起こらぬように祈る「私」を語ることは「あなた」を大切に思っていることの証左となり、「悪い事が起る」ことを「あなたのお為にも、神の実証のためにも」祈り始める姿からは、それでも二人の運命に縋りたい「私」像が浮上する。「私」は「あなた」の言葉の剽窃を批判しても、世間の評価に疑問を抱いても、二人の運命を象徴する「あなた」の絵画自体は決して否定しない。

だからこそ、「あなた」を「気違ひ」だと語るまでに至っても、「あなた」の「わざわひ」を望む激しい言葉の裏には、二人の運命に執着し、「あなた」への愛情を断ち切れない「私」の姿が窺えるのである。「私」は「あなた」を想うあまり、「あなた」が世間から見放されることを望んでいる。自分だけが「あなた」を支えたい、「私でなければ」誰も相手にしない「あなた」でいて欲しい。このような「私」の希求を、「私」のエゴチズムの表出を読み取らせる仕掛けが「私」の語りには存在する。

再びラヂオ放送の場面へと戻りたい。「私」はラヂオから流れる「あなた」の声を「不潔に濁った」「他人の声のやう」に認識する。他者の言葉の剽窃で成り立つ「あなた」の言葉は、「あなた」自身の言葉ではないため、もはや「他人の声のやう」に聞こえるのであろう。「私の、こんにち在るは、」といふ定型文は、公共性を持つ言葉である。皆に理解されるために発された言葉は、「私」が繰り返し強調する「私でなければ、わからない」ものと一番遠い距離にある。

私は、あの夜、早く休みました。電気を消して、ひとりで仰向に寝てゐると、背筋の下で、こほろぎが懸命に鳴いてゐました。縁の下で鳴いてゐるのですけれど、それが、ちやうど私の背筋の真下あたりで鳴いてゐるので、なんだか私の背骨の中で小さいきりぎりすが鳴いてゐるやうな気がするのでした。この小さい、幽かな声を一生忘れずに、背骨にしまつて生きて行かうと思ひました。

「こほろぎ」から「きりぎりす」への転位は、遠藤祐論[13]を嚆矢に先行研究でも論点の一つとなっている。「こほろぎ」を「こほろぎ」ではなく「小さいきりぎりす」として、身体の軸であり、かつ他人の手の届かない「背骨の中」へと回収する「私」の姿は印象的である。「こほろぎ」を「きりぎりす」という似て非なるものへと勝手に変質させる「私」のエゴチズムは、「あなた」の言葉を〈剝奪〉し、自分の言葉へと回収する「私」の動きと非常によく似ている。

この世では、きつと、あなたが正しくて、私こそ間違つてゐるのだらうとも思ひますが、私には、どこが、どんなに間違つてゐるのか、どうしても、わかりません。

「あなた」を理解しようとせず、「あなた」の生きかたを許容できない「私」は、「あなた」とのコミュニケーションの可能性を閉ざしている。この一方的なコミュニケーションも、「私」のエゴチズムの一つの表出だといえよう。

四、おわりに――「私」のエゴチズム

本稿では、「きりぎりす」から、他者の言葉を剽窃し続けた結果、自分の言葉を奪われていく「あなた」と、「あなた」に弁解の余地を与えないまま、徹底して「あなた」の言葉を〈剥奪〉していく「私」の姿を発見した。「あなた」は妻の言葉を相対化し自己弁護をする手段を持つことはなく、最終的に自分の言葉を失い、その言葉は「私」の中へと回収されてしまう。

「あなた」を理解しようとしない排他的な「私」の姿からは、高見評とは異なるエゴチズムの様相が窺える[14]。コミュニケーションの可能性を遮断し、徹底して「あなた」の言葉の〈剥奪〉を行う「私」の姿、語る行為の独善性、「私」だけにわかる、「私」だけの「あなた」でいて欲しいという独占欲こそが「きりぎりす」における「私」のエゴチズムではないだろうか。このエゴチズムが、「女」という性別に限定される種類のものではないことは言を俟たない。

他者の言葉を剽窃する「あなた」と、「あなた」の言葉を〈剥奪〉する「私」は、他者の言葉を自分の支配下に置くという意味では同質といえよう。しかし、両者の間には大きな違いがある。剽窃とは異なり、「私」の〈剥奪〉は、暴力性とともに愛情を含む、両義的な行為なのである。ここで、補助線として用いたいのは、有島武郎の『惜しみなく愛は奪ふ』[15]（叢文閣、大正9年6月）である。

愛は与へる本能である代りに奪ふ本能であり、放射するエネルギーである代りに吸引するエネルギーであ

る。

有島は、愛の本質を「奪ふ本能」「吸引するエネルギー」であると定義付ける。「本能的欲求」と密接な関わりを持つ、有島の想定する「愛」と、本稿が指摘する愛情の姿は同一のものを指し示していないことは承知している。その上で、この有島の指摘が、「きりぎりす」の「私」の在りようと図らずも重なることを、本稿は指摘したいのである。愛が相手の存在を自分の中に取り込む＝「奪ふ」ものであるという有島の発想を補助線とすると、愛があるからこそ「あなた」の言葉を〈剝奪〉し、自分のものとするという一見逆説的な「私」の在りようを理解できるのではないか。「愛は自己への獲得である。愛は惜しみなく奪ふものだ。」という有島の言葉と重なるように、「私」の語りは、「あなた」へ別れを告げながらも、「私」の「あなた」への愛情と、その先にある希求を読み込ませる仕組みを有している。「私」は、「あなた」の言葉の〈剝奪〉の先に、「私でなければ、わからない」「あなた」の姿を希求していたのではなかったか。

しかし、「私」だけにわかるものとは、つまり「私」以外には理解されないものに違いない。他者理解を拒絶するその姿勢は、「私には、どこが、どんなに間違つてゐるのか、どうしても、わかりません。」という「この世」のわからなさへと繋がる。このわからなさは、他の〈女性独白体〉作品と共通している。何を待っているのかわからずにただひたすらに待ち続ける「待つ」（創作集『女性』（博文館、昭和17年6月））の「二十の娘」。「どれが本当の自分だかわからない」「女生徒」（「文学界」昭和14年4月）の「私」。「自分で自分が、わからなくなつて来ました。」と語る「千代女」（「改造」昭和16年6月）の「和子」。そのわからなさを、彼女たちは語らずにはいられないのである。

【注】

（1）平野謙「混濁と希薄―作家精神の在りやう―」（「都新聞」昭和15年10月31日）

（2）高見順「反俗と通俗―文藝時評」（「文藝春秋」昭和15年12月）

（3）村島雪絵「太宰治「きりぎりす」論―〈反俗精神〉の内実をめぐって―」（「光華日本文学」平成9年8月）。この論は、「きりぎりす」には「絶対的な〈反俗精神〉ではなく、周囲の他者との関係によって移り変わってゆく〈反俗精神〉の相対性」が描かれているのだと結論付けている。

（4）例えば、鬼生田貞雄は「作家と自覚―文藝時評―」（「文藝首都」昭和15年12月）で「作者がこのやうな激しい自己批判を下さうと考へたところに、現実の社会情勢が大いに作用してゐると思ふ」と述べ、渡部芳紀『『女性』―女の独白形式」（「國文學解釈と教材の研究」平成3年4月）もこの作品には「〈反俗精神〉が描かれ、〈自戒〉の思いが語られているのだろうが、それらは、いかにも図式的である」と批判している。一方、小田切秀雄「肉眼で見た敗戦直後の文学の高揚―戦後文学の回想と検討（二）」（「群像」平成11年11月）は、「きりぎりす」が「この当時の太宰自身にたいする痛切な自己批判であるばかりではなく、戦争下の文学そのものへの鋭い批判でもあった」ことを指摘している。また、注（3）村島論は、「〈妻＝反俗〉〈夫＝俗〉」という単純な図式に収まることはなく、「誰もが他者との関係の中で俗物になりうるのだ、という「自戒」」が描かれているのだと考察している。

（5）太宰治『玩具』あとがき」（『玩具』あづみ書房、昭和21年8月）

（6）井原あや「『あなた』と別れるということ―太宰治『きりぎりす』をめぐって―」（「国文学　言語と文芸」平成20年3月）

（7）太田瑞穂「太宰治における一人称対話体の展開」（内田道雄編『論集 文学のこゝろとことば』七月堂、平成10年6月）

（8）佐藤厚子「太宰治「きりぎりす」論―〈気付き〉としての〈語り〉―」（『太宰治研究』6、和泉書院、平成11年6月）

（9）福田悦子「太宰治『きりぎりす』試論―語り手の新たな人物像―」（「國文」平成12年12月）

（10）坪井秀人「語る女たちに耳傾けて―太宰治・女性独白体の再検討」（「國文學　解釈と教材の研究」平成14年12月）

（11）川崎賢子「太宰治「きりぎりす」論―「あり」と「こほろぎ」と「きりぎりす」―声と変態」（「国文学　解釈と鑑賞」平成23年6月）

（12）山田佳奈「太宰治「きりぎりす」の一考察―「背骨にしま」われた〈かつての自分〉―」（「武庫川国文」平成27年11月）

（13）遠藤祐「〈背骨〉のなかでうたうもの―『きりぎりす』を読む―」（「宗教と文化」平成9年3月）、『太宰治の〈物語〉』（翰林書房、平成15年10月）所収。遠藤論では、「「こほろぎ」が、〈私〉にひそむなにかをひきだすかわりに、〈私〉の〈内〉に転位して「小さいきりぎりす」となった」と述べている。

（14）高見評では、反俗精神を装いながら、「夫への献身ではなく、自分本位の気持ち」から「自分のエゴチズムを満足させ」ようとして夫に尽くす「私」の姿に「女のエゴチズム」を見出している。

（15）有島武郎『惜しみなく愛は奪ふ』（叢文閣、大正9年6月）。なお、引用は『有島武郎全集』8（筑摩書房、昭和55年10月）に拠る。

第三節　太宰治「千代女」論―「わからな」い少女―

一、はじめに――自信作としての「千代女」

　太宰治の「千代女」は、「改造」（昭和16年6月）に掲載された短篇小説であり、発表の翌々月には、短篇集『千代女』（筑摩書房）に収録され、表題作となっている。

　この物語は、いわゆる〈女性独白体〉形式の作品である。太宰治は、〈女性独白体〉形式の作品のみを意識的に収録した創作集『女性』（博文館、昭和17年6月）を刊行しているが、昭和16年に発表されたこの「千代女」は、刊行時までに発表された全十篇の〈女性独白体〉作品の内で唯一、創作集『女性』に収録されていない。太宰治は、この創作集の「あとがき」で以下のように述べている。

　昭和十二年頃から、時々、女の独り言の形式で小説を書いてみて、もう十篇くらゐ発表した。読み返してみると、あまい所や、ひどく不手際な所などあつて、作者は赤面するばかりである。けれども、この形式を特に好きな人も多いと聞いたから、このたび、この女の独白形式の小説ばかりを集めて、一本にまとめてみた。題は、「女性」として置いた。少しも味の無い題であるが、あまり題にばかり凝つてゐるのも、みつともないのである。

「あとがき」には、創作集『女性』の収録作品がどのような意図を持って編成されているかが作者の言葉で説明されている。ここでは、「千代女」未収録の理由は明かされていないが、「あまい所」や「ひどく不手際な所」を自認しながらも、意識的に同形式の作品を収録したことが書かれており、この創作集が瑕瑾のない作品ばかりを集めていた訳ではないことが窺える。つまり、太宰自身が「千代女」を「不手際」な作品であるために創作集から除外したとはいえないのである。おそらく、「千代女」未収録の理由は、この物語が創作集『女性』発刊の約八ヶ月前に刊行された短篇集『千代女』の表題作となっていたという事情に拠るものであると推測できる。

そもそも、前述の通り「千代女」は、短篇集の表題作となっており、後に『姥捨』（ポリゴン書房、昭和22年6月）[1]にも収録されるのである。「不手際」な作品どころか相当の自信作であったとさえいえよう。とすると、「千代女」は、太宰治の〈女性独白体〉作品、あるいは中期作品を考える上で重要な作品の一つであるだろう。にもかかわらず、「千代女」は単独で論じられることが少ない。本稿では、先行研究を踏まえて論点を確認した後、語り手「和子」の自己認識に着目して、「わからな」さを語る「千代女」の主人公、「和子」の在り方の考察を試みる。

二、同時代評／先行研究

「千代女」は、同時代評をみる限り、概ね好評をもって迎えられたようである。例えば、初出の翌月に出された「新潮」掲載の石田英二郎評[2]では、「千代女」が「「煉瓦女工」の野沢富美子や、「綴方教室」の豊田正子を諷刺した才気煥発な小説」であると述べられ、同時代に活躍した〈書く少女〉を「諷刺」したものであると高く評価されている。

同時代の読者には、作中の「寺田まさ子」から豊田正子を、「金澤ふみ子」から野沢富美子を連想するのは容易であったようで、同年同月「三田文学」掲載の「改造」評[3]でも、「太宰治の「千代女」は、豊田正子、野沢富美子を狙ふ一少女をテキストとして太宰治一流の世界が繰り拡げられてゐる。これなどは太宰を理解するに一番解り易い作品であらう」と、同時代の〈書く少女〉の存在を前提にこの物語が受容されていることがわかる。

つまり、同時代において、「千代女」は、豊田正子、野沢富美子といった実在する〈書く少女〉たち、雑誌「赤い鳥」（作中では「青い鳥」）、鈴木三重吉（作中では「岩見先生」）、生活綴方運動といった文脈でこの作品が理解されてきたことを窺い知れる。「千代女」における一部の作中人物や用語は同時代の人物・出来事を連想させるように仕組まれており、ここからは太宰の明らかなパロディ意識をみて取ることができる。とすると、同時代の〈書く少女〉たちの「諷刺」であると捉えた石田評の読みは尤もであろう。「千代女」はこれらの同時代の動きをも、物語に含み込んでいるのである。

「千代女」研究においても、綴方を軸としたこの一連の記号について触れるものは多く、木村小夜論[4]、安藤恭子論[5]、井原あや論[6]等が言及している。

一方で、他の〈女性独白体〉作品との比較から「千代女」を批判する同時代評も存在する。例えば、「現代文学」掲載の座談会「昭和十六年の文学を語る」[7]では、大井広介と平野謙が以下のようなやりとりをしている。

大井　太宰治の「千代女」ですね。「きりぎりす」で非難される夫の中に作者自身を含めてゐたのと、綴方の天才少女といふ設定になぞらへた「千代女」は同巧異曲ですけれど、あがりは一段と手際いいが、あんまり楽にやれすぎてゐる。自己批判の苦しみといふやうなものが全然みうけられぬやうな、一種の型ができあがり、それを使ひ安楽にやつてゐるといふ。

平野　それは、さうですね。

ここで、大井は「きりぎりす」（『新潮』昭和15年11月）と「千代女」を同じ位置の作品と見做し、「きりぎりす」の「夫」と「千代女」の「和子」に作者である太宰治の影をみている。その上で、「千代女」の技巧を一応褒めながらも、「自己批判の苦しみ」という創作上の精神の欠如、作品の類型化とそれに伴う「安楽」さを批判するのだ。要するに大井は、「千代女」から、技巧面に走り、精神性を忘れる太宰の姿を読み取っており、平野もそれに同意しているといえよう。

研究史では、「千代女」の「和子」の〈文才〉や〈書くこと〉等に焦点が当てられてきた。例えば、先述の木村論では、「冷静ならざる回想という形」が「和子」に様々な矛盾をもたらしたと指摘し、分裂している「和子」の姿を捉える。そして、「和子」は結局、「他者の評価によってしか自分の才能を自覚できない不幸、それゆえに不当な評価を受けたために才能に自信をもてなくなった、しかしだからと言って、自分の才能を意識していなかった状態にはもはや戻れない、という不幸」に陥っていたのだと論じている。

一方、ジェンダー論を援用して「千代女」を読み解く千田洋幸論[8]では、「「女の言葉」によって語られているはずの「千代女」の物語は、「私」の言葉に対する男たちの管理をたえず呼びこむことによって、いわば、彼らの言葉の引用のモザイクとして織られていくのである」と、「和子」の言葉が男たちの影響下にあることを指摘している。「このテクストは、一見「男性」的な言語を脱構築するかのような「女語り」という方法それ自体が、じつは男性中心的なイデオロギーの産物にほかならない、という逆説を、読者の前につきつけてみせるのである」という千田論の指摘は、「千代女」のみならず、〈女性独白体〉を検討する上で実に示唆的であろう。

前掲の安藤論は、「千代女」に「綴方・小説・俳句という三つのジャンルのエクリチュール（そのほか不随的に日記も）が登場」することに着目し、「問題は、これらの三つのカテゴリーがジャンルとして分類されつつ、その境界が曖昧であること、そして、境界が境界のまま、これらのエクリチュールが「和子」につきつけられていることにある」と、曖昧なエクリチュールの境界を指摘、既成の言葉に回収し得ない自己を、書くことによって作り出そうとするものの、自分自身が未だ見えていない少女「和子」の姿を提出した。

また、前掲の井原論は、昭和十年代に即した読みで「千代女」を考察している。この論では、綴方に関するコードを読み解きつつ、「〈理想の少女像〉である「寺田まさ子」や「金澤ふみ子」から遠く離れて、評価に値しない自分を和子は「駄目」と括」っていたのだとし、「「私は千代女ではありません」という呟きは、当代の理想的な〈千代女たち〉を飛び越える和子の自立を意味しているのである」と、「和子の自立宣言」として「千代女」を読み解いている。

〈書くこと〉に着目した青木京子論[9]は、全篇を通じた登場人物の「ちぐはぐな言動」の繰り返しを挙げ、「千代女」には始終「笑い」と「ユーモア」に包まれていることを指摘、「「千代女」そのものが〈ユーモア小説〉と位置付けられるものであり、和子は子供の頃からそれを目指していたのである」と纏めている。また、「「千代女」は「綴方」は書けても「小説」を書くことが出来なかった文学少女について書かれた作品」であるという重要な指摘も見逃せない。

櫻田俊子論[10]は、「「和子」の言説は、他者によって自己確立を無理矢理強制させられ、おのずと他者が望む「私」

を演じざるを得ない、アイデンティティを模倣し、それからはずれないように生きざるを得ない困惑」を示しており、「千代女」が「他者の評価を与えられた途端、「書けなくなった」少女、他者の評価により、存在が揺らぐという意味においてスポイルされた少女の言説」であると述べる。そしてそれは、「書けないことを書いている作者の言説、太宰の自意識の在り方の問題でもある」のだと指摘している。

以上、作品発表から現在に至るまで「千代女」がどのように読まれてきたのかを概観してきた。先行論は概ね、「和子」はいかなる人物であるのか、「和子」の語りは一体何であるのかという、主人公かつ語り手である「和子」や彼女の語りの在り方を問うているといえよう。この問題を究明するためには、何よりも先ず「和子」の自己認識を検討する必要がある。なぜなら、一人称で語られる「千代女」では、「和子」が過去から現在に至るまでの自己をどのように物語化しているかを読み解くことで、「和子」を位置付けることが可能だからである。そこで本稿では、「和子」が「私」をいかに把捉しているかに着目して論じていきたい。

三、揺れる「私」

「千代女」とは、「天才少女」の話ではなく、〈天才〉あるいは〈非才〉であるとはっきり自己同定できない少女の話なのではないか。

女は、やつぱり、駄目なものなのね。女のうちでも、私といふ女ひとりが、だめなのかも知れませんけれども、つくづく私は、自分を駄目だと思ひます。さう言ひながらも、また、心の隅で、それでもどこか一ついいところがあるのだと、自分をたのみにしてゐる頑固なものが、根づよく黒く、わだかまつて居るやうな気がして、いよいよ自分が、わからなくなります。私は、いま、自分の頭に錆びた鍋でも被つてゐるやうな、とつても重くるしい、やり切れないものを感じて居ります。私は、きつと、頭が悪いのです。本当に、頭が悪いのです。もう、来年は、十九です。私は、子供ではありません。

「千代女」の冒頭であるが、ほんの数行の間で、「私」は大きく揺れている。自分を「駄目」だと思いながらも、「どこか一ついいところがある」と自分を信じている。この、どっちつかずのもどかしい状態を抱え、「和子」は「自分が、わからな」いのだという。

冒頭のみならず、物語全篇において、「和子」は常に揺れている。「低能の文学少女」を自称する「和子」は、才能のなさを繰り返しながらも、一方で自分がいかに「天才少女」であるかをも語る。この揺れを、前掲木村論は「分裂し矛盾した意識」と表現しているが、この「分裂」や「矛盾」という言葉の背景には、ある一点から過去を回想した際、それが一貫した一つの意識や物語に回収できるという一般的な認識が窺える。つまり、統合された意識や姿といったものが背後に想定されているのである。

とすると、自身の揺れを語りながら、「自分が、わからなくなります。」と語る「和子」も、木村論と同様の認識を持っているのだといえそうである。つまり「和子」は、過去の自分と現在の自分を、そして現在の自分の様々な揺らぎを一致させようと藻掻き、その同一化が巧くいかないことに混乱しているのだ。過去の人生を振り返り、自分が「駄目」であること、つまり「低能の文学少女」物語を生成しようとしてもそこに自分の過去を回収できず、翻って「天才少女」物語を生成しようとすると挫折してしまう、このように自己を統一的に語ることのできない状況下で、「和子」は焦りを抱えているのである。

「もう、来年は、十九です」と、自身の年齢を「もう」という時間感覚で捉える姿からも、「和子」の焦燥をみて取れるであろう。少女は、「子供ではありません。」と語るが、とはいえ「大人」であるとも言い切れない境界に立ちながら、〈「私」とは一体何者であるのか〉という大きな謎に直面しているのである。

太宰治の〈女性独白体〉が、語る行為自体をも物語の一部として読み取らせる仕組みをもつのだとしたら、自己を規定しようとする「和子」の語りの動きそのものが、「千代女」の物語の一部なのである。では、「和子」はどのように自己を規定していくのか。ここで、語り出しへと戻りたい。

「和子」は「女は、やつぱり、駄目なものなのね。女のうちでも、私といふ女ひとりが、だめなのかも知れませんけれども、つくづく私は、自分を駄目だと思ひます。」と語る。これが、奇異な語りであることは、説明するまでもないであろう。ここで、「女」であることと、「駄目」であることの連関は皆無であり、もちろん物語の展開にしたがって、後にそれらが説明されることもない。つまり、「和子」は当然のように「女」は「駄目」であると語っているが、「女」＝「駄目」という「和子」の論理には必然性がまるでないのである。むろん「和子」は自身の過去の在り方を踏まえて「女は、やつぱり、駄目なものなのね。」と語っているのであろうが、そうであるならば、「女は、」と「女」を一般化するのではなく「私は、」と語るべきであろう。

とはいえ、稿者は、ここで、太宰のミソジニー的傾向を指摘したいのではない。ここで着目したいのは、「女のうちでも、私といふ女ひとり」という「和子」の語りの在り方、要するに、自分を語る際に「女」というカテゴリーを求める「和子」の在り方なのである。その姿は、例えば、「皮膚と心」（「文学界」昭和14年11月）の「私」が、自分を無理に「女」へと自己規定していく様[11]へと重なるであろう。

ここで考えたいのは、現在の「和子」の位置である。当時の既婚女性たちは、明治民法の元、夫の家に入る訳だが、そのことによって彼女たちは「○○の妻」「○○夫人」というポジションに自己を規定することが可能となる。しかし「和子」は未婚であるため誰かの「妻」だと自己を規定することができない。「千代女」の七ヶ月前に「新潮」誌上に発表された「きりぎりす」の「私」は「十九の春に、見合いをし」たとあるから、同時代状況からいっても「来年は、十九」になる「和子」は結婚を視野に入れて良い年齢であるといえよう。しかし、ここで、柏木の叔父の言葉を思い出したい。

和子は結局は、小説家になるより他に仕様のない女なのだ、こんなに、へんに頭のいい子は、とても、ふつうのお嫁さんにはなれない、すべてをあきらめて、芸術の道に精進するより他は無いんだ等と、父の留守の時には、大声で私と母に言つて聞かせるのでした。

柏木の叔父は、「和子」が「ふつうのお嫁さんにはなれない」という。つまり柏木の叔父は、「和子」が誰かの「妻」として自己を規定する道を否定しているのである。そしてその叔父の言葉を、「和子」は憎みながらも内面化しつつあるといえる。

叔父さんの言葉が、あたつてゐたのかも知れません。私はその翌年に女学校を卒業して、つまり、今は、その叔父さんの悪魔のやうな予言を、死ぬほど強く憎んでゐながら、或ひはさうかも知れぬと心の隅で、こつそり肯定してゐるところもあるのです。私は、だめな女です。きつと、頭が悪いのです。自分で自分が、わからなくなつて来ました。女学校を出たら、急に私は、人が変つてしまひました。私は、毎日毎日、退屈です。

「妻」という位置を獲得できないかもしれない、と心の中で肯定する「和子」は、それでも自分が「だめな女」、「女」であることを確認していく。また、「和子」が「女学校を卒業して、つまり、今」という時に当って叔父の言葉を受け入れていること、「女学校を出たら、急に私は、人が変つてしまひました。」と述べていることにも着目したい。「和子」は、女学生という立場に自己を規定できなくなった不安定な「今」だからこそ、「自分で自分が、わからなくなつて来」る、という状況に陥っているのである。

四、「和子」の才能

「千代女」は、「和子」の才能の有無を軸に解読されることが多いが、そもそも「和子」に文才は存在するのだろうか。文才とは何か、という問いは簡単に答えを出せるものではないので留保し、ここでは「和子」の文章がどのように評価されてきたのかに焦点を当てて考えて行きたい。

十二の時に、柏木の叔父さんが、私の綴方を「青い鳥」に投書して下さつて、それが一等に当選し、選者の偉い先生が、恐ろしいくらゐに褒めて下さつて、それから私は、駄目になりました。あの時の綴方は、恥づかしい。あんなのが、本当に、いいのでせうか。どこが、いつたい、よかつたのでせう。［…］何だか、あまり子供つぽく、甘えすぎてゐますから、私は、いま考へると、いらいらします。

「和子」は、「どこが、いつたい、よかつたのでせう」と自身の綴方「お使ひ」の良さがわからない。自分の綴方を「恥づかしい」「あまりに子供つぽく、甘えすぎてゐ」ると批判する「和子」の語りからは、「いま」ならもっと上手に書ける、という気持ちが透けて見える。しかし、この綴方は七年前の作品であり、当時の「和子」は「子供っぽい」も何も実際に「子供」なのである。「どこが、いったい、よかったのでせう。」と述べる「いま」の「和子」には、選者がこの綴方のどこを評価したかがわかっていない。裏を返せば、「和子」には綴方に関して目利きがないということになるだろう。

このことは、「春日町」についても同様である。

また、そのすぐ次に、やつぱり柏木の叔父さんにすすめられて、「春日町」といふ綴方を投書したところが、こんどは投書欄では無しに、雑誌の一ばんはじめのペエジに、大きな活字で掲載せられて居りました。〔…〕「春日町」が、雑誌に載つた時には、その同じ雑誌には、選者の岩見先生が、私の綴方の二倍も三倍も長い感想文を書いて下さつて、私はそれを読んで淋しい気持になりました。先生が、私にだまされてゐるのだ、と思ひました。岩見先生のはうが、私よりも、ずつと心の美しい、単純なおかただと思ひました。

「雑誌の一ばんはじめのペエジに、大きな活字で掲載せられ」たことも、「選者の岩見先生が、私の綴方の二倍も三倍も長い感想文を書いて下さつ」たことも、「和子」の「春日町」が高評価を得た証左である。しかし、「和子」は、自分の綴方の「値打」を否定する。

学校では、受持の澤田先生が、綴方のお時間にあの雑誌を教室に持つて来て、私の「春日町」の全文を、黒板に書き写し、ひどく興奮なされて、一時間、叱り飛ばすやうな声で私を、ほめて下さいました。私は息がくるしくなつて、眼のさきがもやもや暗く、自分のからだが石になつて行くやうな、おそろしい気持が致しました。こんなに、ほめられても、私にはその値打が無いのがわかつてゐましたから、この後、下手な綴方を書いて、みんなに笑はれたら、どんなに恥づかしく、つらい事だらうと、その事ばかりが心配で、生きてゐる気もしませんでした。また澤田先生だつて、本当に私の綴方に感心なさつてゐるのではなく、私の綴方が雑誌に大きい活字で印刷され、有名な岩見先生に褒められてゐるので、それで、あんなに興奮していらつしやるのだらうといふ事は、子供心にも、たいてい察しが附いて居りましたから、なほのこと淋しく、たまらない気持でした。

七年前の「和子」は、自分の綴方が過大評価されているのではないかと疑い、新たな綴方を書くことに不安を覚える。「和子」は自分の綴方の才能を信じることができず、ゆえに澤田先生の評価も素直に受け入れることができない。「和子」の語りからは澤田先生の胸中はわかり得ないが、ここでは澤田先生がどのような意図をもって「和子」を激賞したかよりも、「和子」が周囲の評価に「なほのこと淋しく、たまらない気持」になっていることが重要なのである。他者による評価と自己評価との間のズレが、「和子」をそのような心持ちにさせているといえよう。

「和子」への評価は、大人ばかりでなく子供たちへも伝染していく。

学校のお友達は、急に私によそよそしくなつて、それまで一ばん仲の良かつた安藤さんさへ、私を一葉さんだの、紫式部さまだのと意地のわるい、あざけるやうな口調で呼んで、ついと私から逃げて行き、それまであんなにきらつてゐた奈良さんや今井さんのグルウプに飛び込んで、遠くから私のはうをちらちら見ては何やら囁き合い、そのうちに、わあいと、みんな一緒に声を合せて、げびた囃しかたを致します。私は、もう一生、綴方を書くまいと思ひました。柏木の叔父さんにおだてられて、うつかり投書したのが、いけなかつたのでした。

「一葉さん」「紫式部さま」は、共に〈書く女〉の成功例であるが、「和子」はその呼び方に「意地のわるい、あざけるやうな口調」を感じる。安藤さんをはじめとする子供たちに本当に悪意が存在していたかは定かではないが、大人たちによる評価や特別視が、子供たちと「和子」の間に障壁を作る原因となるのも無理はないだろう。「和子」の「もう一生、綴方を書くまい」という決意は、綴方をめぐる他者による評価が、「和子」を苦しめることを知った上でなされたものなのである。

さて、この「和子」の才能が綴方に限って発揮されていたことは、「お茶の水の女学校」に通うことになってから、「作文のお時間にも、私は気楽に書いて、普通のお点をもらつてゐました。」とあることからも窺える。しかし、いつの間にか、「和子」の才能は、綴方の才能から文才へ、綴方から小説へとスライドされていくのである。

小説といふものは、どうしてこんなに、人の秘密の悪事ばかりを書いてゐるのでせう。私は、みだらな空想をする、不潔な女になりました。いまこそ私は、いつか叔父さんに教へられたやうに、私の見た事、感じた事をありのままに書いて神様にお詫びしたいとも思ふのですが、私には、その勇気がありません。いいえ、才能が無いのです。それこそ頭に錆た鍋でも被つてゐるやうな、とつてもやり切れない気持だけです。私には、何も書けません。このごろは、書いてみたいとも思ふのです。先日も私は、こつそり筆ならしに、眠り箱といふ題で、たわいもない或る夜の出来事を手帖に書いて、叔父さんに読んでもらつたのでした。すると叔父さんは、それを半分も読まずに手帖を投げ出し、和子、もういい加減に、女流作家はあきらめるのだね、と興醒めた、まじめな顔をして言ひました。それからは、叔父さんが、私に、文学といふものは特種の才能が無ければ駄目なものだと、苦笑しながら忠告めいた事をおつしやるやうになりました。〔…〕炬燵にはいつて雑誌を読んでゐたら眠くなつて来たので、炬燵は人間の眠り箱だと思つた、といふ小説を一つ書いてお見せしたら、叔父さんは中途で投げ出してしまひました。私が、あとで読んでみても、なるほど面白くありませんでした。どうしたら、小説が上手になれるだらうか。

綴方と小説が別物であることは、綴方に関する同時代の言説からも窺える。例えば菊池寛は、綴方ブームの火付け役である豊田正子（この物語に登場する「寺田まさ子」は、彼女を連想させるように名付けられている）を「思ひ切つて小説家にした方がいいかも知れないね」と述べているが、[12]「思ひ切つて」という語彙選択は、綴方と小説が単純に接続できるものではないことを示している。しかし、「和子」は、綴方と小説、隔絶のある二つジャンルを、そしてそれらに関する才能を混同しているのである。だからこそ、「和子」は「小説といふものは、どうしてこんなに、人の秘密の悪事ばかりを書いてゐるのでせう。」と思いながら、「いつか叔父さんに教へられたやうに、私の見た事、感じた事をありのままに書」きたいと願う。この「ありのままに書」くという態度は、綴方の基本方針である。「赤い鳥」（「和子」の綴方が掲載された「青い鳥」は、この雑誌を想起させるよう仕組まれている）創刊に際して配布されたプリント「童話と童謡を創作する最初の文学的運動」[13]には、「赤い鳥」には「少しも虚飾のない、真の意味で無邪気な純粋な文章」「空想で作つたものでなく、たゞ見た儘、聞いた儘、考へた儘を、直に書いた文章」を掲載していく旨が書かれている。とすると、「和子」が書きたいと願うものは、まさに綴方的な文章であることになる。

叔父に非才であると読むのを投げ出された「眠り箱」を、「和子」は「小説」と位置付けている。「眠り箱」は、「和子」の独自の感受性と観察力によって飾らずに書かれているという点で、「お使ひ」や「春日町」と同様のテイストの作品といえるだろう。「和子」の綴方の才能は、言語表現の巧みさや文章のレトリックではなく、「和子」の感受性や観察眼にある。というのも、当時、綴方を評価する上で重視されていたものは、「実感的な表現」、つまり「普通には、目に見えない、人には感じ得ない、又は、ぼんやり感じても、言葉に表し得ない、ひそんだ或ものを、鋭敏に受象したもの」[14]だったからである。「和子」の綴方や小説が、「千代女」の中でその物語内容だけが語られるのも、「和子」の才能を成立させているものが、文章の技巧ではなく、その感受性や観察眼によっていたためであろう。

綴方の定義を持ち出すまでもなく、小説が「和子」のいう通り「人の秘密の悪事ばかりを書」くものであるとすれば、「眠り箱」は小説とはいえない。しかし、「和子」の「眠り箱」が「文学」における「特種の才能」を感じさせない駄作なのだとしたら、それは七年の年月を経ても「和子」の作品が綴方の域を出ていないという、その点に問題があるのではないか。

激賞された自身の綴方の「値打」がわからず、小説を「書いてみたいとも思ふ」ようになると「女流作家はあきらめるのだね」といわれてしまう「和子」の中では、常に自己評価と他者による評価に齟齬を来している。この自己認識と他者認識のズレが、先に述べた自己を統一的に語ることのできない焦りと相俟って、「和子」を混乱に陥らせていたのだ。「和子」の他者規定と自己規定は統合されることなく、すれ違い続ける。「お母さん、私は、千代女ではありません。」という、母の言葉の拒絶も、母の思う「私」と「私」の思う「私」の差異を示しているといえよう。つまりここでは、「アイデンティティ」と「ポジショナリティ」[15]の問題が立ち現れてくるのだ。

とすると、「和子」は二重の苦心を抱えていることになる。それは、一つは「アイデンティティ」の確立であり、もう一つは「アイデンティティ」と「ポジショナリティ」の一致である。「和子」には、〈「私」とは一体何者であるのか〉という問いと、〈他者が「私」を一体何者であると名指しているのか〉という問いの間で揺れているのである。「和子」は、自らへの確信も持てず、他者によって作られる「私」を受け入れることもできない。

「いよいよ自分が、わからなくなります。」「自分で自分が、わからなくなつて来ました。」という「和子」の混乱は、「私」を非決定のまま保持することなく、統一された「私」を追求するがゆえに生じるものなのである。

五、「千代女」と「和子」

加賀の千代女は、元禄16年、加賀松任生れの俳人である。「千代女」で引用される「ほととぎす」の有名なエピソードは、様々な文献で確認可能であるが、古くは『近世畸人伝・続近世畸人伝』[16]でも確認することができる。さて、この『近世畸人伝』は、伴蒿蹊著、寛政2年8月に京都で刊行された伝記であるが、偉人に限らず近世の様々な階層の人物が記されているのがその特徴である。続篇である『続近世畸人伝』は、寛政10年1月、京都の林伊兵衛の外、計六書肆の刊行で、翌年の寛政11年3月、江戸でも販売された。著者は三熊花顛であるが、花顛が寛政6年の8月に未完成のまま歿したため、伴蒿蹊が草稿に筆を加えて完成させたという。「加賀の千代女」のエピソードは、この『続近世畸人伝』に収められている。

千代女は加賀の松任の人にて、幼より風流の志ありて、俳諧をたしなむ。しかれども其師をえず。是かれ行脚の人にとふに、美濃の盧元坊を称することみな同じ。こゝにして殊更に行て学ばんとおもへるに、折しも行脚して来りしかば、其旅宿に就て相見をこひ、志をのぶ。元草臥れたりとて寐てありし所へゆきて、教をもとむるに、さらば一句せよ、といふ。初夏の比なれば時鳥を題とす。やがて句を吐たるに、元其たゞものならざる気韻を見て、其句をうけがはず、是はたれもすべき所也といふ。さらばとて又一句を吐。なほ肯ざること初のごとし。元は既に眠につけども女はなほさらず、沈吟す。其眼さめたるをうかゞひては又一句をとふ。かくて数句に及び、つひに暁天に至る時、元起て終夜さらざりしや、夜は明たりや、とおどろく。時に千代女、

ほとゝぎす郭公とて明にけり

といへるを大に賞し、是也々々、汝他日此意地をわすることなくば、名、天下にふるはんと、師弟の約をなせり。果して女流にめづらしき此道の高名に至れり。これはまだ少女の時なりけらし。

これが、加賀の千代女の「ほととぎす」逸話である。少女時代の加賀の千代女が、期を得て予てよりの憧れの

盧元坊に教えを乞うたこと、そして盧元坊が加賀の千代女の「其たゞものならざる気韻」＝才能を見抜いた上で、誰もが詠めるような句ではなく、加賀の千代女の才能に見合った句ができるまで何度も句を詠ませたことは看過できない。自らの意志で盧元坊の元へ向かった加賀の千代女は、諦めることなく一晩中句作を続け、遂に褒められる句を作る。加賀の千代女の逸話は、盧元坊の薫陶を受けたいという動機付けがきちんと形成された上での「意地」だったのである。

一方、「和子」の母は、動機付けの明確な加賀の千代女の「意地」を、単純な「根気」、辛抱強さの問題へと接続する。

　母は時々、金澤ふみ子さんや、それから、他の娘さんでやつぱり一躍有名になつたひとの噂を、よそで聞いて来ては興奮して、和子だつて、書けば書けるのにねえ、根気が無いからいけません、むかし加賀の千代女が、はじめてお師匠さんのところへ俳句を教はりに行つた時、まず、ほととぎすといふ題で作つて見よと言はれ、早速さまざま作つてお師匠さんにお見せしたのだが、お師匠さんは、これでよろしいとはおつしやらなかつた、それでね、千代女は一晩ねむらずに考えて、ふと気が附いたら夜が明けてゐたので、何心なく、ほととぎす、ほととぎすとて明けにけり、と書いてお師匠さんにお見せしたら、千代女でかした！　とはじめて褒められたさうぢやないか、何事にも根気が必要です、と言つてお茶を一と口のんで、こんどは低い声で、ほととぎす、ほととぎすとて明けにけり、と呟き、なるほどねえ、うまく作つたものだ、と自分でひとりで感心して居られます。お母さん、私は千代女ではありません。

「和子」の母は、「和子」と「金澤ふみ子」や「加賀の千代女」等の〈書く少女〉を重ね、「和子だつて、書けば書ける」のだと「和子」の才能を信じて疑わない。だからこそ、「和子」に欠けているものは才能ではなく、「加賀の千代女」のような「根気」だと諭すのである。

しかし、加賀の千代女の逸話と「和子」の間には大きな差異がある。「和子」の才能は、その評価が妥当であるかはさておき、柏木の叔父によって否定されてしまった。「なんにも書けない低能の文学少女」には、加賀の千代女における盧元坊のように、才能を保障してくれる存在はいない。だからこそ「和子」は、「私は千代女ではありません」と母の言説をきっぱり拒絶している。この「千代女」否定は、自分は「千代女」のような才能を持ち得ていない、つまり、現時点では他者が想像し、規定する「千代女」にはなり得ないのだという、諦めの一言なのではないか。

きのう私は、岩見先生に、こつそり手紙を出しました。七年前の天才少女をお見捨てなく、と書きました。
私は、いまに気が狂ふのかも知れません。

「和子」は、自己の才能を保障してくれ得る岩見先生に、「見捨て」ることのないよう懇願する。とすると、この末尾は、「千代女」になれない「和子」が、自分を「千代女」として規定するための必死の抵抗のように思われる。「なんにも書けない」「和子」による、「天才少女」という一見矛盾に満ちた自己規定は、「天才少女」でありたい、「千代女」になりたいという「和子」の「千代女」願望の表出なのではなかったか。

自分が「千代女」ではないことを語る「和子」の語りが属するこの物語が、何者かによって「千代女」と名付けられているのは、自己認識と他者認識のズレを端的に表しているといえよう。若しくは、この物語を「千代女」と名付けたのが他でもない「和子」であると仮定すれば、自己を「千代女」として規定しようとする「和子」の願望が反映されているといえる。ここでは事の真相は問わない。重要なのは、自己認識と他者認識を、「千代女」という一点において合致させようとする「和子」の在り方なのであり、その困難が「私は、いまに気が狂ふのかも知れません。」という狂気発動の予感によって捉えられていることなのではないだろうか。

六、おわりに――「千代女」という「女」

先に述べた通り、「和子」は自身の人生を振り返り、語ることによって過去を再定義しようとする。現在の自分と過去の自分を、一貫性のもとで統合しようとする。しかし、それは上手くいかない。「和子」の混乱は、「私」を非決定のまま保持することのできない、〈「私」とは一体何者であるのか〉という問いに対し、「わからな」いことは「わからな」いのだと割り切ることのできないその点にある。

「私」とは、そもそも、振幅を含む不安定な存在である。誰も「私」を厳密に定義することはできない。よい「娘」ではない、よい「姉」でもないと否定を積み重ねながら語る「和子」が、確信し、獲得しているのは、自身が「女」であることただそれだけである。だからこそ「和子」は自身が「女」であることから語り始め、回想が「いま」に追いつくに当って再び自身が「だめな女」であることを語る。そして末尾では、自身を「なんにも書けない低能の文学少女」「天才少女」と、一見矛盾した存在へ位置付ける。しかし、これら相反する自己評価も、共に「少女」であるという点は変わらない。とすると、「和子」が否定し、しかしそうなることを希求しているように見える「千代女」といふ存在が、女流の俳句の世界の習わしとはいえ、「千代」という名前に「女」であることを示す接尾辞「女」を付けていることは示唆的である。「女」であること、「女」になることを希求する「和子」の姿は、太宰治の他の〈女性独白体〉作品の語り手の在り方と重なるのであるが、この点については別稿を期したい。

【注】

（1）『姥捨』あとがき」（ポリゴン書房、昭和22年6月）には、「巻末の「千代女」は、私の生活を書いたものではないが、いまの「文化流行」の奇現象に触れてゐるやうにも思はれるので、附け加へて置いた」との記述がある。ここからも、同時代の現象を表現し得たという太宰の自信が窺えるだろう。
（2）石田英二郎「六月の小説「改造」」（「新潮」昭和16年7月）
（3）無署名「改造」（「三田文学」昭和16年7月）
（4）木村小夜「太宰治『千代女論』—回想のありかたを中心に—」（「人間文化研究科年報」平成3年3月）
（5）安藤恭子「太宰治「千代女」を読む—エクリチュールの境界をめぐって—」（「日本文学」平成7年5月）
（6）井原あや「太宰治「千代女」論—「私は千代女ではありません」—」（「大妻国文」平成16年3月）
（7）高木卓、大井広介、坂口安吾、井上友一郎、平野謙、佐々木基一、宮内寒弥「昭和十六年の文学を語る（座談会）」（「現代文学」昭和16年11月）の一節、「太宰治氏『新ハムレット』『千代女』」より。
（8）千田洋幸「「千代女」の言説をめぐって—自壊する「女語り」」（「國文學　解釈と教材の研究」平成11年6月）
（9）青木京子「太宰治『千代女』論—〈ユーモア小説〉を目指していた和子—」（「キリスト教文藝」平成16年3月）
（10）櫻田俊子「太宰治『千代女』論—スポイルされた少女の言説—」（「日本文学誌要」平成18年3月）
（11）「皮膚と心」における、「女」は「生まれつき」「言えない秘密を持って」いる、「女には、一日一日が全部」である、「女のこの不埒と浮遊」、「女は、肌だけで生きて居る」といった「私」の「女」論は一般論から逸脱しており、「女」という性に還元できるものではない、極めて個人的な「私」の感覚に過ぎない。「私」は自分を無理に「典型的な「女」」の枠に押し込めることで「女」

として自己を規定していくのである。なお、詳細については本章第四節を参照。

（12）菊池寛・大木顕一郎・豊田正子『綴方教室』の豊田正子と菊池寛対談会」（「話」昭和13年11月）

（13）鈴木三重吉「童話と童謡を創作する最初の文学的運動」（広告用印刷物、「赤い鳥」は大正7年7月に創刊）

（14）鈴木三重吉『綴方読本』（中央公論社、昭和10年11月）。三重吉は同書の中で、「綴方は、多くの平浅な人たちが考へるやうに、単なる文字上の表現を練習するための学課ではない。私は綴方を、人そのものを作りと、のへる、「人間教育」の一分課として取扱つてゐるのである」と述べ、綴方教育が人間性の涵養に結び付くものであることを主張している。

（15）「アイデンティティ」と「ポジショナリティ」については、千田有紀「アイデンティティとポジショナリティ」（上野千鶴子編『脱アイデンティティ』勁草書房、平成17年12月）を参照した。「ポジショナリティ」とは、「他者が私を何者と名指しているのか」という他者との関係から立ち現れてくる自己の位置であり、「自己の斉一性、時間的な連続性と一貫性、帰属性」に由来するアイデンティティとは異なる概念を示す。

（16）以下、引用は『近世畸人伝・続近世畸人伝』（平凡社、昭和47年1月）に拠る。

第四節　太宰治「皮膚と心」論―「女」化する「私」―

一、はじめに――「女心」「女の心理」をめぐって

〈女性独白体〉小説である「皮膚と心」（「文学界」昭和14年11月）では、二十八歳新婚である「私」が皮膚に生じた吹出物に翻弄される様子が語られていく。なかでも物語終盤において怒涛のように披瀝される「私」の〈女性論〉は特徴的であり、本テクストの評価と深く結びつくものである。

「皮膚と心」は発表時から絶賛に近い評価を受けていた。例えば森山啓評[1]は「私」の描写に関して、「勿論これは架空の女でしかない」と一応の譲歩をした上で「女ごころへの理解は虚構の像にもいとしむべき肉体を与へてゐる」と評価している。また、神田鵜平評[2]の場合は、「ここに書かれたものが、女の心理と合点されなくとも構はない。太宰治が女になつて、めんめんと語る、その語るところに真実が見出されるなら、それでよいのだ」と述べている。他にも、三戸武夫評[3]による「不安定な生理の状態から、巧みに女心を描いている」という指摘、浦島太郎[4]による「二十八歳となつて地味な結婚をし、結婚したことでめざめてきた女ごころ」「誇張のなかに、豊かなイメージが躍動してゐて佳篇である」という理解などが挙げられるが、これらの評は全て驚くべきほどに一つの読みの方向性に貫かれている。それは、「皮膚と心」から「女心」を読み取り、その巧みな描出を評価するという読みのモードである。[5]そこに存在するのは、「女心」や「女の心理」という存在への無邪気な信頼である。

しかし、このような評価軸には大きな問題がある。なぜなら、「心」や「心理」に性差があることを前提とした問いの立て方は、作家あるいは評者の性別を前景化させてしまうからである。榊原理智論は[6]「太宰の「女語り」の評価が高いのは、作家が男であるのに（女というカテゴリーにはまらないのに）女をうまく書いたということなのだ」と指摘しているが、先述の同時代評も全く同様に機能しているといえよう。さらに、「女心」「女の心理」という評価軸は、同時代にのみ有効なものではなく、先行研究にも根強く受け継がれていく。[7]しかし、「男性」作家である太宰治が「女心」「女の心理」を果たして描けるのだろうか。「女心」「女の心理」の描出の巧緻を「男性」評者が適切に評価し得るのだろうか。稿者はここで、「女性」にしか「女心」「女の心理」はわからないという当事者性の狭隘な称揚を主張したいのではない。そもそも、このような疑問を自ずと生じさせてしまうような問いの立て方自体が不適切ではないかと主張したいのである。

加えて、このような問いの立て方は、「皮膚と心」を肯定的に評価する論にのみ共有されているのではない。先行研究にはテクスト中の〈女性論〉や「女性」描写に反発を唱える意見も見受けられるものの、[8]こうした立場の場合も、本テクストに「女性」の心理が描かれていることを暗黙の前提としている点は一致している。

つまり、今一度考えるべきなのは、「女心」「女の心理」といった性差に由来する「心理」がそもそも存在するのかという疑問である。「女心」「女の心理」とは具体的な指示内容を空白にしている。それは「女心」「女の心理」と人々が見做すところの「心」や「心理」を指すのであり、実体的には何も語っていないのだ。[9]

「皮膚と心」に描かれているのは、決して「女心」という一般化や普遍化の可能な性質のものではなく、あくまで語る「私」個人の「心理」や姿に過ぎない。[10]仮に、太宰が「心理」を巧みに描出したのであれば、それは語り手「私」の「心理」描写にリアリティーがあるのであって、「女性」という一般概念へとは還元不可能なものである。にもかかわらず、「皮膚と心」を論じようとする際、「女性」という枠組みに囚われてしまうのには何らかの理由があるのだろう。「皮膚と心」というテクスト、特に「私」の語り自体に、「女心」「女の心理」なるものを読ませる仕組みがあるはずだ。

本稿の狙いは、「女心」「女の心理」の巧みな描写によって評価されてきた「皮膚と心」が、実は何よりも「女心」「女の心理」の虚偽性を証明するテクストであると示すことにある。「皮膚と心」において「私」がいかに「女性」を構築しているかという観点を足掛かりに、「女心」「女の心理」という評価が生じる理由を検討したい。

二、「女」化する「私」

性別とは社会的に構築されるものである。今や常識となっているこの事実を「皮膚と心」はそのプロセスをも含めて提示している。先廻りをして結論からいえば、本テクストは「私」が「女」を獲得していく過程を、つまり「女性」という性が構築されていく様子を描出しているのである。

ぷつッと、ひとつ小豆粒に似た吹出物が、左の乳房の下に見つかり、よく見ると、その吹出物のまはりにも、ぱらぱら小さい赤い吹出物が霧を噴きかけられたやうに一面に散点してゐて、けれども、そのときは、痒くもなんともありませんでした。憎い気がして、お風呂で、お乳の下をタオルできゆつきゆつと皮のすりむけるほど、こすりました。それが、いけなかつたやうでした。家へ帰つて鏡台のまへに坐り、胸をひろげて、鏡に写してみると、気味わるうございました。銭湯から私の家まで、歩いて五分もかかりませぬし、ちよつとその間に、お乳の下から腹にかけて手のひら二つぶんのひろさでもつて、真赤に熟れて苺みたいになつてゐるので、私は地獄絵を見たやうな気がして、すつとあたりが暗くなりました。そのときから、私は、いままでの私でなくなりました。自分を、人のやうな気がしなくなりました。気が遠くなる、といふのは、こんな状態を言ふのでせうか。

「皮膚と心」の冒頭部である。自他の境界及び接触面として機能する「皮膚」に関する異常を、「私」は「左の乳房の下」という「女性」身体を喚起させる表現を用いながら語り始める。[11] 加えて、嫁入り道具の定番であり「女性」向けの家具である「鏡台」[12]の前に坐り、鏡で吹出物が広がる様子を確認する。ここで「私」の「女性」性を補強するかのような語彙が選択されているのはおそらく偶然ではない。「私」は冒頭部において、「女」「女性」という直接的な言葉を使用することなく、「乳房」を持ち「鏡台」を使用する人物、つまり生物学的にも社会的文化的にも「女性」に分類される人物であるとして自らを周到に位置付けているのである。

むろん、「私」はそもそも「女性」身体を持つ人物であるのだから、「私」の語りに（その意図の有無にかかわらず）「女性」性が導入されることは当然だという見方もできる。しかし、無機質な文字の連なりによってのみ生成される「私」の身体は、現実世界の身体に依拠しない。虚構であるこのテクストにおいて、「私」の身体は現実世界の生物学的身体とは原理的に切り離されている。極言すれば、本テクストが虚構世界である限り、生物学的に「男性」身体を持つ「女性」ジェンダーの「私」という設定である可能性もあり得るのだ。ゆえに、「私」が身体的にも、社会的文化的にも「女性」であるというテクストの前提が冒頭部で明示されていることは極めて重要なのである。しかもそれが（一人称独白体という形式であるがゆえに）語り手「私」によって提示されているのであれば、この「女性」性の誇示に何らかの意図を読み込む必要があるといえよう。
「いままでの私でなくなりました」と表現される鏡に写る「私」のその姿は過去の「私」とは断絶した新たな「私」を作り出す。それは、「人のやうな気がしなくな」るほどの衝撃を伴うものである。この変化には鏡が効果的な役割を果たしている。鏡は見る「私」と見られる「私」という二つの位相を作り出す。見る「私」が自分の内側から左右反転した鏡像を目にすることによって、「私」は「いままで」とは異なる「私」になっていくのである。そしてこの変化の直接的な原因は皮膚の異変である。触覚、あるいは皮膚への刺激が人間の心理に作用することは想像に容易い。しかし、あくまで「私」は皮膚に生じた吹出物を前に、その痒みや痛みといった皮膚感覚ではなく、視覚的効果に囚われているのだ。衣服の下のもう一つの衣服としての皮膚。皮膚が身体としての自己を保証するのならば、その皮膚の異変は（たとえ自己の内部から発生した吹出物ではあっても）自己喪失へと繋がる。
重要なのは、「私」の語りが「女性」性を喚起させる表現を用いるのは冒頭部だけではないという点である。

私だつて、女学校を出たきりで、特別になんの学問もありやしない。たいへんな持参金があるわけでもない。父が死んだし、弱い家庭だ。それに、ごらんのとほりの、おたふくで、いい加減おばあさんですし、こちらこそ、なんのいいところも無い。

「女学校」を卒業したことを殊更に語ることに加え、自己卑下ですら「おたふく」「おばあさん」という「女性」性を形容する名詞が駄目押しのごとく使用されるのである。ちなみに、「おたふく」は皮膚の下の脂肪や筋肉、骨格に起因する顔つきである。「おたふく」が否定的に眼差される「私」の価値観に照らし合わせた場合、「おたふく」とは健康で美しい皮膚の下に醜さの要因が潜んでいることを象徴的に示している。
さて、ではなぜ「私」の語りは「女性」性を喚起させる表現を執拗に用いて繰り返し自らの「女性」性を主張するのだろうか。ここで考えたいのは、先の引用からも窺える「私」の境遇である。

それは私の家だつて、何もお金持といふわけでは無し、母ひとり、それに私と妹と、三人ぐらしの、女ばかりの弱い家庭でございますし、とても、いい縁談なぞは、望まれませぬ。それは慾の深い夢でございませう。二十五になつて、私は覚悟をいたしました。一生、結婚できなくとも、母を助け、妹を育て、それだけを生き甲斐として、妹は、私と七つちがいの、ことし二十一になりますけれど、きりやうも良し、だんだんわがままも無くなり、いい子になりかけて来ましたから、この妹に立派な養子を迎へて、さうして私は、私としての自活の道をたてよう。それまでは、家に在つて、家計、交際、すべて私が引き受けて、この家を守らう。

「私」は「母ひとり、それに私と妹と、三人ぐらしの、女ばかりの弱い家庭」、つまり父不在の一家の家長的存在であった[13]。「母を助け」て「妹に立派な養子を迎」え、「家を守らう」とする「私」は、「女性」しか所属していないコミュニティーの中で「洋裁」といういかにも「女性」的な仕事で身を立てながらも、社会通念的には「男性」性を要請される家長の役割を引き受けていたのである。これは、つまり以下の事実を示唆している。十全な「女性」性、あるいは「男性」性というものなど、はじめから存在しない。「女性」性や「男性」性といったものは関係性や立場の中から導き出されるものに過ぎず、いつでも反転や共存が可能なフィクショナルな存在なのである。フィクショナルな存在であるがゆえに、「私」は「女性」性に安住することはできない。つまり、「女性」

になるという行為を通してしかそもそも「女性」であることはできないのだ。
そこで、皮膚の異変を機に語り始める「私」は、自身が「女」であるというメッセージを反復することで、逆転的に「女」になることを選択するのだ。つまり、性別が所与のものではなく、後天的・事後的に認識されるものでしかないのであれば、「私」は自らを不断に語る行為を通してしか「女」化できないのである。

三、「私」が語る「女」

「私」が「女」を語るその異様な語りは、美しい皮膚を持つ「エンマ」と吹出物の広がる「私」という決定的な差異にもかかわらず、「私」が病院の待合室でフローベールの「ボヴリイ夫人」（"Madame Bovary," Revue de Paris, 安政2（1857）年10月～12月）の主人公「エンマ」へと感情移入するところから始まる。

ボヴリイ夫人。エンマの苦しい生涯が、いつも私をなぐさめて下さいます。エンマの、かうして落ちて行く路が、私には一ばん女らしく自然のもののやうに思はれてなりません。水が低きについて流れるやうに、からだのだるくなるやうな素直さを感じます。女つて、こんなものです。言へない秘密を持つて居ります。だつて、それは女の「生れつき」ですもの。泥沼を、きつと一つずつ持つて居ります。それは、はつきり言へるのです。だつて、女には、一日一日が全部ですもの。男とちがふ。死後も考へない。思索も、無い。一刻一刻の、美しさの完成だけを願つて居ります。生活を、生活の感触を、溺愛いたします。女が、お茶碗や、きれいな柄の着物を愛するのは、それだけが、ほんたうの生き甲斐だからでございます。刻々の動きが、それがそのまま生きてゐることの目的なのです。他に、何が要りませう。

「私」の語りによって、「生れつき」「言へない秘密を持つ」こと、「一日一日が全部」であり「一刻一刻の、美しさの完成だけを願う」という刹那主義や耽美主義は、「女」の特性であると位置付けられていく。しかし、内海紀子論[14]が「ジェンダー・ニュートラルな属性を、女だけに由来する欠点として定位してゆく「私」の語り」と端的に指摘しているように、これらは明らかに、決して「女」にのみ適応され得る属性ではない。にもかかわらず、性差がないこれらの属性が「男とちがふ」ものであると「私」は明言するのだ。このような「私」の語りは本質主義に基づくものであり、「男」と「女」を二項対立的な存在として捉える意識[15]に裏打ちされているといえよう。

十全な「男性」性や十全な「女性」性とはフィクショナルな存在に過ぎないことは既に述べた。ここでの性差とは現実世界と同様にグラデーションの問題であり、決して二つに切り分けることはできない。とすれば、グラデーションの中から十全な「女性」性を抽出するためには、「男性」性を排除するという極端な（かつ事実上は実践不可能な）方式しか残されていない。したがってその排除は、ここには「男性」性は存在しないと言表することによって行われる。「男とちがふ」とはまさにその宣言である。あくまでこれは行為遂行的な発話であるため、本当にそれが「男とちがふ」ものであるのかという事の真偽は問題ではない。大事なのは、「私」によって言語による「男性」性のフィクショナルな排除が行われていることであり、この排除が行われるためには、「男」と「女」は切り分け可能な、二項対立かつ二者択一の存在として捉えられる必要があったということである。簡単にいえば、「私」が十全な「女」（というフィクショナルな「女」）を選択するためには、「男」と「女」が対立的に存在している必要があるということだ。なぜなら、このような対立を前提にすれば、「女」であることが即ち「男」でないことを示し、自身の「男性」性を否定することは即ち自身の「女性」性を証明することになるからである。

高いリアリズムが、女のこの不埒と浮遊を、しつかり抑へて、かしやくなくあばいて呉れたなら、私たち自身も、からだがきまつて、どのくらゐ楽か知れないとも思はれるのですが、女のこの底知れぬ「悪魔」には、誰も触らず、見ないふりをして、それだから、いろんな悲劇が起るのです。高い、深いリアリズムだけが、私たちをほんたうに救つてくれるのかも知れませぬ。女の心は、いつはらずに言へば、結婚の翌日だつて、他の男のひとのことを平気で考へることができるのでございますもの。[…]ことに、こんな吹出物は、どんなに女の運命を逆転させ、ロマンスを歪曲させるか判りませぬ。いよいよ結婚式といふその前夜、こんな吹出物が、思ひがけなく、ぷつんと出て、おやおやと思ふまもなく胸に四肢に、ひろがつてしまつたら、どうでせう。私は、有りさうなことだと思ひます。吹出物だけは、ほんたうに、ふだんの用心で防ぐことができない、何かしら天意に依るもののやうに思はれます。天の悪意を感じます。[…]男は、吹出物など平気らしゆうございますが、女は、肌だけで生きて居るのでございますもの。否定する女のひとは、嘘つきだ。[…]結婚のまへの夜、または、なつかしくてならぬ人と五年ぶりに逢ふ直前などに、思わぬ醜怪の吹出物に見舞はれたら、私ならば死ぬる。家出して、堕落してやる。自殺する。女は、一瞬間一瞬間の、せめて美しさのよろこびだけで生きてゐるのだもの。

ここで、先の引用の「秘密」「泥沼」の内実が明らかにされる。「女」を「不埒と浮遊」「底知れぬ「悪魔」」「結婚の翌日だつて、他の男のひとのことを平気で考へることができる」と語る「私」は、「女」の貞操観念が虚妄に過ぎないことを明らかにしていたのだ。そして、吹出物が「女の運命を逆転」させるものであるとし、「女」が「肌だけで生きて居る」のだと語る。

このような「私」の異様な〈女性論〉が何を企図しているかは、もう明らかであろう。「私」が性差のないはずのものを「女は」「女は」と繰り返すのは、その行為によって「私」が自身を「女」として構築しているからである。そのように語らなければ、「私」は「女」になれないのだ。だからこそ、ここで「私」の語りから仮構される「男」の姿は、二項対立的に語ろうとする「私」の志向とは裏腹に決して「女」と対置されるものではない。「私」がいくら「女」を仮設しても、「男」の姿は決して明確にはならない。ここで浮上するのは、「女」／「男」という区別はむしろ「私」／「私以外」と換言すべきものであるということだ。

無根拠な「私」の語りの中でも、「否定する女のひとは、嘘つきだ。」という一文が含有するメッセージは極めて強烈である。「私」は、「私」の語りを受け入れられない「女」を嘘つきへと囲い込む。「男」／「女」という区別の上に、嘘つきの「女」／正直な「女」の区別が導入され、偽／真の序列付けがなされるのである。したがって、「私」の語りには特権性が付与されることになる。なぜなら、「私」の論理を導入すれば、「私」の語りを受け入れられない原因は「男」だからという性差、あるいは嘘つきの「女」だからという信頼性の無さへと回収されてしまうからだ。「私」の論理の正当性が検討される道ははじめから閉ざされているのである。久保明恵論[16]は「典型的な「女」を装う「私」」「一般的な「女」として自己を同一化しようとする「私」のありよう」を指摘しているが、他者からの虚偽性の指摘の機会を剥奪した「私」は、まさに自分を無理に「典型的な「女」」の枠に押し込めようとしている。それがフィクショナルな「女」に過ぎないことは、本稿が既に繰り返し述べてきたことである。

つまり、「女は」と語っていく「私」の語りの内実は、「私は」と言い換えるべきものであり、吹出物をきっかけに本テクストで語られていく「女」とは、結局は「私」のことなのである。しかし「私」は自らを「私」としてではなく、「女」として語ることを選択するのだ。そのために、「私」はまるでアンカーを打つように、序盤から「乳房」「鏡台」「女学校」「おたふく」「おばあさん」「化粧品」など様々な「女」のマークが付されたものを語り、〈既知の物語〉としての「女」を身に着け、そこに自己を同定していくのである。しかし、「私」が語る「女」とは〈既知の物語〉の枠を越えた、「私」という〈未知の物語〉に属するものである。

「女」とは所与の概念ではなく、不断の努力によって獲得しなければならないものであり、ゆえに自ら「女」を構築することによってしか「私」は「女」になれない。そしてこの〈既知の物語〉の「女」を装うことで〈未知の物語〉の「女」になるという動きこそがまさに、表面から内部への、要するに「皮膚」から「心」への移行のプロセスなのだ。

「女が永遠に口に出して言つてはいけない言葉」であり、「一度は、必ず、それの思ひに悩まされる言葉」、「まるつきり誇を失つたとき」に必ず思ふ「プロステチウト」という言葉。娼婦を意味するこの言葉にも「女性」性が付与されていることはもはやいうまでもない。皮膚に生じた吹出物によって「心まで鬼にな」り、「誇を失つた」とき、「私」は「自分の皮膚だけを、それだけは、こつそり、いとほしみ、それが唯一のプライドだつた」ことを思い知り、「私も知覚、感触の一喜一憂だけで、めくらのやうに生きてゐたあはれな女だつた」のだと気附く。「私」の大きな喪失の中で、確かに獲得されたものが一つある。それは、自らが「あはれな女」という「女」であったという気附きである。

私は、間違つてゐたのでございます。私は、これでも自身の知覚のデリケエトを、なんだか高尚のことに思つて、それを頭のよさと思ひちがひして、こつそり自身をいたはつてゐたところ、なかつたか。私は、結局は、おろかな、頭のわるい女ですのね。

「私は、結局は、頭のわるい女ですのね。」という「私」の結論は、「おろかな、頭のわるい」人間であると自己同定したのと同時に、「私」＝「女」という図式を「私」が確信したことを示している。思えば、「私」はここに至るまで、自身の「女性」性を執拗に語りながらも、「私」が一枚岩ではないはずの「女」という概念の中でいかなる「女」に該当するのかを示す語り方を巧妙に避けていた。

十全な「女」という概念がフィクショナルなものである限り、「私」は所与のものとして「女」であることはできない。本質的な「女」などはじめから存在しないのである。そこで「私」は繰り返し自らが〈既知の物語〉の中の「女」であると語ることで、自身を「女」として構築してきた。ところが、「私」自らにのみ由来する〈未知の物語〉をも「女」の特徴として語ってしまう。〈未知の物語〉を「女」という概念へと回収することで、「私」は自らを「女」へと同定するのである。その結果が「私」は「あはれな女」「おろかな、頭の悪い女」であるという「私」の結論であり、このようなプロセスを通して「私」は遂に「女」化したのである。

四、おわりに――「女心」「女の心理」という陥穽

中毒が原因であった「私」の吹出物は、注射によって快方へと向かう。「女」を語ることで自身を「女」へと

カテゴライズし終えた「私」は、「いままでの私」とは異なる「私」であるに違いない。「もくもく私のぐるりを取り囲んでる」た「暗灰色の入道雲」は、「陽の光」へと取って代わられる。「女性」とは決して本質主義的に存在する概念ではない。「女性」とは構築される概念であり、その構築のありようを「皮膚と心」というテクストはありありと描出しているといえよう。

本テクストに描かれているのは同時代評や先行研究が指摘してきたような「女心」「女の心理」ではない。そもそも、「女心」や「女の心理」などというものはフィクショナルな存在に過ぎず、「皮膚と心」に描かれているのは「私」個人の「心」や「私」個人の「心理」でしかない。にもかかわらず、太宰が一般的な「女心」や「女の心理」を描いたのだと読み替えられてしまうのはおそらく、「私」が本質主義的な「女」として捉えられており、構築主義的な「私」の「女」化のプロセスが見落とされているからであろう。同時代評や先行研究に見られる「女心」「女の心理」への無邪気な評価の理由は、ここにあったのである。しかし、「私」の語りが本質主義を押し出している以上、こうした陥穽に陥るのも無理はないといえる。しかし、こうした反応までをも含み込んだ上で、「皮膚と心」は「女心」「女の心理」の虚偽性を証明している。虚心に読めば、そこには「私」の心しか描かれていないのだ。われわれは、「女心」「女の心理」の不在をこそ、この物語から読み解かねばならないのである。

「皮膚」という形を保つものが侵されることで、「心」という形ならざるものまでもが変容していく。表面から内部へ、外部の刺激に対する一時的即応である感覚（特に視覚）から、中枢神経系による解釈である知覚へ、そして心理へという動きを、「皮膚と心」という題名は物語っている。そもそも「皮膚」という概念もまた、文化によって構築されたものであったことを忘れてはならない。

「皮膚と心」がそうであったように、〈女性独白体〉と呼ばれる作品群からは、語り手自らが「女」というカテゴリーへと同一化し、「女」になることを殊更に「独白」する語りを見出すことができる。[17]〈女性独白体〉は語り手が「女」である（と一般的に見做される）のと同時に、語り手が「女」になる物語なのである。「女性」の語り手が「独白」しているという本質主義で〈女性独白体〉を捉えるのは有効ではない。語り手が「女」であることをいかに「独白」しているかという構築主義の立場から捉え直す必要がある。

〈女性独白体〉の「女性」とはアプリオリな「私」の属性として機能しているのではない。それは、「私」によって物語られ、形成される虚構としての「女性」なのである。

【注】

（1）森山啓「昭和時代の代表作」（「新潮」昭和14年12月）

（2）神田鵜平「創作時評」（「新潮」昭和14年12月）

（3）三戸武夫「文学界」（「三田文学」昭和14年12月）

（4）浦島太郎「創作月評　文学界」（「文藝」昭和14年12月）

（5）なお、これらは全て初出掲載の翌月という同時期に発表されたものであり、したがって先行する一つの影響力のある言説が後の評価の基準になったというわけではない。つまり、「皮膚と心」というテクストそれ自体が多くの読者に「女心」「女の心理」という読みのモードを惹起させるように成り立っているということになろう。

（6）榊原理智「「皮膚と心」―語る〈女〉・語られる〈非対称〉」（「國文學　解釈と教材の研究」平成11年6月）

（7）例えば「新妻の揺れ動く女心」（三谷憲正「太宰治「皮膚と心」試論―『ヨブ記』そして『ボヴァリー夫人』と―」（「稿本近代文学」平成5年11月））など、「私」の「女心」が前提となった論が散見される。

（8）その代表的な例である荒木美帆「太宰治の女性独白体―その女性読者に与える「不快」感について―」（「帝塚山学院大学日本文学研究」平成4年2月）は「太宰が女性をとてもつまらないもののように描き、蔑にしている」とその「不快」感を表出している。

（9）「女心」「女の心理」の曖昧さは、本テクストの「私」が語る「女」の曖昧さと重なるものである。この点に関して、「「女」と名指されてはいるものの実体は曖昧であり、こうした意味内容が曖昧な点において、確かな意味を持たない吹出物の語られ方と同質である」と指摘する吉岡真緒「太宰治「皮膚と心」論―記号性の消失、無効化される権力―」（「太宰治スタディーズ」平成24年6月）の見解はまさに卓見だといえよう。

（10）渥美孝子「「皮膚と心」論」（『太宰治研究』5、和泉書院、平成10年6月）は「この小説は、「私」の特異な感性と「私」の置かれた状況という、「私」の個別性において検証されなければなるまい」「「私」が自己の特殊性を拡大適用して、「女」というものを規定していく」と首肯すべき意見を述べている。また、綾目広治「太宰治文学のなかの女性たち―その幸福と不幸―」（「ノートルダム清心女子大学紀要」平成22年3月）は「皮膚と心」の〈女性論〉を「あくまで太宰治が考える女性観から出てきているものであって、一般化できるものではない」と述べている。本テクストでの女性観を作者太宰治に還元するという見解には単純には賛成できないが、一般化できるものではないという見方はまさにその通りであろう。

（11）「私」の語りを「女性特有」の「感性」へと押し込める読みに警鐘を鳴らす注（6）榊原論では、「身体的部位であるところの「乳房」と、「女」のカテゴリーとの間にしっかりと亀裂をつくっておかねばならない」と首肯すべき意見を述べている。本稿はこの立場に拠りつつも、しかし「私」の語りが本来亀裂をつくるべきこれらを接続させて語っている点に着目したものである。

（12）ちなみに男性である歌舞伎役者も鏡台（化粧前）を使用するが、このような特殊な例は除外する。

（13）「私」が「家政の実権を握」る「家長」としての役割を担っていることは、既に注（9）吉岡論に指摘がある。

（14）内海紀子「太宰治「皮膚と心」論―内面／外面の認識論的布置をめぐって―」（「国文」平成16年2月）

（15）「私」の二項対立的な認識については、李顯周「太宰治の「女生徒」と「皮膚と心」論―「女生徒」と「皮膚と心」におけるジェンダーの世界―」（「文学研究論集」平成12年3月）が既に「二項対立的な性差意識」として指摘している。

（16）久保明恵「太宰治『皮膚と心のレトリック』―方法としての〈身体〉―」（「研究と教育」平成18年3月）

（17）「千代女」（「改造」昭和16年6月）はその典型的な作品である。この点については、第二章第三節を参照。

第五節　太宰治「待つ」論―待つてゐる「私」の〈姿勢〉―

一、はじめに―「待つ」の掲載経緯

太宰治の「待つ」は、創作集『女性』（博文館、昭和17年6月）に収録された、原稿用紙僅か五枚程度の掌篇である。「二十の娘」である「私」は、「買ひ物籠をかかへて」駅のベンチに毎日腰を下ろし、「こまかく震へながら一心に一心に」、誰かを、あるいは何かを「待つてゐる」。「私」が「待つてゐる」対象は最後まで明かされることはない。ただ、〈待つ〉という行為に纏わる「私」の様々な思考が、流れるように饒舌に語られていく点がこの物語の特徴であろう。

さて、この作品は新聞雑誌未発表のまま単行本に収載されたのだが、この事情に就いて、津島美知子夫人は以下のように回想している。

コント「待つ」の初出誌は長い間わからなかった。これが「創作年表」の「昭和十七年三月号、コント、京都帝大新聞六枚」に当たることを「ユリイカ」の故伊達得夫氏が教えてくださった。伊達氏は当時、同新聞の編集部にいて太宰に原稿を依頼し書いてもらったが、「待つ」の内容が時局にふさわしくないという理由で原稿を返したと、伊達氏から直接聞いた。[1]

つまり、「待つ」は京都帝国大学新聞側からの原稿依頼にもかかわらず、その内容が戦時下という「時局にふさわしくない」ことから、掲載が見送られたのである。

「待つ」が収載された創作集『女性』は、いわゆる〈女性独白体〉や〈女語り〉形式と呼ばれる、女性の語り手によるモノローグ形式の作品を意識的に集めた単行本であり、「待つ」はその巻末を飾っている。[2] 太宰が意図的に本作を巻末に配置したことは、昭和17年2月20日付の博文館出版部石光葆宛葉書[3]から窺うことができる。

ただいま、別封速達で、「待つ」といふ新原稿、お送り致しました。五枚の短篇ですが、あの「恥」といふ作品の次に（つまり、「恥」と「あとがき」の間に。）入れて下さいまし。最後の、しめくくりに適した作品だと思ひますから、どうか、そのやうに、お願ひ致します。目次の校正も、もういちどやつて、「待つ」を入れて下さい。これは京大の新聞に送つたのですが、間に合はず、原稿のコピイを送つてもらつたのです、

ここで太宰は、校正の二度手間を厭わずに、本作を最後の作品として創作集に挿入するよう石光に指示しているのである。さらに注目すべきことには、太宰はその四日後にも、同じく石光葆に宛てた葉書[4]において、同様の指示を行っているのである。

先日お送りした「待つ」は、「恥」の次に組み入れて下さいまし。目次の校正の時も、そのやうに直して置いて下さいまし。

このように、太宰はふたたび「待つ」の掲載位置について石光に念押ししているのである。引用部の続きでは、目次の順番をわざわざ図に書いて説明している。このような念の入れようからは、太宰のひとかたならぬ熱意を窺うことができよう。

引用した書簡には、少なくとも二つの指摘すべき問題がある。一つは、太宰が明確な編纂意図をもって掌篇「待つ」を創作集の巻末に配置したことであり、もう一つは、「待つ」が一度目の校正の際には組み込まれていなかった、つまり創作集編纂の初期段階には収載を計画されていなかった作品であったことである。「京都帝国大学新聞」への掲載を見送られた「待つ」は、初校の段階では掲載の予定がなかったのにもかかわらず、太宰自らの強い希望によって、「しめくくりに適した作品」として、急遽挿入されることとなったのだ。

ちなみに葉書の宛先である石光葆は、明治40年3月1日広島生まれの、太宰より二つ年長の人物である。東京帝国大学国文科を卒業後、博文館、中央公論、朝日新聞社に勤務。小説家として活動し、同人雑誌「移動風景」「集団」等に参加、高見順らと「日暦」を創刊し、「人民文庫」の執筆メンバーとなったことで知られている。[5]

さらにもう一通、興味深い石光葆宛葉書がある。[6]

真杉さんの本をいただきました。ありがたう存じます。跋を読んだら、「待つといふひと事さへもはばかる云々」といふ短歌がありましたので、コイツアいけねえ、と思ひました。私の結末の短篇「待つ」といふ題は、いよいよ、心配になりました。つまらぬ誤解を受けたくありませんので、どうか、題を「青春」と改めて下さいまし。目次も、どうか、そのやうにタノミます。念のためにお願ひ申しあげます。

「真杉さんの本」とは真杉静江『妻』（博文館、昭和17年1月）のことであり、跋に掲載されている短歌は、「待つといふひと言さへもはばかる大いなる別れなり征きませ吾が背」を指す。

結局、改題は行われることなく、「待つ」というタイトルのまま創作集は発行されたのであるが、太宰が懸念した「つまらぬ誤解」の内実、さらにここから類推される、「京都帝国大学新聞」掲載見送りになった理由とは、女性が発する〈待つ〉という言葉が、死をも厭わず出征して戦地で戦う兵士たちの戦意喪失に繋がり兼ねないという判断に拠るものであろう。とはいうものの、太宰がこの葉書において石光に変更を依頼しているのはあくまで作品名のみであり、本文中で幾度も繰り返される「待つてゐる」という言葉に関する変更の指示は見当たらない。仮に題名を「青春」と変更したところで、そのような「誤解」を完全に払拭できるかどうかは心許ないが、ともかく同時代には〈待つ〉という言葉が現代とは異なる意味をも含有していたことは念頭に置くべきであろう。

二、先行研究

「待つ」に関する先行研究は比較的充実しており、なかでも、「私」が〈待つ〉ものとは何であるのかという対象の特定に論点が集約されてきた。例えば奥野健男論[7]は、「私」が、そして太宰が〈待つ〉「誰か」とは、「神、救い、罰、死……と軽々しく口に出してはならぬ、もっと深い何か」であると指摘する。似たような見解としては、本作を「きわめて大切」な作品であると評価する佐古純一郎論[8]が挙げられる。佐古は、「私」と作者太宰治を結び付けながら、ここでの「誰か」は「キリストとの人格的な出会い、邂逅」のことだと読み解いている。一方、別所直樹論[9]は、〈待つ〉対象を「戦争の終結」や「平和」であるとし、渡部芳紀論[10]は、別所論を敷衍しながら「新しい道徳の行われる社会、自分の考えを思いきり大声で声明できる時代」の到来を待ち望んでいると考察している。また、柳本博論[11]は、太宰は「この上もない素晴らしい幸福」を「待つてゐる」のだと結論付けている。このような意見を受けて、西井三佐代論[12]は、「〈待ち望んだもの〉の答えより、待ち望む太宰の思いに目を向けるべきである」としながら、先行論が提出する「どこか漠然とした〈待ち望むもの〉」の答えの「全てを包括」したものが〈待つ〉対象であるとし、この物語が「〈待つ〉という言葉を極限まで表し」た作品であると述べる。

このように、序盤の「待つ」研究史では、この物語を戦時下の太宰治の姿勢を垣間見ることのできる作品として評価してきた。なかでも「私」や作者太宰の〈待つ〉対象の謎解きが専ら課題とされ、議論に行き詰まりを見せたような観があった。そこに新たな風穴を開けたのが鈴木雄史論[13]である。鈴木論は、「この作品のねらいは、待っている対象の暗示ではな」く、「私」の待つという行為や姿勢こそが問題であるとした。このような意見は、鶴谷憲三論[14]が既に指摘していたが、鈴木論の画期的なところは「私」の〈待つ〉対象を「空白」だと述べた点である。読者は「空白」を前にしてそれを補充することを〈待つ〉ことしかできず、そのような点からもこの小説は「読者を待たせる小説」といえるのである。また、「一心に待っていたはずの「私」は、突然、見掛ける側から見られる側へと移っている」という指摘も見逃せない。この首肯すべき意見を軸に、その後の「待つ」享受史は展開されていくこととなる。

「待つ」の形式について着目した論としては、千葉正昭論[15]が挙げられる。千葉論は、〈女性独白体〉という文体に着目しつつ、「女語りの装い」をもって「一見弱者を装いながら、受け身のような姿勢が、物語の結末でこの様態を超えて顕現する本質は、「私」の芸術ではなかったか」と興味深い意見を述べている。同じく女性による独白形式に着目する櫻田俊子論[16]は、このテクストが「他者に向かって理解を求めて語られた、他者を希求する、開かれた物語」であると論ずる。櫻田論によると、「あなた」を求める「待つ」の「私」は、「ひたすら自己のカオスに向かいその中で閉じられつつも、他者との邂逅を望み、待ち続けるという意味で、他者に向かって開かれている」のである。

井原あや論[17]は、「待つ」が掲載されるはずであった「京都帝国大学新聞」に着目した論である。作品発表舞台や当時の状況を精査した上で、「「大戦争」の時代の只中に、敢えてその「大戦争」によって生じた「なんだか、わからない」〈空白〉の不安定さを物語り」、「時流や、その時流に乗ることが良しとされた当時の国民のあるべき姿と決別し、頑なに「待つてゐる」と言い続ける彼女の姿を「作品」の中から見つければよい」のだと、同時代の国民と「私」の時流に対する態度の差異を明らかにしつつ結論付けている。同じく同時代状況に着目したのが、田中良彦論[18]である。田中論は、戦時下における〈待つ〉という言葉の使われ方を通して、同時代における作品受容について考察している。さらに、「私」が呼び掛ける「あなた」は「単なる二人称のあなた」ではなく、「掛け替えのない唯ひとりの「あなた」である」と意見を述べている。

一方、山本晴一論[19]は語りに着目し、従来弱者として位置付けられてきた「私」を、「読み手にとって、テクスト上での「私」は自己の言説の効用を駆使し、自らの恣意に「あなた」を従わせようとする、紛れもない強者である」と読み替えている。

石橋紀俊論[20]では、先行論で試みられてきた「〈私〉が何を待つのかという問い」を相対化する。「私」に可能なことは、「「あなた」の到来を期待しつつ拒否することで、邂逅の瞬間を半永久的に先送りすること＝待ち続けること」であり、読者が「私」と同じ姿勢で待つことは、「原理的に多様であるはずのテクストに対して、常に現実的に一義的な決定を下さざるを得ないことにかかわる倫理的な実践」なのである。

また、他作品における太宰の〈待つ〉姿勢についても多く取り沙汰されている。「女生徒」（「文学界」昭和14年4月）との関連を説いた論[21]をはじめとして、「鷗」（「知性」昭和15年1月）、「正義と微笑」（『正義と微笑』錦城出版社、昭和17年6月）、「斜陽」（「新潮」昭和22年7～10月）等に出現する〈待つ〉という態度との関りから考察する手法も多く採られている。

こうしてみると、先行論はいずれもこの物語において「私」が「待つてゐる」対象それ自体とともに、「私」がその対象を〈待つ〉際の〈姿勢〉が問われているということができよう。そしてこの〈姿勢〉とは、何者かを〈待つ〉私の態度や心構えという意味での〈姿勢〉であると同時に、字義通り、身体の状態としての〈姿勢〉としても考察することができるのである。

三、〈コント〉としての「待つ」

「待つ」は〈女性独白体〉形式であると同時に、〈コント〉形式の作品であるといえる。というのも、美知子夫人が回想するように、太宰の手に拠る「創作年表[22]」には、「昭和十七年」「三月号」の位置に、抹消線の引かれた「コント　京都帝大新聞　□6」（以下、□は判読不能、傍線は二重抹消を示す）という記述がみられるからである。この記述が「待つ」を指しているという伊達得夫の証言が正しいとすると、作品「待つ」は〈小説〉や〈随筆〉とは明らかに区別された〈コント〉として書かれたことが窺えるのである。

『日本近代文学大事典[23]』に拠ると〈コント〉とは、フランスから帰国した岡田三郎によって提唱された「短編小説の一形式」であり、日本では「大正末から昭和初頭にかけて流行」した形式の物語である。「小話、掌編」といった別名もあるが、「いわゆる短編よりもさらに短い体裁で人生の断面をエスプリ（うがち）をきかせて軽妙に描き、ウィット、ユーモア、ペーソス、エロティシズム、さまざまなニュアンスをとおしての人生批評を含む」ものである。つまり、文章の短さのみならず、その批評性が〈コント〉を〈コント〉たらしめる特徴なのである。

柳沢孝子は「素材も構成も描写法も、通常の小説作法にとらわれることのない自由さを持つ形式」を持つ〈コント〉が、昭和初年代に新興芸術派の衰退とともに姿を消していったことを指摘しているが[24]、太宰が〈女性独白体〉作品を数多く寄稿していた文芸雑誌「若草」誌上には、昭和十年代にも依然として「推薦コント」欄が存在し、頻繁に「コント特輯」が組まれている[25]。

「若草」に掲載された太宰作品のうち、〈コント〉と銘打たれたものも存在する。例えば、「若草」に掲載された「あさましきもの」（昭和12年3月）は「春のオーヴァチュア」欄に掲載されているが、同号の北村秀雄「編輯後記」には「特輯コントは『春のオーヴァチュア』五篇。華麗なる季節の序曲」とあり、「あさましきもの」が〈コント〉として書かれていたことがわかる（「創作年表」「昭和十二年」のページからも「コント　若草　6　（あさましきもの）」という記述を確認できる）。また、昭和14年2月号に掲載された「I can speak」も「厳冬コント五篇」欄に掲載されている。さらに、「若草」誌上では〈コント〉と銘打たれていないが、「ア、秋」（昭和14年10月）も「創作年表」には「ア、秋　コント　若草　5」とあるため、〈コント〉として掲載されたことが読み取れる。

『晩年』（砂子屋書房、昭和11年6月）にて「逆行」のうちの一篇とされた「盗賊」も、「帝国大学新聞」（昭和10年10月7日）に掲載された初出では「盗賊（コント）」という題で発表されている[26]。

また、「創作年表」をみると、「文学通信」の「随筆欄」に掲載された「海」（昭和21年7月）が〈コント〉として執筆されたことがわかる。（「昭和二十一年」「八月号」「コント（海）　文学通信　3」）

加えて、「創作年表」には、抹消された、つまり原稿が返却され未発表となった「昭和十五年」「八月号」「コ

ント　月間文章　5」、「昭和十六年」「三月号」「コント　京都帝大新聞　6」、「昭和十九年」「八月号」「コント　新太陽　1」、「昭和二十一年」「正月号」「コント（□）　東北新聞　2」、「昭和二十一年」「七月号」「コント　新□大阪」、「昭和二十一年」「八月号」「コント　朝日新聞　1」という記述がある。

このように、太宰は数多くの〈コント〉形式の作品執筆を試みており、〈小説〉や〈随筆〉とは区別された〈コント〉という形態を執筆する上で意識していたことは間違いない。さらにいえば、太宰の〈女性独白体〉成立と〈コント〉という作品形式には連関があると考えられるのだが、この点については稿を改めたい。「待つ」が〈コント〉であることを意識して執筆されたのであれば、そこには批評性が存在するはずである。そしてそれは、「待つ」の「私」の〈姿勢〉から窺えるのではないだろうか。

四、「私」は何を「待つてゐる」のか

「私」は誰を、あるいは何を「待つてゐる」のか。既に確認したように、この物語は、この問いを軸に論じられてきた。しかし、既にいくつかの論が指摘する通り、「待つ」という物語は、何を「待つてゐるのか」を描いているのではなく、〈待つ〉という営為それ自体を描く物語なのである。

　省線のその小さい駅に、私は毎日、人をお迎へにまゐります。誰とも、わからぬ人を迎へに。

「待つ」は、「私」が毎日、「省線のその小さい駅」に「人をお迎へ」に向かうという語りから始まる。なぜ「お

迎へ」に行くのかは不明である。この冒頭から判断できるのは、ただ、「誰とも、わからぬ人」を「私」が毎日「お迎へ」に行っているという事実のみである。

一般的に、「お迎へ」とは、当然こちらに来ると予測される人に対して、行為主体が何らかの準備をし、途中まで出掛けて相手を待ち受ける行為のことを指す。つまり、「私」がここで用いる「お迎へ」という言葉自体が、邂逅を確信しているという行為主体側の心理状態を内在させているのである。対象が主体側に来ることを予測し、予期しているからこそ、人は何者かを「お迎へ」に行くのである。これは、〈待つ〉という言葉も同様である。行為主体は、相手が当然到来するものであると予測し、予期しているからこそ、その対象を〈待つ〉ことが可能となるのだ。

「私」は毎日、「お迎へ」に駅へと向かう。駅とは、どこかへ行くため、あるいはどこかから帰るために、大勢の人々が行き交う場所である。とすると、この冒頭からいえることは、「私」の〈待つ〉対象が到来する場所は、「省線のその小さい駅」であると「私」が確信しているということである。

では、その対象は果たして誰であるのか。ここで、問題が発生する。というのも、「私」が〈待つ〉対象は不確定なのである。というよりも、語りによって〈待つ〉対象が仮構され、その仮構される対象が刻々と移り変わると述べた方が正確であろう。「私」は〈待つ〉ものを最初から想定して語り始めたのではない。〈待つ〉という行為が先行し、その行為の意味付けを行うために、「私」はその〈待つ〉対象が何であるのかを、言葉を尽くして手探りで探ろうとするのである。

一体、私は、誰を待つてゐるのだらう。はつきりした形のものは何も無い。ただ、もやもやしてゐる。けれども、私は待つてゐる。大戦争がはじまつてからは、毎日、毎日、お買ひ物の帰りには駅に立ち寄り、この冷たいベンチに腰をかけて、待つてゐる。誰か、ひとり、笑つて私に声を掛ける。おお、こはい。ああ、困る。私の待つてゐるのは、あなたでない。それでは一体、私は誰を待つてゐるのだらう。旦那さま。ちがふ。恋人。ちがひます。お友達。いやだ。お金。まさか。亡霊。おお、いやだ。

もつとなごやかな、ぱつと明るい、素晴らしいもの。なんだか、わからない。たとへば、春のやうなもの。いや、ちがふ。青葉。五月。麦畑を流れる清水。やつぱり、ちがふ。ああ、けれども私は待つてゐるのです。胸を躍らせて待つてゐるのだ。眼の前を、ぞろぞろ人が通つて行く。あれでもない、これでもない。


このように「私」は〈待つ〉対象を一度想起した上で、そのイメージを否定し、認識を更新させ、微調整していく。声を掛けて来る「あなた」を想像し、否定する。「旦那さま」を想起しては否定し、夫婦という男女の関係から連想された「恋人」を想い浮かべ、ふたたび否定する。親密な対人関係という点から連想された「お友達」も拒否され、「お金」も「亡霊」も、想起されると同時に打ち消されていく。「なんだかわからない」けれども、「ぱつと明るい、素晴らしいもの」。「春のやうなもの」。「青葉」「五月」「麦畑を流れる清水」も、やはり否定されてしまう。たくさんの物が列挙されるが、その全ては打ち消されていく。まさに、「あれでもない、これでもない」という思考方式である。「私」は消去法で「私」が〈待つ〉対象に肉薄しようと迫るが、そこから「私」が導き出す結果は、〇〇ではない、という否定の形式の答えであって、その対象を特定するには至らない。

「私」の〈待つ〉対象は、言語化した時点で即時に否定され、すり抜けていく。したがって、「私」が〈待つ〉対象は宙づりにされ、残存するものは、始めから存在していた〈待つ〉という行為そのものだけとなる。そもそも、

「私」の〈待つ〉ものがはじめから具体性を欠く以上、「私」が〈待つ〉ものはあくまで可能性にすぎず、その存在すら怪しい。端的にいうと、〈待つ〉対象は存在しないのかもしれないし、存在しなくても構わないのである。「私」が誰を「待つてゐる」のかということは問題ではない。このような想起からの否定、それによる認識の更新という「私」の試行錯誤のプロセスが、饒舌な「私」の一人語りとなって表れていることが重要なのである。

〈待つ〉という他動詞は、基本的には〈〜を待つ〉という表現で用いられるべきものであり、〈〜を〉という対象を必要とする言葉である。しかし、この「待つ」という物語では、何を「待つてゐる」のかを特定することはできない。というよりも、特定する必要はないのである。ただ、「待つてゐる」ということ。対象が初めから存在しなくとも、あるいは必要とせずとも、何らかの到来を確信し、〈待つ〉ことができるという既成価値の転換。それは、〈待つ〉対象がいなければ〈待つ〉ことができないという一般的な認識に一石を投じる行為であろう。〈待つ〉ことそれ自体が物語なのであり、それこそが「待つ」の批評性なのである。[27]

五、「私」の〈姿勢〉

次に、「私」の〈待つ〉行為に際する〈姿勢〉に着目したい。この〈姿勢〉という言葉は、既に述べた通り、私の〈待つ〉態度という意味での〈姿勢〉= attitude であると同時に、字義通り、身体の状態としての〈姿勢〉= position でもあるのだ。

市場で買ひ物をして、その帰りには、かならず駅に立ち寄つて駅の冷たいベンチに腰をおろし、買ひ物籠を膝に乗せ、ぼんやり改札口を見てゐるのです。上り下りの電車がホームに到着するごとに、たくさんの人が電車の戸口から吐き出され、どやどや改札口にやつて来て、一様に怒つてゐるやうな顔をして、パスを出したり、切符を手渡したり、それから、そそくさと脇目も振らず歩いて、私の坐つてゐるベンチの前を通り駅前の広場に出て、さうして思ひ思ひの方向に散つて行く。私は、ぼんやり坐つてゐます。〔…〕けれども私は、やつぱり誰かを待つてゐるのです。いつたい私は、毎日ここに坐つて、誰を待つてゐるのでせう。

一体、私は、誰を待つてゐるのだらう。はつきりした形のものは何も無い。ただ、もやもやしてゐる。けれども、私は待つてゐる。大戦争がはじまつてからは、毎日、毎日、お買ひ物の帰りには駅に立ち寄り、この冷たいベンチに腰をかけて、待つてゐる。

ああ、けれども私は待つてゐるのです。胸を躍らせて待つてゐるのだ。眼の前を、ぞろぞろ人が通つて行く。あれでもない、これでもない。私は買ひ物籠をかかへて、こまかく震へながら一心に一心に待つてゐるのだ。

ここで注意したいのは、「私」は自身が何かを「待つてゐる」ことを語るとき、殊更にそのときの〈姿勢〉を付随して語っている点である。「私」は「腰をおろし」「坐つてゐる」「坐つてゐます」「坐つて」「腰をかけて」と、立って〈待つ〉のではなく「坐つて」「待つてゐる」ことを執拗に繰り返す。駅のベンチに「坐つて」、「買ひ物籠」を膝の上に乗せ、それをかかえるようにして〈待つ〉という「私」の〈姿勢〉が明瞭に描写されているのである。例えば居待月という言葉がある。周知の通り、居待月とは陰暦18日の月のことであり、月の出が少し遅くなるので立ったまま待つには疲れてしまうため、月を座って待つことからその名が付けられている。そしてこれは、現代にも通ずる観念であろう。われわれが誰かや何かを〈待つ〉とき、相手の到着までに少々時間が掛かる際は、椅子やベンチなどに腰を下ろして相手の到来を〈待つ〉ことが多い。カフェなどの飲食店に入り、居待ちすることもある。もし、到来が全く期待できないのであれば、われわれはわざわざ〈待つ〉必要はないのである。

要するに、「座つて」〈待つ〉、居待ちするという〈姿勢〉は、すぐには登場しないけれども、いつかは必ず登場する存在の到来を予測・予期し、腰を据えて「待つてゐる」ことを示すのである。これは、「私」の心的態度にも繋がる。居待ちという行為からは、即時には登場しないけれども、「待つてゐ」れば必ず到来するということを信じる「私」の心的な〈姿勢〉を窺うことができるのである。

「私」は「省線のその小さい駅」のベンチに腰掛け、「こまかく震へながら一心に一心に」「待つてゐる」。その対象として「はつきりした形のものは何も無」い。それは即時には登場しないとはいえ、いつかは必ず到来するのだという邂逅の確信とともに、「私」はいわば〈待つ〉ために「待つてゐる」のである。

「私」は「大戦争」のはじまりとともに、「家に黙つて坐つて居られない思ひ」で駅に「お迎へ」に向かうようになった。「私」は、ただ漫然と「家に黙つて坐」るのではなく、「お迎へ」によって邂逅を獲得することを選択したのである。ただ到来を受動的に〈待つ〉のではなく、能動的に行動を起こす「私」の〈姿勢〉が、そこからは窺えるであろう。

六、おわりに——〈待つ〉行為と個の力

この物語の末尾は、非常に鮮やかで印象的である。

私を忘れないで下さいませ。毎日、毎日、駅へお迎へに行つては、むなしく家へ帰つて来る二十の娘を笑はずに、どうか覚えて置いて下さいませ。その小さい駅の名は、わざとお教へ申しません。お教へせずとも、あなたは、いつか私を見掛ける。

末尾では突如、「あなた」という二人称的な呼び掛けが登場し、「あなたは、いつか私を見掛ける」と、預言めいた「私」の確信が、「忘れないで」欲しい、「どうか覚えて置いて」欲しいという「私」の願望とともに語られている。この呼び掛けられる「あなた」とは一体誰を指すのか。登場人物であるのか、あるいはこの作の読者であるのだろうか。容易には判断できない。ここからは、「あなた」は「私」ではなく、「あなた」なのであるということしかわからない。しかしながら、「私」はまるで「私」が「待つてゐる」存在が初めから「あなた」であったかのように、突如「あなた」の存在に言及するのである。

そもそも、「あなた」以前に、この物語から抽出できる「私」の情報は極めて少ない。「私」が「二十の娘」であることは読み取れるのであるが、この物語には「私」の内面を吐露する言葉ばかりが横溢しており、「私」の容貌も、来歴も、朧化されている。「私」は「その小さな駅」がそうであるのと同様に、特定の存在を指し示していながら、かつ、不特定の存在なのである。どこかにあって、どこにあるのかわからない「その小さな駅」、誰かであって、誰であるのかはわからない「私」と「あなた」。それは、図らずも、「私」の〈待つ〉対象と似ている。存在を確信していながらも、具体性を欠く「私」の〈待つ〉もの。

一見、受動的かのように思われる〈待つ〉という行為が、「私」には積極的な態度であったことは先に述べた。さらに付け加えれば、私は「待たされる」のではなく「待つてゐる」のである。「私」はあくまで自発的に、積極的に、〈待つ〉という行為を獲得しているのである。今は「むなしく家へ帰つて来る」ことになろうとも、遠からぬいつかは邂逅できるのだと強く信じながら。

ここでもう一つ考えて置きたいのは、昭和17年3月19日付石光葆宛葉書が示唆する、改題の問題である。結局、改題は実現されなかったのであるが、もし仮に「待つ」というタイトルが、太宰が依頼したように「青春」と改題されてしまっていたら、この物語は改題前とは異なる意味をも含有してしまうだろう。つまり、「青春」というタイトルでこの物語が括られるとき、対象を必要とせずともひたすらに〈待つ〉「私」の物語が、「青春」という時代によって相対化されてしまうのである。到来を確信しながら「一心に一心に」〈待つ〉という「私」の〈姿勢〉は、「青春」という一過性を帯びたものとして、年若い者の美しくも一時的な感情として相対化されてしまうのである。

とはいうものの、この物語は「待つ」として発表された。しかし、作品名に関する問題はそれだけではない。櫻田俊子論が指摘しているように、[28]「待つ」という作品名であるにもかかわらず、本文中では全て「待つてゐる」という形が用いられており、〈待つ〉という語自体は一度も出現していないのである。十二回繰り返された「待つてゐる」ではなく、この物語が「待つ」と括られる理由は一体何であろうか。

この物語において、「私」は「一心に一心に」「待つてゐる」ことを澱みなく語る。要するに、「私」は、「待つてゐる」こと、つまり〈待つ〉という行為を現在進行形で描写しながら、〈待つ〉という行為を饒舌に定義していくのである。「私」の語りは、〈待つ〉行為の描写であると同時に、〈待つ〉という行為はこういうものである、という〈待つ〉行為の定義付けでもあるのだ。とするならば、「待つてゐる」という状態の描写のみならず、〈待つ〉という行為そのものを語る物語、〈待つ〉とは何かという定義付けを行う物語だからこそ、この作品は「待つ」という題名なのだといえるのではないか。もちろん、これは書き手の意図を超越した、事後的に見出された解釈に過ぎない。しかし、書き手の意図そのものよりも、「待つ」という作品がそのように読めるという事実こそが大切なのである。既存の価値観とは一線を画して、対象を問題とせず到来そのものをひたすらに〈待つ〉「私」の〈姿勢〉からは、既成の価値観念に対する批評性を看取することができる。定型化された〈待つ〉という行為に対し、「私」という個人の〈待つ〉行為を強く提示していくことで、「私」をひたすらに貫く個の力が打ち出されていく。世間と対置される「私」の個の力が、既成の価値観念を絶えず塗り替えていく。ここで、既成価値とは、塗り替え可能なものとして存在しているのだ。それがまさに、「待つ」という〈コント〉が示す批評性であり、可能性なのではないだろうか。

とすると、個の力を象徴する「待つ」という作品は、「私」という個の姿が一人称独白体形式を通して様々な形で描かれた創作集『女性』の「しめくくりに適した作品」であるといえるのかもしれない。

【注】

（1）津島美知子『増補改訂版　回想の太宰治』（人文書院、平成9年8月）より引用。津島美知子「創芸社版『太宰治全集』後記」（日本文学研究資料刊行会編『日本文学研究資料叢書　太宰治』（有精堂、昭和45年3月）、初出は『太宰治全集』（創芸社、昭和30年11月））には、「「待つ」は京都帝国大学新聞の依頼に応じ、昭和十七年三月掲載予定のコントとして執筆、送稿されたのですが、内容が時局にふさはしくないとの理由で掲載されず、同年六月博文館刊「女性」が、「待つ」の初出です」との記載がある。

（2）創作集『女性』には、順に「十二月八日」（「婦人公論」昭和17年2月）、「女生徒」（「文学界」昭和14年4月）、「葉桜と魔笛」（「若草」昭和14年6月）、「きりぎりす」（「新潮」昭和15年11月）、「燈籠」（「若草」昭和12年10月）、「誰も知らぬ」（「若草」昭和15年4月）、

「皮膚と心」（「文学界」昭和14年11月）、「恥」（「婦人画報」昭和17年1月）、「待つ」（昭和17年6月）の九作品が「あとがき」とともに収載されている。
（3）「昭和17年2月20日付」（『太宰治全集』12（筑摩書房、平成11年4月）より引用、以下葉書の出典は全てこれに拠る。）
（4）「昭和17年2月24日付」
（5）『日本近代文学大事典』1（講談社、昭和52年1月）参照。
（6）「昭和17年3月19日付」
（7）奥野健男『定本太宰治全集』5「解説」（筑摩書房、昭和37年7月）
（8）佐古純一郎『太宰治論』（審美社、昭和38年12月）
（9）別所直樹『太宰治の言葉』（新文学書房、昭和43年10月）
（10）渡部芳紀「編年史・太宰治〈昭和十七年〉」（「國文學　解釈と教材の研究」昭和45年1月）
（11）柳本博「太宰治の「待つ」もの」（「独協中・高校研究紀要」昭和60年3月）
（12）西井三佐代「太宰治考」（「愛知淑徳大学国語国文」昭和62年1月）
（13）鈴木雄史「太宰治「待つ」の表現作用」（「論樹」昭和63年9月）
（14）鶴谷憲三「太宰治作家論事典」（「別冊國文學　太宰治必携」昭和55年9月）
（15）千葉正昭「「待つ」論―叙法・実相・時代―」（『太宰治研究』8、和泉書院、平成12年6月）
（16）櫻田俊子「閉じられ、開かれた物語―太宰治『待つ』論―」（「日本文学論叢」平成14年3月）
（17）井原あや「太宰治「待つ」論―「京都帝国大学新聞」との関連を踏まえつつ―」（「大妻国文」平成15年3月）
（18）田中良彦「太宰治「待つ」覚書き」（「キリスト教文学」平成24年8月）
（19）山本晴一「語りかける「私」―太宰治「待つ」を主題として―」（「文芸論叢」平成19年9月）
（20）石橋紀俊「太宰治『待つ』論―待つことの倫理について―」（「学大国文」平成26年10月）
（21）西田元久「太宰治「待つ」の私見―「女生徒」との関連を踏まえて―」（「文学と教育」平成9年12月）
（22）（第十次）『太宰治全集』別巻（筑摩書房、平成4年4月）にて写真版を確認可能である。山内祥史の「解題」によると、「創作年表」は『最新家計簿乙種』（泰東閣書房、昭和9年1月1日発行）に記入されている。
(23)『日本近代文学大事典』4（講談社、昭和52年11月）参照。
(24) 柳沢孝子「コントというジャンル」（「文学」平成15年3月）
(25) 小平麻衣子は、「文芸雑誌『若草』について」（小平麻衣子編『文芸雑誌『若草』─私たちは文芸を愛好している』（翰林書房、平成30年1月））の中で、「コントが『若草』の象徴であることは、編集側によっても意識されている」と指摘する。
(26)〈コント〉と「盗賊」、「帝国大学新聞」に関する考察は、野口尚志「太宰治の〈コント〉、あるいはジャンルの撹乱─「盗賊」と東京帝大仏文研究室─」（「太宰治スタディーズ」平成25年6月）に詳しい。
(27)「待つ」における〈待つ〉行為の在り方がSamuel Beckett『En attendant Godot（ゴトーを待ちながら）』と同じ問題系であることは先行論に既に指摘がある。
(28) 注（16）に同じ。

第六節　太宰治「饗応夫人」論―「饗応夫人」になる「私」―

一、はじめに――モデルについて

「饗応夫人」（「光CLARTE」昭和23年1月）は、太宰治最晩年の作品の一つであり、全十六篇ある〈女性独白体〉形式の小説[1]としては、最後の作品に該当する。むろん、これは昭和23年6月の太宰の突然の自死によって結果的に最終作となったわけではあるが、些か進歩史観的な見方が許されるのならば、〈女性独白体〉の一つの到達点と捉えることも可能であり、太宰の〈女性独白体〉研究の上で意義深い作品の一つに数えることができる。

しかし、その重要性と比して、「饗応夫人」に関する先行研究は極めて少ない。その上、近年はようやく単独でも盛んに論じられるようになったものの、「饗応夫人」は他の作品との関係から論じられることが多く、〈女性独白体〉としての「饗応夫人」の位置付けは、未だ不明瞭であるのが現状といえよう。

「饗応夫人」は、昭和23年1月、光文社発刊の「光CLARTE」第四巻第一号小説欄に掲載され、太宰歿後、実業之日本社『桜桃』に収載された短篇小説である。本作では、「奥さま」の自己犠牲的な「饗応」の様子が「私」＝「ウメちやん」によるモノローグで語られる。南洋の島に出征し、終戦後も消息不明な「ご主人」の旧友・同僚である「笹島先生」やその友人たちの傍若無人な振る舞い、そしてそのような彼らに身体を犠牲にしてまで尽くす「奥さま」の「饗応」の様子を批判的に語っていた女中の「私」が、終末部では「奥さまの底知れぬ優しさに呆然となると共に、人間といふものは、他の動物と何かまるでちがつた貴いものを持つてゐるといふ事」を知らされたように感じるという反転がダイナミックに描かれている。

「饗応夫人」の登場人物は、そのモデルの存在が古くから指摘されている。新潮社の編集者であった野原一夫は、この小説の「奥さま」のモデルとして桜井浜江の存在を明かしている。[2]

桜井浜江さんが太宰さんと知り合ったのは昭和十二年のことらしい。山形の旧家に生まれた浜江さんは画業で身を立てようと上京、新進作家の秋沢三郎氏と結婚して中央沿線の阿佐ヶ谷に居を構えた。その新居は中央沿線に住む作家たちの絶好の溜り場となり、太宰治、檀一雄、外村繁、高橋幸雄、緑川貢、時には井伏鱒二氏も現れて、車座になっての酒宴が連日のようにひらかれていた。その後、浜江さんは秋沢氏と離婚し、十六年ごろ三鷹に移住した。三鷹の町で太宰さんと久しぶりに顔を合わしたのは、それからしばらくたってからのことらしい。

小説化に当たって多少のフェイクが施されているものの、「饗応夫人」の設定と桜井浜江の身の上が相似していると判断しても差支えはないだろう。太宰の実人生を知っている読者であれば、この物語の舞台である「M町」が三鷹町を想定していることは容易に想像が付くであろうし、この発言を踏まえれば、太宰と桜井の再会に「笹島先生」と「奥さま」を重ね合わせる見方も妥当である。とすると、「饗応夫人」は、太宰治が得意とした換骨奪胎を想起させるような経緯で創作されたことがわかる。さらに、野原一夫は、それにしても、なんと迷惑をかけたことだろう。私や野平君[3]など、幾晩桜井邸に泊めてもらったか、数えきれないほどだ。深夜叩き起して、酒食の饗応を受け、それもすき焼きやら鳥鍋やら食料不足の当時としてはたいへんな御馳走にあずかり、お酒にしたって、桜井さんは一滴ものめない人なのにいつも接客用に用意してあって、二時、三時、ときには夜明けまでの酒盛り、桜井さんはひっそりと坐ったまま最後までそれにつき合い、お酒が切れそうになると素早く身をひるがえして台所に走って行く。

と、小説の内容と重なるような桜井邸での出来事を回想している。むろん、野原の発言自体が「奥さま」と桜井浜江を限りなく同一化しようという指向性に基づいていることは否めないが、本作を考察する上で興味深い発言だといえよう。

　さらに、結城亮一の証言[4]によると、「私」（「ウメちゃん」）のモデルは、「おヨシさん」こと近藤ヨシであるらしい。彼女は昭和19年秋、十九歳で三鷹市下連雀にある桜井家の女中となり、荻窪の東京洋裁実習学院へと通った。時折、桜井家を酔って訪れる太宰らを疎ましく思っていたようで、

「いつもヨレヨレの着物をきて、髪はボサボサ、ひげボウボウでまるでヤマアラシみたいで、どこからうつろだったり落ち着かなかったりという人でした。ですから私は、あの方たちが現われるといやでいやで、またヤマアラシが来ましたと奥さん（浜江さん）に言うのですが、そうすると奥さんから、ヤマアラシなんて呼ぶのはやめなさいとたしなめられました」

と回想したとある。さらに、太宰らが飲み始めると、「かれらをきらって自分の部屋に引っ込」んでいたらしい。このような客人に対する批判的な姿は、まさに「饗応夫人」の「私」そのものである。洋裁学校での修行を終えた昭和22年秋、「おヨシさん」は山形県へと帰郷するのだが、とすると、「饗応夫人」が発表された昭和23年には既に桜井家を出ていたことになり、「当の本人でさえ、モデルにされていたとは全然知らずにいた」という事情も頷けよう。

このような証言に対して、「モデルの存在よりも、むしろ重要なのは、原稿依頼と人間関係の応対に繁忙をきわめた戦後の太宰の生活状況である」として、太宰の客人対応の姿に「饗応夫人」を重ねる見方も提示されている[5]。その対象が「笹島先生」であるか「奥さま」であるかの違いはあるが、「饗応夫人」には太宰の姿が仮託されているという読みを補強しているという点は何れも同じであろう。

本稿では、このようなモデルの存在とは一度距離を置き、虚構の人物としての「奥さま」「私」あるいは「饗応夫人」の姿に迫っていく。というのも、彼女たちが敢えてそのように呼称されることに意味があると考える立場を採っているからである。

二、同時代評／先行研究

同時代評からは、「饗応夫人」が好評を以て迎えられたことが窺える。例えば十返肇評[6]は「佳篇　饗応夫人」と小見出しを付けながら、同時期に発表された「犯人」（「改造」昭和23年1月）とともに「しみじみした人間味が感じられた」作として高く評価している。

また、青野季吉評[7]は、ベストセラーとなり、太宰を一躍流行作家へと押し上げた「斜陽」（「新潮」昭和22年7月～10月）よりも本作が「おもしろかつた」と評価しながら、太宰の「不思議なはぐらかし」に起因する「何かばかされたやうな気持」という読後感を肯定的に表出している。

饗応夫人の底ぬけのやさしさに業を煮やしてゐた常識的な女中が、最後の底ぬけの夫人のやさしさに、呆然として、人間は他の動物と何かまるでちがつた貴いものを持つてゐるといふ事を生れてはじめて知らされたやうな気がして、彼女も亦、底ぬけの饗応女中となる。ここに種明しのやうなものが、いく分感じられなくはないが、そんな感じで外らされてしまふやうな作品ではない。私も、この常識女中のやうに、饗応夫人の底ぬけの人のよさに、痼癪がおこつてならなかつたが、しまひの想像も及ばぬ底ぬけさに、拝みたいやうな気持になつた。

このように、読書行為を通して読者が「私」の語りへと同一化し、「私」とともに「饗応夫人」を神聖視するような見方が、同時代において既になされていたことは注目に値する。

また、桑原武夫評[8]では、「饗応夫人」を太宰自身の投影であると推測しながら、この作品をはじめとする太宰治文学の底に「日本風のあきらめがただよつている」ことを指摘し、「あきらめをもちながら」の「捨身」の「反抗」を読み解く。そのような太宰の在り方を葛西善蔵、嘉村磯多、織田作之助と共通するものであると捉えるこの評は、太宰の同時代の文学史的位置付けを示している点で貴重な資料であるが、「生への意志」の欠如に言及し、「やむを得ぬ滅亡」と題されている桑原評は、発表時期をみるまでもなく太宰の壮絶な最期を踏まえたものであることは明白である。

一方で、「饗応夫人」から明るさを読み説く同時代評もある。豊島与志雄[9]は、太宰の中で「常にもつれ合」う「「にくしみ」の線と「賛美」の線」が「さまざまな想念を作りあげ」ていることを指摘し、本作をはじめとする作品が「なにかほのぼのとした明るみまで湛へてゐる」と解説している。このように、過度なまでに戯画化された「奥さま」の姿は、明暗両方の側面から把捉し得るのだ。

先行研究では、前述のように他の作品との関連から論じられたものが多い。平林たい子の「女泥棒」（「サンデー毎日」昭和28年1月）との比較から「饗応夫人」を論じた発田和子論[10]は、本作では「道化それ自体を掘り下げて描くことよりも、道化に花を捧げたいという不毛のロマンティシズムが先行している」と述べている。

太宰治の他の作品との関連から論じられる場合は、「饗応夫人」は饗応譚の系譜として位置付けられている。例えば、他者に献身・奉仕し、死という悲劇的な結末が予想されるという点で共通項を持つ「眉山」（「小説新潮」昭和23年3月）とともに、「饗応夫人」から太宰の隣人愛に対する理解の反映をみる田中良彦論[11]や、「親友交歓」（「新潮」昭和21年12月）や「黄金風景」（「国民新聞」昭和14年3月2〜3日）同様、本作が〈招かれざる客〉に翻弄される事態を描きながら、〈民衆像〉や〈理想像〉を提示していることを指摘した細谷博論[12]、「貧の意地―新釈諸国噺―」（「文芸世紀」昭和19年9月）『津軽』（小山書店、昭和19年11月）「親友交歓」を併せて分析しながら、太宰治の饗応譚が、「利害打算の能力を著しく欠いた人物を饗応の主体とする点で、饗応譚の傍流に位置するものといえるかもしれない」と述べた岡村知子論[13]などがその例である。

「饗応夫人」を単独で論じたものとしては、「巧まざる巧みな語り手」としての「ウメちゃん」の語りに即しながら、物語情況を丹念に追った遠藤祐論[14]や、「笹島」と「ウメちゃん」がともに来訪者であり、双方の「来訪」によって「奥さま」を板挟みにしていることを明かしたうえで、「「来訪」する側であった「私」が、奥さまと同じ「饗応」する側へとドラスティックに変化を遂げる」様子をより効果的に語ろうとする「語り手」のストラテジーを読み解く佐々木義登論[15]、「奥さま」の「揺らぎ」を反射させることによって生じる、「ウメちゃん」の語りの「揺らぎ」や葛藤を読み取る細谷里穂論[16]、終末部における「奥さま」の「底知れぬ優しさ」を伝える中で、語り手が感知しえない語りの〈空白〉に注目する鈴木杏花論[17]のように、本作の語りに着目したものが多い。

「饗応夫人」における〈女性独白体〉の問題を論じているのは飯田祐子論[18]である。太宰を「女装」を繰り返した作家として捉える飯田論では、「他の十五編の女性独白体作品と異なり、女性の語り手が女性について語る形式をとっている」この物語が、視点人物の「ウメちゃん」と物語の主人公である「饗応夫人」という「「女」を二重に配置した小説」であることを明らかにし、二重の女装が「自己の露出を抑えた迂回」であり、また「徹底的に受動的な饗応に対する承認」、ひいては「太宰という作家を承認すること」に対する「深い欲望」に基づく方法であったと考察する。また、前述の細谷論[19]では、本作を「男女のズレをモチーフにした女性独白体とは異なり、女性同士のズレを語る側と語られる側の双方向から織りなす物語」であると位置付けている。

こうしてみると、先行論では、饗応する「奥さま」に読解の重心が置かれているものが多い。また、「私」が「奥さま」を、あるいは「奥さま」について語っているということは自明となっており、その認識に対する疑義は見受けられない。ここで想起しなければならないのは、太宰の〈女性独白体〉作品は、「私」が「私」を語る形式の物語であったことだ。「饗応夫人」は、「私」が「奥さま」を語る語りであると当然のごとく見做されているが、ここで浮上するのは、本当に「私」は「奥さま」の物語を語っているのかという疑問である。終末部の「私」と「奥さま」の同一化に着目しながら、この物語が〈女性独白体〉形式であることと併せて検討していきたい。

第六節　太宰治「饗応夫人」論―「饗応夫人」になる「私」―

三、「饗応」する「奥さま」

「饗応夫人」は、果たして「美しい話」なのだろうか。「無償の奉仕」や「献身の美徳」[20]が謳われており、「拝みたいやうな気持」[21]を惹起したとまでいわしめるこの物語ではあるが、遅疑なく「美しい話」として理解してしまって本当に良いのだろうか。むろん、「奥さま」の「饗応」を「底知れぬ優しさ」「他の動物と何かまるでちがつた貴いもの」へと回収する語りは、「饗応夫人」を「美談」へと仕立てあげる語りであるといえる。それでも「美しい話」という把捉の仕方にどうしても釈然としないのは、「奥さま」の「饗応」の性質が、奉仕や献身とも呼べる善良で健康的な精神に基づく道徳的な行為とは懸隔があるように見受けられるからである。さらに、「美談」とすることで神聖化される「奥さま」の姿が、その語りの中であまりに戯画化されているという違和感も、理由の一つに加えられる。

　奥さまは、もとからお客に何かと世話を焼き、ごちそうするのが好きなはうでしたが、いいえ、でも、奥さまの場合、お客をすきといふより は、お客におびえてゐる、とでも言ひたいくらゐで、玄関のベルが鳴り、まづ私が取次ぎに出ましてそれからお客のお名前を告げに奥さまのお部屋へまゐりますと、奥さまはもう既に、鶯の羽音を聞いて飛び立つ一瞬前の小鳥のやうな感じの異様に緊張の顔つきをしていらして、おくれ毛を掻き上げ襟もとを直し腰を浮かせて私の話を半分も聞かぬうちに立つて廊下に出て小走りに走つて、玄関に行き、たちまち、泣くやうな笑うやうな笛の音に似た不思議な声を挙げてお客を迎へ、それからはもう錯乱したひとみたいに眼つきをかへて、客間とお勝手のあひだを走り狂ひ、お鍋をひつくりかへしたりお皿をわつたり、すみませんねえ、すみませんねえ、と女中の私におわびを言ひ、さうしてお客のお帰りになつた後は、呆然として客間にひとりでぐつたり横坐りに坐つたまま、後片づけも何もなさらず、たまには、涙ぐんでゐる事さへありました。

「饗応夫人」の冒頭部であるが、来客に緊張し、取り乱す「奥さま」の様子は、奇異を通り越して滑稽ですらある。「いいえ、でも、」と否定や逡巡を交えながら、比喩を多用しつつより良い表現を手探りで模索する「私」の語りは、しかしながら「異様」「不思議」「錯乱したひとみたいに」と、このような「奥さま」を常軌を逸した者へと囲い込む表現に溢れている。些かの誇張を認めるとしても、読点を挟まず一気に語られる「奥さま」の描写からは、「私」が彼女を肯定的というよりもむしろ否定的な姿で眼差しているであろうことが窺える。「奥さま」の異様な「饗応」を、「私」はただ傍観している訳ではない。

「奥さま、なぜあんな者たちと、雑魚寝なんかをなさるんです。私、あんな、だらしない事は、きらひです。」
「ごめんなさいね。私、いや、と言へないの。」
寝不足の疲れ切つた真蒼なお顔で、眼には涙さへ浮べてさうおつしやるのを聞いては、私もそれ以上なんとも言へなくなるのでした。

「私」の不満を半ば諦念の形で封じ込めるのは、疲弊し切っていてもなお、そうするしかないとでもいうような、「奥さま」の切実なまでの態度とそれに伴ふ言葉である。「私、いや、と言へないの。」と、拒絶の意志表示ができないことを明らかにするその言葉からは、客人に対して「奥さま」が些か共依存的な関わり方をしていることが窺える。「奥さま」の強迫的な「饗応」は多分にメサイアコンプレックス（Messiah Complex）的な行為であり、その救世主願望は究極的には他者の為ではなく、自己の充足へと向かうものである。メサイアコンプレックスとは、「自分が非常に困難な状況にあるにもかかわらず、他者を援助しようとする心理」のことを指し、精神分析学的には「自分が不幸であるという認識をすることが難しく、人を助けることで自分は幸せであると思い込み、被援助者をみて自分も満たされるという共依存的心理がある」と考えられている。[22]自身が「不幸である」という認識を「奥さま」が持っていないのは、以下の引用からも明らかである。


笹島先生は、酒をお猪口で飲むのはめんだうくさい、と言ひ、コップでぐいぐい飲んで酔ひ、

「さうかね、ご主人もつひに生死不明か、いや、もうそれは、十中の八九は戦死だね、仕様が無い、奥さん、不仕合せなのはあなただけでは無いんだからね。」

とすごく簡単に片づけ、

「僕なんかは奥さん、」

とまた、ご自分の事を言ひ出し、

「住むに家無く、最愛の妻子と別居し、家財道具を焼き、衣類を焼き、蒲団を焼き、蚊帳を焼き、何も一つもありやしないんだ。僕はね、奥さん、あの雑貨店の奥の三畳間を借りる前にはね、大学の病院の廊下に寝泊りしてゐたものですよ。医者のはうが患者よりも、数等みじめな生活をしてゐる。いつそ患者になりてえ

くらゐだつた。ああ、実に面白くない。みじめだ。奥さん、あなたなんか、いいはうですよ。」

「ええ、さうね。」

と奥さまは、いそいで相槌を打ち、

「さう思ひますわ。本当に、私なんか、皆さんにくらべて仕合せすぎると思つてゐますの。」


終戦後も夫の消息が不明であり、夫の生死に希望的観測を抱けず、その上収入も見込めない「奥さま」は、決して「仕合せすぎる」境遇とはいえない。夫が帰らず、さらに子供もいない「奥さま」の孤独を思えば、職業を持ち、共に住む家はなくとも妻子がある「笹島先生」よりは少なくとも不仕合せな状況であろう。にもかかわらず、「奥さま」は「笹島先生」の「あなたなんか、いいはうですよ。」という意見に同意を示し、「皆さんにくらべて仕合せすぎると思つてゐる」るのだ、と自己が不幸であるという認識を持っていない。あるいは、持っていないような振る舞いをする。

むろん、このような現実の把捉の仕方は「笹島先生」に摺りこまれたものであり、「笹島先生」への幾分の追従ともみることができるが、「奥さま、ずいぶんおやつれになりましたわね。あんな、お客のつき合ひなんか、およしなさいよ。」という「私」の忠告に、「ごめんなさいね。私には、出来ないの。みんな不仕合せなお方ばかりなのでせう？　私の家へ遊びに来るのが、たつた一つの楽しみなのでせう。」と答える「奥さま」は、本心から「笹島先生」をはじめとする被援助者を「不仕合せなお方」であると判断し、援助することによって自身が彼らに楽しみを提供していると認識しているのである。

ばかばかしい。奥さまの財産も、いまではとても心細くなつて、このぶんでは、もう半年も経てば、家を売らなければならない状態らしいのに、そんな心細さはみぢんもお客に見せず、またおからだも、たしかに悪くしていらつしやるらしいのに、お客が来ると、すぐお床からはね起き、素早く身なりをととのへて、小走りに走つて玄関に出て、たちまち、泣くやうな笑ふやうな不思議な歓声を挙げてお客を迎へるのでした。

自己の財産のみならず、身体を犠牲にしてまでも「饗応」を行う「奥さま」に対する「私」の批判的言説は、至極真っ当なものである。出征した夫が帰らぬ今、「奥さま」の経済的・身体的な損失は、直ちに「奥さま」の家の女中である「私」の生活の保障を揺るがす。ゆえに、「私」は、「奥さま」が客人との関係性の持続に過剰に依存している、その共依存性を指弾するのだ。

しかし、「奥さま」と客人との関係が双方向的に作用しているのではなく、極めて一方的なものであることは、以下の引用が示している。


その時、客間から、酔つぱらひ客の下品な笑ひ声が、どつと起り、つづいて、

「いや、いや、さうぢやあるまい。たしかに君とあやしいと俺はにらんでゐる。あのをばさんだつて君、……」と、とても聞くに堪へない失礼な、きたない事を、医学の言葉で言ひました。

するると、若い今井先生らしい声がそれに答へて、

「何を言つてやがる。俺は愛情でここへ遊びに来ているんぢやないよ。ここはね、単なる宿屋さ。」

私は、むつとして顔を挙げました。

暗い電燈の下で、黙つてうつむいて蒸パンを食べていらつしやる奥さまの眼に、その時は、さすがに涙が光りました。私はお気の毒のあまり、言葉につまつてゐましたら、奥さまはうつむきながら静かに、「ウメちやん、すまないけどね、あすの朝は、お風呂をわかして下さいね。今井先生は、朝風呂がお好きですから。」

けれども、奥さまが私に口惜しさうな顔をお見せになつたのは、その時くらゐのもので、あとはまた何事も無かつたやうに、お客に派手なあいそ笑ひをしては、客間とお勝手のあひだを走り狂ふのでした。

究極的には自己の為であった「饗応」は、空回りする。しかし、自己のための行為であるがゆえに、相手に自身の好意が適切に評価されなかったとしても、「饗応」は続けられなければならない。

しかし、思えば「饗応」という行為そのものが、元を辿れば多分に利己的なものなのだ。「饗応」とは、つまり到来してくる他者を歓待する行為であるから、「饗応夫人」を異人歓待譚の話型と捉えることに無理はないだろう。H.C.パイヤーによれば[23]、異人歓待（Gastlichkeit）とは「異邦人を迎え入れ、食事を出し、宿泊させ、そして庇護することであり、太古からみられる人間関係のひとつ」のことを指す。ここで重要なのは、歓待という行為が、一方では「異邦人がもたらすかもしれない魔力を防ぐために社会集団に迎え入れる」意味合いを持ち、他方では「異邦人と社会集団とのあいだに取引や対話などといった友好関係を結ぶ機会」でもあったことだ。つまり、「饗応」という行為はそもそも善意の奉仕や献身に結び付いた利他的な行為ではなく、自己の保身を図り、自己の利得を求めるという利己的な動機によるものなのである。われわれは、自分自身のために、到来する他者を「饗応」しなければならないのである。

「奥さま」にとって、来訪してくる「笹島先生」やその友人たちはさながら「異邦人」であろう。「笹島先生」と「奥さま」の夫は旧友であり同僚であるとはいえ、久々の邂逅を機に来訪してくるようになった彼らは、現在の「奥さま」にとっては、自身の社会集団に属さぬ「異邦人」そのものなのである。

異人歓待は交通や商業・貨幣経済の発達と結びつき、異人歓待業としての居酒屋や宿屋へと発展していったのであるが、とするならば、「今井先生」の「ここはね、単なる宿屋さ。」という評価は、一見非情なもののように思われながらも、実は的を射た発言なのである。むろん、「饗応夫人」では歓待にかかる諸費用は「奥さま」が全面的に負担しており、ゆえに「奥さま」の生活までもが逼迫していくのであるが、歓待負担（hospitium）を引き受けるという在り方は、異人歓待の歴史において、決して珍しいものではなかった。むろん、そこには支配者や勢力者と関係を結ぶことができるという見返りが存在するのであるが、歓待負担によって客人との関係を維持しようとする「奥さま」も、同様の恩恵を受けているといえるのである。

四、「饗応夫人」になる「私」

「私」の語りでは、「奥さま」が「奥さま」という呼称で語られているが、この呼称が顕在化させるのは、夫の存在（さらにいえばその不在）、そして彼女が女性であるということであろう。「私」が「奥さま」と語るたびに、これらが絶えず意識せられるのである。加えて、「奥さま」という語からは、雇い主と、雇い主に仕える女中という身分の差、上下関係が同時に浮き彫りとなる。

このような「私」と「奥さま」の懸隔は、「私」に向かって「ごめんなさいね。私には、出来ないの。」と、「私」

との差異を自覚する「奥さま」の距離の取り方からも窺える。しかし、このような差異を飛び越え、「私」は末尾で「饗応夫人」になるのである。「私」が「饗応夫人」になるという表現は、やや比喩的なもの言いかもしれない。「私」には夫が存在しない（と推測できる）のだから、厳密にいえば、「私」には「夫人」の資格はないのかもしれない。しかし、夫不在の「奥さま」が今のところ「夫人」であり続けるのならば、「私」もまた「夫人」であると捉えることも、あるいは可能なのではないか。

南無三宝！

笹島先生、白昼から酔つぱらつて看護婦らしい若い女を二人ひき連れ、

「や、これは、どこかへお出かけ？」

「いいんですの、かまひません。ウメちやん、すみません客間の雨戸をあけて。どうぞ、先生、おあがりになつて。かまはないんですの。」

泣くやうな笑ふやうな不思議な声を挙げて、若い女のひとたちにも挨拶して、またもくるくるコマ鼠の如く接待の狂奔がはじまりまして、私がお使ひに出されて、奥さまからあわてて財布がはりに渡された奥さまの旅行用のハンドバツグを、マーケツトでひらいてお金を出さうとした時、奥さまの切符が、二つに引き裂かれてゐるのを見て驚き、これはもうあの玄関で笹島先生と逢つたとたんに、奥さまが、そつと引き裂いたのに違ひないと思つたら、奥さまの底知れぬ優しさに呆然となると共に、人間といふものは、他の動物と何かまるでちがつた貴いものを持つてゐるといふ事を生れてはじめて知らされたやうな気がして、私も帯の間から私の切符を取り出し、そつと二つに引き裂いて、そのマーケツトから、もつと何かごちそうを買つて帰

らうと、さらにマーケットの中を物色しつづけたのでした。

「奥さま」の「饗応」を批判的にみていたはずの「私」が、二つに引き裂かれた切符を目にし、「奥さまの底知れぬ優しさに呆然となる」。そして、「人間といふものは、他の動物と何かまるでちがつた貴いものを持つてゐるといふ事を生れてはじめて知らされたやうな気」になり、自身の切符を引き裂くことで、「奥さま」との帰郷を無効化する。そして、「饗応」のための「ごちそう」を買うために、まるで「奥さま」に成り代わったように、「私」は「マーケットの中を物色しつづけ」る。

この、末尾における「私」の転換は、「私」と「奥さま」の同一化であると判断できよう。この同一化は既に指摘されており、例えば、服部康喜論[24]は「語り手＝私が次第に自虐的に「奥さま」に同化してゆく過程」を見出している。少し先廻りすることとなるが、この同一化の意義は、〈女性独白体〉という形式と併せて考えられる。〈女性独白体〉が一人称回想形式で「私」の過去を語る物語であるとしたら、「私」が「奥さま」の「饗応」の物語を語る「饗応夫人」は、同じ形式の作品の中から浮いて見える。しかし、「饗応夫人」は、他の〈女性独白体〉作品と同じ構造を有していると思われる。

「私」が切符を「二つに引き裂く」のは、「奥さま」の行為の模倣であろう。それは、単なる模倣ではない。切符を「二つに引き裂く」という「奥さま」の行為を「底知れぬ優しさ」によるものであると解釈し、そこに「人間」の「貴」さという意味付けを行い、「私」の中で昇華された「奥さま」の姿に同一化を図るのである。ここでは、「奥さま」が実際にはどのような思いで切符を切り裂いたのかは問題とされない。大事なのは、実際の「奥さま」の姿や思いではなく、「私」が「奥さま」の姿や思いをどのように解釈したのか、という一点なのである。

「私」の「奥さま」への同一化は、冒頭から異様なものとして語られてきた「奥さま」の「饗応」への違和や不満を、「私」が払拭し、克服した事を意味する。「奥さま」を貴人であると見做し、解釈し、「奥さま」に同一化することで、「私」は「饗応」を批判する側から「饗応」を行う側へと変貌する。買い物を終え、清算を済ませようと「ハンドバッグ」を開いたはずの「私」が、「もつと何かごちそうを買つて帰らうと、さらにマーケットの中を物色しつづけた」のは、「私」が「奥さま」の過剰な「饗応」をそっくり引き継いでいることを示す。

要するに、この小説は、「ウメちやん」、と「奥さま」から名指されていた「私」が、その語りによって、「饗応夫人」へと変貌する物語でもあるのだ。あるいは、こう言い換えることもできよう。タイトルの「饗応夫人」とは、「私」によって語られる「奥さま」を指す名であると同時に、（事実上、夫を持たないとしても）「私」＝「ウメちやん」自身を指す名でもあるのだ。

「奥さま」が「ウメちやん」のようにその名を明かされず、匿名の存在、役割であり続けるのは、「奥さま」という存在がその人個人を指し示すのではなく、語る「私」が成り代わることのできるような、朧化された存在だからだと捉えるのは深読みが過ぎるだろうか。とはいえ、少なくとも、語る「私」にとっては、「奥さま」と「ウメちやん」は同一化する存在であるという意味で、反転可能なのだ。

この同一化の指向は、思えば語りの随所に存在していた。遠藤論[25]は、「その日から、私たちのお家は、滅茶々々になりました。」という語りや、「私たち」の「運のつき」を認める語りから、「奥さまの命運、その身のなりゆきを、〈わが事〉として受け止めずにはいられないウメちゃんの姿勢」を読み解いているが、このように、「私」と「奥さま」の同一化は、末尾に至る前から、既にその予兆が見られていたのである。

しかし、「私」に向かって「ごめんなさいね。私には、出来ないの。」と述べる「奥さま」は、二人の差異に自覚的である。二人の関係は、常に距離を取り続ける「奥さま」と、同一化を図ろうとする「私」の葛藤にあるといえよう。そしてそれは、「奥さま」が客人と共依存的な関係性を築こうとしていたことを彷彿させる。

末尾において「奥さま」と同一化を図ることで、「美談」を生成し、その「美しい話」を美しいものとして受け入れようとする「私」がいる。ただし、そこからは、幾分自己説得的な調子も否めない。それは、この物語の宛先、つまり、「私」の語りの聞き手が明示されていない事情にも連関するだろう。聞き手が空白のまま語られる語りは、まずその第一の聞き手として、語る「私」がその空白を補填するのであるから。

五、おわりに――「私」の物語

この物語では、「奥さま」に同一化し、「ウメちゃん」と呼ばれる語り手「私」が「饗応夫人」へと変貌するその過程が語られている。「饗応」に対する「奥さま」との差異を飲み込んで、「奥さま」の行為を「美談」へと昇華せしめる「私」は、「奥さま」と癒着している。いや、現実の「奥さま」の姿が問題とされない点を踏まえれば、自己と他者との境界を喪失した共依存的関係を構築しているといえよう。それはさながら、「奥さま」が客人と構築しようとした共依存的な関わり方を模倣する行為であり、これもまた「私」と「奥さま」の同一化を示す。とするのならば、「私」が「奥さま」から暇乞いを出される危機は、「私」の中で解消される。現実はさておき、「饗応夫人」となり得た「私」は、「饗応」をする「奥さま」であるのだから。その代わり、「奥さま」の血を吐きながらの、命を賭した「饗応」は、「私」の「饗応」の態度となるのである。

繰り返しになるが、この物語が「饗応夫人」と題されるとき、そのタイトルの指示内容は、単に「奥さま」のみを意味するのではない。「奥さま」の「饗応」を語り、自らもまた「奥さま」の「饗応」に同化していく「私」＝「ウメちゃん」も、その範囲に含まれるのだ。とすると、「饗応夫人」は、「私」が「奥さま」について語る物語である、といっては不十分であろう。むしろ、主眼はあくまで変貌する「私」を「私」が語ることにあり、「饗応夫人」は徹底して「私」の物語であるのだ。これが、「饗応夫人」が他でもない「私」による一人称独白体形式の〈女性独白体〉であることの意味なのである。

　とするならば、「饗応夫人」は他の〈女性独白体〉作品と同じく、「私」が「私」を語る物語である。加えて、「私」が語りによって別の何かになっていくという〈女性独白体〉作品に共通するモチーフ[26]も、本作から窺うことができる。そして、その構造が複雑化しているという点で、「饗応夫人」は〈女性独白体〉の一つの到達点だといえるのである。

【注】

（1）「燈籠」（『若草』昭和12年10月）、「女生徒」（『文学界』昭和14年4月）、「葉桜と魔笛」（『若草』昭和14年6月）、「皮膚と心」（『文学界』昭和14年11月）、「誰も知らぬ」（『若草』昭和15年4月）、「きりぎりす」（『新潮』昭和15年11月）、「千代女」（『改造』昭和16年6月）、「恥」（『婦人画報』昭和17年1月）、「十二月八日」（『婦人公論』昭和17年2月）、「待つ」（創作集『女性』博文館、昭和17年6月）、「雪の夜の話」（『少女の友』昭和19年5月）、「貨幣」（『婦人朝日』昭和21年2月）、「ヴィヨンの妻」（『展望』昭和22年3月）、「斜陽」（『新潮』昭和22年7月～10月）、「おさん」（『改造』昭和22年10月）、「饗応夫人」（『光 CLARTE』昭和23年1月）の十六篇。

（2）野原一夫『回想太宰治』（新潮社、昭和55年5月）

（3）同じく新潮社の編集者であった野平健一のこと。

（4）結城亮一「おヨシさんと太宰治」（『河北新報』昭和44年11月25日）

（5）奥出健「『饗応夫人』」（神谷忠孝・安藤宏編『太宰治全作品研究事典』勉誠社、平成7年11月）
（6）十返肇「文藝時評（中）」（「国際タイムス」昭和23年2月14日）
（7）青野季吉「文学通信」（「現代人」昭和23年3月）
（8）桑原武夫「やむを得ぬ滅亡」（「河北新報」昭和23年6月21日）
（9）豊島与志雄「解説」（『太宰治全集』13、八雲書店、昭和24年10月）
（10）発田和子「平林たい子『女泥棒』における道化―太宰治『饗応夫人』との比較において―」（「日本女子大学院の会会誌」昭和58年8月）
（11）田中良彦「「饗応夫人」の世界―「眉山」と比較して」（「無頼の文学」平成10年4月）
（12）細谷博「〈招かれざる客〉の造形―太宰治「親友交歓」と「黄金風景」そして「饗応夫人」―」（「南山大学日本文化学科論集」平成21年3月）
（13）岡村知子「太宰治の〈饗応譚〉を読む―暴力論の視覚から」（「論潮」平成23年6月）、『太宰治の表現と思想』（双文社出版、平成24年4月）所収。
（14）遠藤祐「〈奥さま〉と〈ウメちゃん〉と―「饗応夫人」〈太宰治〉について」（「宗教と文化」平成11年3月）、『太宰治の〈物語〉』（翰林書房、平成15年10月）所収。
（15）佐々木義登「太宰治「饗応夫人」―歓待としての世界の容認」（「ことばを楽しむ」平成23年6月）
（16）細谷里穂「揺らぎが紡ぐ物語―太宰治「饗応夫人」論」（「富山大学日本文学研究」平成29年3月）
（17）鈴木杏花「太宰治「饗応夫人」論―語りの〈空白〉を読む―」（「解釈」平成29年1月）
（18）飯田祐子「二重の「女装」―「饗応夫人」論」（『太宰治研究』15、和泉書院、平成19年6月）
（19）注（16）に同じ。
（20）注（10）発田和子論を参照。
（21）注（7）青野季吉評を参照。
（22）「デジタル版イミダス 2018」（集英社、平成17年5月）「メサイアコンプレックス」（若松英子執筆、平成25年3月）参照。

（23）H.C. パイヤー『異人歓待の歴史　中世ヨーロッパにおける客人厚遇、居酒屋、そして宿屋』（ハーベスト社、平成9年6月）
（24）服部康喜「饗応夫人」（東郷克美編「太宰治全作品事典」「別冊國文學」平成6年5月）
（25）注（14）に同じ。
（26）例えば〈女性独白体〉作品の嚆矢となった「燈籠」では、語り手「さき子」が「私たち親子」を「美しい」と語ることで、世間から指弾される存在であった一家を「美しい」ものへと解消する。また、「皮膚と心」では、吹出物をきっかけに夫との関係の中で抽出された「私」のみに由来する特殊な「女」の姿を、「典型的な「女」」という枠に押し込め語ることにより「私」は「女」化する。さらに、「千代女」では、自分自身が「わから」ない「和子」は、自らを語る中で唯一、自身が「女」であることを確信し、獲得する。このように、太宰治の〈女性独白体〉作品では、語り手「私」が語りを通して別の何かへと変貌するというモチーフが見られるのである。「私」＝「ウメちゃん」が語りを通して批判していた筈の「饗応夫人」へと変貌する本作も、このようなモチーフの一種に数えられよう。なお、詳細は本章第一節、第三節、第四節参照。

第三章　太宰治の「女語り」②——「芝居」の中の「女性」——

第一節　太宰治「おさん」論—小春の欠如と見立てられた「おさん」—

一、はじめに—「おさん」と『心中天網島』

太宰治「おさん」（「改造」昭和22年10月）は「改造」に掲載された短篇小説である。「夫」の心中が過去回想形式で語られる本作は、「斜陽」最終回（「新潮」昭和22年10月）と同月に発表された事情もあり同時代の言及は少ない。この時期の太宰作品と同様に、本作は「夫」や作者太宰を中心とする読解が蓄積されてきた。[1]

先行研究は同時代評を踏襲した作者／男性中心主義的な方向性[2]から始まるものの、単独の作品として論じる必要性が広く認識され、現在は主人公「私」中心の読解[3]へと移りつつある。〈女性独白体〉〈異性装文体〉として本作を捉える物語行為・文体への着目[4]はそのような動向の成果である。物語内容の解釈では、戦後や新時代という同時代状況に焦点を当てて夫婦間の対立や対比を読み解く傾向[5]が目立つ。

さらに「おさん」は、しばしば典拠と関連付けて論じられてきた。本作が近松門左衛門『心中《しんじゅう》天網島《てんのあみじま》』〔享保5年12月初演〕（あるいはその改作近松半二・竹田文吉『心中《しんじゅう》紙屋治兵衛《かみやじへえ》』〔安永7年4月初演〕『天網島《てんのあみじま》時雨《しぐれ》炬燵《こたつ》』〔明治39年4月初演〕等）を下敷きとすることは同時代から既に指摘があり、キクチ評[6]は「おさん」を『紙屋治兵衛』の現代的解釈のごときもの」と認識した上で、「妻の批判の正しさこそ治兵衛の妻『おさん』の悲しい賢明さ」だと両者を重ねている。このような前提から、典拠の影響は先行研究で一つの論点を構成してきた。[7]

事実、作者太宰は弘前高等学校時代に義太夫に没頭しており、『津軽』（小山書店、昭和19年11月）では「学校からの帰りには、義太夫の女師匠の家へ立寄つて、さいしよは朝顔日記であつたらうか、〔…〕野崎村、壺坂、それから紙治など一とほり当時は覚え込んでゐた」と、師匠竹本咲栄の元で『生写《しやううつし》朝顔話《あさがほばなし》』〔山田案山子、天保3年1月初演〕、『新版歌祭文《しんぱんうたざいもん》』〔近松半二、安永9年9月初演〕、『壺坂霊験記《つぼざかれいげんき》』〔二世豊澤団平・加古千賀女、明治12年10月初演〕、「心中天網島」を基にした『心中紙屋治兵衛』を習得していたことを明かしている。[8] 作家情報を参照せずとも、題名や「たましひの、抜けたひとのやうに」という冒頭、「昔の紙治ではないけれども」という語り、本文において二度繰り返される「女房のふところには／鬼が棲むか／あああ／蛇が棲むか」という義太夫の詞章は、絶えず読者に『心中天網島』の物語を想起させる。

先行研究の成果により本作と典拠との関連性は概ね明らかとなったものの、両者の物語内容上の決定的な差異である小春の欠如は見逃されてきた。「私」は自らをおさんに、「夫」を治兵衛に準えて語るが、典拠の要である小春の姿を本作から読み取ることはできない。むろん、「夫」と心中した女性を小春と重ねることも可能だが、典拠がおさんと小春による治兵衛を巡った「女同士の義理」の物語であったことを踏まえると、「夫」を媒介に「夫」の愛人と三角関係を形成できぬ「私」はおさんたり得ない。

むろん、物語内容の比較から片方に欠如する点を論う手法が必ずしも有効性を発揮するとは限らないが、一人称独白体という形式を考えると、差異を有しながらも「私」が自らを殊更におさんへと準えて語る点は看過できない。典拠の問題は、従来論点の一つとされてきた物語行為や文体の問題から改めて捉え直すべき事項なのである。

本稿では、原作や改作、義太夫のみならず、文楽や歌舞伎（「河庄」『時雨の炬燵』）を含めた総合的な『心中天網島』

を補助線に、本作を小春の欠如という観点から検討する。おさんたり得ぬ「私」がそれでもなお、自身をおさんとして語る意義を解明したい。

二、『心中天網島』の評価

「心中天の網島」の中、後世（現在まで）浄瑠璃又は歌舞伎で実際上演されるのは、河庄及び紙屋の二場であるが、何れも近松原作の儘ではなく、河庄の方は「心中紙屋治兵衛」、紙屋の方は「時雨炬燵」に拠つたもので、前者は原作と大綱に於て著しい相異はないが、後者は甚だしく潤色変形が加えられてゐると言ふ事になる。[9]

引用は昭和10年の言説である。吉川仁子論は「原作よりもむしろ義太夫や歌舞伎を通しての受容」の可能性を示唆していたが、この同時代言説から太宰が習い覚えた義太夫も原作ではなく改作であるといえる。ただし、改作化によって生じる「潤色変形」は一概に否定されるべきものではない。見取り狂言として上演されるにあたって、観客が物語の展開を追いやすいように「入れ事」を加えることは珍しくなく、むしろそこに改作者や役者の解釈・工夫が存在するのだ。この改作という行為は、『心中天網島』を典拠に「おさん」という物語へと昇華させる行為と距離があるものではない。

『心中天網島』研究は、「女同士の義理」を問題とすることで基盤を共有してきた。[10]この評価は芝居の場合も変わらない。小春を当たり役の一つとした松嶋屋・片岡秀太郎は芸談[11]にて、「河庄」の小春を「非常に義理を重んじる女」「おさんに義理立てしている」と位置付けながら、「治兵衛のことを愛してしまって申し訳ないとは思っているけれども、好きで好きで仕方がない。小春は、すごくつらいんですよね。思いを内に秘め、耐える女」と評価する。文楽では、小春との関係を巡るおさんのクドキを聞かされる治兵衛が「典型的な辛抱役」と理解されている。[12]太宰の「おさん」研究史では典拠のおさんを耐える女とする見方が一般的だが、『心中天網島』はおさんのみならず全員が耐えることを要請される物語なのである。

三、「私」による同一化

天満に年ふる千早振る、神にはあらぬ紙様と、世の鰐口に乗るばかり、小春に深く大幣の、腐り合うたる御注連縄、今は結ぶの神無月、堰かれて逢はれぬ身と成り果て、あはれ逢瀬の首尾あらば、それを二人が最後日と、名残りの文の言ひかはし、毎夜毎夜の死覚悟、魂抜けてとぼ〳〵うか〳〵身をこがす、[13]

原作の当該場面は改作の場合も異同はない。歌舞伎「河庄」では、「〽魂抜けてとぼ〳〵うか〳〵」という竹本の語りとともに治兵衛が登場する花道の出が上方和事のやつし芸として見所である。特に初代中村鴈治郎の治兵衛は岸本水府の川柳で「頬かむりの中に日本一の顔」と詠まれるほどにイメージを浸透させており、[14]その様子は大正期の文楽の劇評[15]からも窺える。

初代の三男である二代目鴈治郎は昭和22年1月に大阪歌舞伎座の『天網島　河庄の場』治兵衛役他で襲名披露し、治兵衛は当り役となった。山内祥史の調査[16]によると「おさん」は昭和22年7月中~下旬に脱稿されたため、本作に二代目の襲名及び彼による治兵衛の影響を想定してもよいだろう。

　贋治郎的な治兵衛を想像させるかのように、本作は「たましひの、抜けたひとのやうに、足音も無く玄関から出て行きます」という「夫」の登場から始まる。ただしその姿は、家から河庄へとやって来る治兵衛の登場とは対照的だ。家を出て行く「夫」に主眼が置かれる本作の語りは、治兵衛の憔悴し切った姿を重ね合わせることで典拠を反転させているのである。

　「夫」の所在を問う長女に対し、「私」は「口から出まかせに」お寺という言葉を発する。宗教施設お寺の機能のなかで死と直結する側面が拡大されたために、それは不吉なものとして解釈されるのだ。加えてお寺は典拠との重ね合わせによって大長寺における小春と治兵衛の心中を彷彿させ、より不吉なものとして立ち上がる。これらが示す通り、冒頭の語りは「夫」を治兵衛と重ね合わせるように作用する。本作の語りを回想手記形式とすれば、「私」は語り始めの時点から「夫」を治兵衛へと「見立て」る言葉を選択していることに気付く。

　「私」は切実な苦しさの原因として、敗戦による物質的な生活の困窮ではなく「この世のひとの妻として、何よりもつらい或る事」を挙げる。しかし、「千早ふる程買ひに来る、かみは正直商売は、所がらなり老舗なり」と語られるおさんの境遇は、「おちぶれ」た「私」の境遇とは懸隔がある事実に気付かされる。つまり「私」は、「或る事」を介しておさんと同一化を図っているのだ。

　「私」のおさんとの同一化の指向性は随所に表われている。例えば、紙の買入れの失敗が語られる場面である。「私」の語りは「夫」の無気力の直接的な原因が事業の失敗であることを明かす。治兵衛と「夫」の境遇が決定的に異なるという意味で、「紙屋」治兵衛と「紙の買入れ」を行う「出版社」という類似より、治兵衛の無気力が小春との関係に起因していた点が遥かに重要であろう。しかし「私」は僅かな類似点を頼みに、「あの、たましひの抜けたひとみたいな、足音の無い歩き方」という「夫」の治兵衛的な歩行を繰り返し語ることで二人を接近させていくのである。

四、語りの恣意性

「夫」と治兵衛の同一化は些細な描写からも読み取れる。例えば、「つまづいて、つんのめりながら玄関にはいつて行きました。」という語りは、鴈治郎が芸談[17]で明かした「「魂ぬけて……義太夫で、登場する前に、揚幕内で三足歩き、舞台迄が二十八足を搬び、〆て三十一足歩きます、〔…〕足取りは急ぐ心で高足に歩み、〽チリガン……の三味線で脱げた草履をはいて、草履の前を突くのが極りですが」という歌舞伎「河庄」の出におけるおこつく芸、成駒屋（成駒家）型の治兵衛の姿を想起させる。さらにいえば、治兵衛は上方和事の「つっころばし」（肩をついただけで転びそうな柔和で滑稽な役柄）の典型である。「夫」の姿け治兵衛との重ね合わせという指向で一貫しているのだ。

繰返し述べてきたように、「私」による同一化は必然的というよりむしろ恣意的なものである。この恣意性の顕著な例は「夫」が革命を語る場面だろう。「私」は「夫は、革命のために泣いたのではありません。」と断言し、「フランスに於ける革命」と「家庭に於ける恋と、よく似てゐるのかも知れません。」と二つの出来事を結び付けるが、この接合は紛れもなく「私」の解釈であり、「夫」の発言をみる限りその意図から逸脱している。この恣意的な解釈の射程は典拠へも広がりを見せる。

あの、昔の紙治のおさんではないけれども、
　女房のふところには
　鬼が棲むか
　あああ
　蛇が棲むか
とかいふやうな悲歎には、革命思想も破壊思想も、なんの縁もゆかりも無いやうな顔で素通りして、さうして女房ひとりは取り残され、いつまでも同じ場所で同じ姿でわびしい溜息ばかりついてゐて、いつたい、これはどうなる事なのでせうか、

引用部は原作の「女房の懐には鬼が栖むか、蛇が棲むか。」という詞章と対応するが、人口に膾炙した改作[18]を確認したい。

エ、余りじやぞへ治兵衛様それ程名残りが惜いなら誓紙書かぬがよござんすママなぜにお前はその様に私が憎うござんすへア、コレ〳〵そりやまあ何を云やるぞいの子中迄なした中にイエイエ憎いそふな〳〵憎ましやんすがママ嘘かいなおととしの十月中の亥の子に火燵あけた祝儀迚コレ爰で枕並べて此方は女房の懐には鬼が住か蛇が住かそれ程心残りなら泣しやんせ〳〵その涙が蜆川へ流れたら小春が汲で呑みやらふぞ余りむごい

「おさん」の悲嘆は、典拠ではクドキの場面である。「子中迄なした中に」は小春への未練を誤魔化そうとする治兵衛の台詞だが、本作では「子供が三人もあるのです。子供のためにも、いまさら夫と、わかれる事もなりませぬ」という「私」の語りとなる。子供を引き合いに出す点で「私」は治兵衛的だともいえる。

しかし「私」は、「また、あのおさんの、女房のふところには〔…〕」と涙で枕を濡らす治兵衛の小春に対する執着や未練を嘆くおさんの歌を再び想起し、その嘆きを思い出すことによって真相がわからないはずの「夫」の溺息の原因を「女のひと」へと結び付ける。典拠の小春に準えるべき「女のひと」の姿は前景化していないのにもかかわらず、そのように行動するのだ。

五、小春の欠如

「私」は「夫」を思い配慮しながらも、その本心を「夫」に向かって言語化することはない。「私は、あなたに、いつそ思はれてゐないはうが、あなたにきらはれ、憎まれてゐたはうが、かへつて気持がさつぱりしてたすかるのです。」から「ひとを愛するなら、妻を全く忘れて、あつさり無心に愛してやつて下さい。」まで続く「私」のクドキは「夫」に直接伝えられないため、「夫」は治兵衛のような辛抱立役とはならない。このような「私」の語りが、「夫」が「他のひとを愛しはじめ」ていることを前提とする点は見逃せない。この前提は後に語られる「夫」の手紙と齟齬を来しており、両者の認識にはズレがある。

二人が認識を共有していないことは、「夫」が自身の着物を勝手に売却したことからも窺える。原作でのおさんは小春への義理と治兵衛の世間体のために主体的に箪笥の中身を質種としたが、本作では「夫」が自ら自身の着物を売ることとで問題を一人で解決しようとする。要するに、「私」はおさんとは違い、「夫」の問題に介入できぬ人物なのである。

ただし、「おさん」は必ずしも典拠を反転させる描写ばかりではない。例えば原作は「朝出の漁夫が網の目に見付けて、死んだ、ヤレ死んだ。出合へ〳〵と声々に、いひ広めたる物語。直に成仏得脱の、誓ひの網島心中と、目ごとに涙をかけにける。」という語りで幕となるが、本作にも「諏訪湖心中」の記事化や「私」が事件を語ることによる「おさん」への物語化が指摘できる。この構造は、噂話をすぐに浄瑠璃＝際物化したことを書き込むことで物語化する行為をも物語内容に含めた原作と見事な照応を見せる。

とはいえ、目立つのは両者の差異である。原作のおさんは「女は相身互ごと。〔…〕ア、悲しや。此の人を殺しては、女同士の義理立たぬ。」と小春に義理立てし、小春も「義理知らず、偽り者と、世の人千人万人より、おさん様一人の蔑み、恨み妬みもさぞと思ひやり、未来の迷ひはこれ一つ。」と死ぬ間際までおさんとの約束を気に掛け義理を守ろうとする。とするならば、「夫の以前の勤め先の、神田の雑誌社の二十八歳の女記者で、私が青森に疎開していたあひだに、この家へ泊りに来たりしてゐたさうで、妊娠とか何とか、」と語られる「その女のひと」は決して小春的ではない。やはり「おさん」には耐える女小春が欠如しているのだ。「女同士の義理」が存在しないため、「私」は「その女のひと」と「夫」を頂点とした三角関係を形成できない。

加えて、治兵衛と小春の心中は三年もの間入れあげた「恋」の結末だが、本作ではたった四箇月の出来事であり、「私」の語りが「私」の解釈の反映である以上、「その女のひと」が「むらさき色の蛾」の相手かどうかすら定かではない。「夫」も心中の理由を「恋のためではない」と書き残しており、その言葉を信用するならば「夫」と「その女のひと」の間には「恋」が欠如している。にもかかわらず、「私」は手紙の内容を嘘や見栄だと判断する。換言すれば、「私」は「夫」と「その女のひと」との心中に「恋」の要素を見出そうとするのである。「夫」が心中の理由を「恋」ではなく「革命」と宣言しており、さらに「夫」と「その女のひと」との関係に積極的に介入できないという意味で「私」はおさんとは重ならない。しかし、「おさん」と題される「私」の一人称語りは「夫」を治兵衛へと「見立て」ることでおさんへと同一化しようとする。

「私」は「夫」を引取りに諏訪へと向かう。同時代の交通事情から中央本線利用の経路だと想定すると、多摩川橋梁、両界橋、鳥沢鉄橋、猿橋など、「私」は多くの橋を渡ることとなる。これらの橋は確かに現実に存在しながら、この物語で語られることはない。本作は「名残の橋づくし」における治兵衛と小春の道行を敢えて潜在化させているのであり、「私」は最後まで「夫」を治兵衛と重ね合わせるように語るのである。

先行論での着目はないが、原作には「まだ曽根崎を忘れずかと呆れながら」という詞章があり、改作では「まだ曽根崎を忘れずかと退るふとんの内さへも涙に湿るその風情おさんは呆れつく〳〵と顔打ち守り〳〵エ、余りじやぞへ治兵衛様それ程名残りが惜いなら誓紙書かぬがよござんす」と語られる。つまり、先行論において太宰のオリジナリティとして評価される[19]「呆れかへつた馬鹿々々しさに身悶えしました。」という本作末尾の言葉は典拠の詞章と重なりを見せるのだ。さらに、初代鶴沢道八による文楽の芸談[20]は注目に値する。

治兵衛も当今の太夫の語り口を聴いてゐますと、少し治兵衛が利巧すぎるやうです。治兵衛は立役ではございません。明らかに二枚目です。二枚目も二枚目、遊女に魂を奪はれてゐる腑抜けた二枚目です。さうした呆けた馬鹿々々しい中年男の治兵衛が語り口に表はれて来ないと、おさんとの対照も面白く出て参りません。妙に利巧な治兵衛ではなく所謂〝呆けやつし〟といはれるところを聴きたいものでございます。

同時代の三味線方による「呆けた馬鹿々々しい中年男の治兵衛」という理解と「呆れかへつた馬鹿々々しさに身悶えしました。」という語りには、この発言が典拠である可能性も棄却できぬほどに見事な照応が見られる。ただしここでは、太宰の典拠への理解をいうよりも、語る「私」の中で治兵衛への理解と「夫」への理解が巧みに重なっていると捉える方が有効だろう。つまりこれは「私」が最後まで「夫」を治兵衛へと「見立て」ていることを示すのだ。

山田佳奈論が「妻の態度の豹変」と捉える末尾の妻の語りはまさに「愛想尽かし」である。歌舞伎や浄瑠璃、特にその世話物で「愛想尽かし」は常にむしろ相手を思う行為であり、それは例えば「河庄」の小春や『籠釣瓶花街酔醒』［三代目河竹新七、明治21年5月初演］の八ツ橋を思い返せばよい。義のために泣く泣く行う別れは愛情に裏打ちされているのである。とするならば、「私」の「愛想尽かし」めいた「夫」への批判は、批判と同時に「夫」への思いを語っていると捉えられる。「愛想尽かし」には別れを切り出す女が男の顔を見ないという約束事がある。本作では「夫」が既にこの世にいないため、「愛想尽かし」の約束事を履行せざるを得ない形となっている。

「愛想尽かし」を行う「私」は、おさんよりむしろ小春的な立場であるが、「私」の語りはここでもおさんと自らの同一化を図る。末尾の「夫」への批判は「私だつて夫に恋をしてゐるのだ」という語りからの連続性を持つ。「私」の「夫」への「愛想尽かし」は「私」が自らを語る語りであると同時に、自らを騙る語りなのである。

六、「見立て」の構造

本稿では、改作を含む『心中天網島』との比較という視座からの読解によって、典拠との差異を埋めるように自らを一貫しておさんへと位置付けようとする「私」の語りの指向性を明らかにした。

その差異とは、第一に「夫」と治兵衛の違いである。そこで、語りはその始まりの時点から丁寧に「夫」を治兵衛へと準え「見立て」ていく。「私」は随所で原作のみならず改作や舞台化を含む治兵衛のイメージを想起させながら「夫」を語る。その「夫」の存在によって語りは自らをおさんへと「見立て」ていくのだ。

山口昌男が歌舞伎の「見立て」を「古典的な情況に見立てて、それに重ねて同時代的な現実を投入する」[21]と述べたように、「見立て」とは共通点を媒介に異なるイメージを接近させていく行為であり、言い換えれば、重ねられる存在に距離があるがゆえにそれは成立する。本作で特徴的なのは、その行為が他者や他物同士の重ね合わせではなく、自らの存在と他者の重ね合わせ、つまり自分で自分を「見立て」るという自己認識の書き換えや更新を伴うことである。それは、「既成の知識や形状」を「意図的に犯し破壊し、引き寄せることによって、新しい創造を果たす」という「見立て」る主体側の問題を見出す服部幸雄論[22]の指摘と重なる。

典拠と本作の最大の差異は、耐える女小春の欠如である。典拠がおさんと小春による治兵衛を巡った「女同士の義理」の物語であったことを踏まえると、「夫」を媒介に愛人と対等な関係をとり結ぶことのない本作は典拠とは大いに懸隔があり、「私」はおさんたり得ない。とするならば、自らをおさんへと準える「私」の自己規定は、典拠に根拠はなく恣意的なものである。少し先廻りとなるが、重要なのは、この「私」による自己の「見立て」の構造が小春の意図的な欠如によって実現する点である。

「私」が自らをおさんへと「見立て」ようとする理由は「夫」の心中と関係があろう。「そのひとから逃げたくなつて、旅に出るのかしら」という希望的観測とともに「夫」を送り出した「私」に半ば不意打ちの形で到来した「夫」の心中という事件は、「私」の理解の範疇を超えたものであったに違いない。治兵衛のように雁字搦めとなった「恋」という動機があれば納得できるものの、「自分がこの女の人と死ぬのは、恋のためではない」と「夫」は書き残す。自らの死の理由を語るこの手紙には「私」の存在は考慮されていない。生前の「夫」の最終の意志表示であるその手紙は、送り手の死後に事後的に効力を発するという遺書の性質ゆえに、直接の応答や反駁の可能性が閉ざされている。「私」は一方的に送り付けられた相手の最後の意思に受動的にしか関与できない。そこに存在するのは、独り相撲の「身悶え」するような「馬鹿々々しさ」に違いない。

小春の身請けに自ら手を貸し「女同士の義理」を通して治兵衛と小春の関係に積極的に介入できたおさんは、後の心中事件も自らの選択の結果として引き受けることができよう。とするならば、「私」のおさんへの同一化は、「夫」の心中に対して主体的でありたい「私」の姿の現れではないだろうか。典拠との決定的な差異を埋め「私」がおさんになるためには、「夫」と小春的人物、つまり「その女のひと」との「恋」を想定しなければならない。そこで行われたのが「夫」の心中という〈未知の物語〉を「恋」という〈既知の物語〉へと回収しようとする「私」の語りである。

「夫」を治兵衛へと「見立て」、さらに「その女のひと」を小春的存在として「見立て」の対象とするという二重の手続きによって、「私」による自らのおさんへの「見立て」は実現する。そこから窺えるのは、治兵衛と「夫」、そして小春の欠如という典拠との差異が存在するがゆえに、本作と典拠との距離が接近するという逆説的な現象である。

「私」はあくまで回顧的で事後的にしか「夫」の死に介入できない。末尾での「愛想尽かし」めいた「夫」への批判は、「私」が自らを語り騙るものである。心ならず行われる「愛想尽かし」では、治兵衛が小春の真意を誤解したように、男が女の真意を理解できぬことが定石である。しかし、既に心中は起きてしまったため、愛情に裏打ちされた「私」の縁切りの真意を「夫」が理解することは無い。

「私」が「私」を語る一人称独白体形式によって行われる「夫」の心中事件に対する認識の補正、つまり自らをおさんへと「見立て」る行為から浮上するのは、「女」の「強さ」「強靭さ」[23]ではない。「夫」を思うがゆえに、上辺でのごまかしを肯定してまで二人での「気持の楽な生き方」を求めていた「私」は、突如訪れた「夫」の死によってその生き方の挫折を余儀なくされる。それでも行われる「愛想尽かし」が示すのは、自らを騙りながらも不在の相手に愛情を与えざるを得ない、どうしようもない「私」の孤独ではないだろうか。

七、おわりに――近代の〈世話物〉

批評的距離を維持しつつ模倣するという意味で、本作は『心中天網島』のパロディだと言い得る。本稿では「おさん」を過去回想形式と捉えることで、この一人称小説の模倣の主体を語り手「私」とした。中村三春論が「虚構である限り、語り手の能力の範囲外にある対象を、および・あるいはその能力以上の高度な語り方で、語り手が物語ることは、程度の問題をはらむものの常に可能」[24]だと述べる通り、本作が虚構の物語である限り、「私」の能力外、つまり本稿が解明したような典拠の知識を含み込む語り方を「私」が行っていても問題はない。

虚構が虚構である限り、原則としてその物語世界は現実に依拠しない。作中人物「私」の世界や能力に還元する必要もない。そうでありながらも、現実に存在する物語や芝居、同時代状況と接続したときにこの虚構の物語は豊かに読解できるのだ。

この形式の問題は「見立て」の観点からも把捉できる。「私」による「夫」と「その女のひと」の治兵衛と小春への「見立て」、それによって完成する「私」による「私」のおさん化という「見立て」とは、つまり自己存在の書き換え行為であった。それは、まさにこの物語が「見立て」であったことと重なる。語り手「私」が語る行為によって自らの存在を書き換えるのと同様に、この物語は『心中天網島』をずらし書き換える。既存の物語を心中事件という同一性を担保としつつ採用することで、治兵衛と小春を背後に想像させながら、本作は「私」と「夫」の物語における新たな側面を開示させる。この物語を貫いているのはテクストの「見立て」という構造なのである。

最後に「私」による過去回想形式が義太夫狂言の「物語」でもあったことを明かしたい。「熊谷陣屋《くまがいじんや》」として知られる『一谷嫩軍記《いちのたにふたばぐんき》』［並木宗輔、宝暦1年11月初演］の熊谷の「物語」が代表例であるが、義太夫狂言ではある人物が過去に起こった出来事を改めて聞き手に物語ることがあり、それは過去の再体験であるために、過去の思い出話としてではなく現在進行形で展開される。つまり、時間と空間の飛翔や転倒が行われるのである。[25] 本作での「私」は心中後という時空間を、さらに『心中天網島』という前近代の時空間を超え、「夫」との出来事を、過去を再体験する形で語って行く。

『心中天網島』が分類される「世話物」は一般庶民の現実の実相を現代劇として鋭く描く物語を指す。「私」と「夫」が直面する戦後の実相はこの物語の中で鋭く捉えられている。固有名が語られぬ彼らはある意味で誰をも代入可能なありふれた庶民である。とするならば、近代小説「おさん」が小春の欠如とそれによる「私」のおさんへの

「見立て」を通して語るのは、同時代の現実を抉る近代の〈世話物〉の姿だったのかもしれない。

【注】

（1）高見順の「反俗」という評価（豊島与志雄・高見順・中島健蔵「創作合評会（第十一回）」（「群像」昭和23年2月））や、妻の言葉に太宰の「自己反省」を見出だす読解（十返肇「太宰治論―罪と革命の意識」（「肉体」昭和23年8月））、「「斜陽」の部分的なくりかえし」と指摘する臼井吉見評（「文藝時評（上）」（「東京新聞」夕刊、昭和22年11月23日））など。

（2）「ヴィヨンの妻」や「斜陽」の「くりかえし」とする大森郁之助論（「「おさん」への回帰―太宰治における〈Home〉へのあぷろうち―」（「國學院高等學校紀要」昭和38年11月）、『演習太宰・堀・石坂』（審美社、昭和44年7月）所収）や、「「家庭のエゴイズム」の彼方にあるもの」の暗示を読む饗庭孝男論（『太宰治論』（講談社、昭和51年12月））、「太宰の実像に近いもの」としての享受を明かす相馬正一論（『評伝太宰治』第三部（筑摩書房、昭和60年7月））など。

（3）妻による暴力的な「夫」の表象が「「妻」が「夫」を理解すること・表象することの不可能性」「「夫」の〈父〉らしさからの逸脱行為」を意味していたとする吉永寿子論（「欲望と正義―敗戦後の太宰治と知性の背理―」（「論潮」平成20年6月））、妻の姿に「現実的な保身のエゴイズム」を読み取る辻本千鶴論（「太宰治『おさん』小論―蛇の棲む懐―」（「言語文化論叢」平成20年9月））、「〈自己完結〉型の女性」である妻と夫の酷似を指摘する山田佳奈論（「太宰治「おさん」の一考察―〈自己完結〉する妻と夫―」（「かほよとり」平成27年3月））など。

（4）「〈をんなの言葉〉で書かれたサンプルのような作品」と述べた原子朗論（「太宰治における〈をんなの言葉〉」（「國文學 解釈と教材の研究」昭和62年1月））、「ヴィヨンの妻」『斜陽』「おさん」が「詩人・詩集、日記、浄瑠璃の物語や言葉を引用・変形（改作）すると同時に、「女性独白体」という異性装文体を、「女ことば」の言語資源を用いた引用・変形」により生成したとする中村三春論（「太宰治の異性装文体―「おさん」のために」（「文学」平成22年7月））など。

（5）夫婦の「戦後的状況」の差に注目し「夫婦の対立と共通性」に着目を促す鈴木雄史論（神谷忠孝・安藤宏編『太宰治全作品研究事典』「おさん」（勉誠社、平成7年11月））、「新たな時代」を前にした夫婦の差異を捉え、「家計を担う女性としての自我アイデンティティを模索する過程」をみるノヘヨン論（「太宰治の後期作品に現れた女性の意味―『ヴィヨンの妻』、『おさん』を中心に―」＊（「韓国日本語文学会発表大会論文集」平成18年4月））、母や妻として「逞しく日常を生きていく強靭な生命力を持った存在」の女性が一方で「時代的状況の自覚がなく、生まれつき男性たちの苦悩を理解できぬ人物として形象化」されたとする李在聖・崔延銀論（「太宰治の後期作品に現れた女性像―『ヴィヨンの妻』と『おさん』を中心に―」＊（「日本学報」平成23年2月））、妻の変貌を「一人の女性のアイデンティティ探求」と捉える申鉉善論（「太宰治の『おさん』考察」＊（「日本學研究」平成25年1月））など。＊は韓国語による論文。

（6）キクチ・ショーイチ「文藝時評③」（「人民新聞」昭和22年11月18日）、菊池章一『戦後の論理』（雄山閣、昭和23年9月）所収

（7）妻を「近松型の女性」と捉える浅田高明論（「太宰治と関西―上方文化志向への源流を訪ねて―」（『太宰治―探査と論証』文理閣、平成3年5月））、本作が「近松の『心中天の網島』の劇が終わったところから書かれ」ており、「家庭を破壊した男の愚痴と気弱さ、卑屈をおさんの目から描き切った」点に特色をみる樋口覚論（「谷崎潤一郎と太宰治の「おさん」」（『新編日本古典文学全集　近松門左衛門集』2「月報」（小学館、平成10年4月））など典拠との距離の検討から、本作が「義太夫『心中紙屋治兵衛』と書物『心中天網島』の双方を典拠」にすると指摘し、太宰が「女性の〈強さ〉、〈逞しさ〉を中心に描いていると読み取る青木京子論（「太宰治「おさん」論―『心中天網島』との比較を中心として―」（『阪神近代文学研究』平成12年7月）、『太宰治の女性像』（思文閣出版、平成18年6月所収））、「おさんの嘆きは《私》のもの」という前提の元「男と女それぞれの「孤独」の相」の浮上を認める二瓶浩明論（「おさん――身悶えするほどの馬鹿ばかしさ」、山口俊雄編『太宰治をおもしろく読む方法』風媒社、平成18年9月））、典拠との比較から本作が「妻の批判という形を借りながら、夫がいかにだめな人であるかをさらけ出すためにあった」ことを明かす吉川仁子論（「太宰治「おさん」論―「利巧」な妻と「だめな人」―」（『太宰治研究』17、和泉書院、平成21年6月））、本作の妻を「「心中天網島」と書き手太宰との葛藤の末に融合され、生まれた人物像」と捉える関根順子論（「太宰治「おさん」論―夫をめぐる語り―」（「東洋大学大学院紀要」平成26年3月））のように典拠との比較を手掛かりとした特色の解明へと争点が移りつつある。

（8）中村三春「太宰治と義太夫」（「国文学　解釈と鑑賞」平成11年9月）は、『津軽』に引用された義太夫節が、いずれも世話物・心中物である」点に着目し、太宰作品において義太夫が「道行きのパロディ」として機能していると指摘する。

（9）伊藤正雄「心中天の網島改題」（『心中天の網島詳解』富山房、昭和10年5月）

（10）近松が「小春とおさんの女同士の「義理」の立て合いの中に、最も美しく悲しい人間らしさを見出した」とする宮山奈美論（「『心

中天の網島』―小春とおさん―」（「駒沢短大国文」昭和62年3月））、「女同士の義理」には能動的な「おさんの義理」と受動的な「小春の義理」という「一対の義理」が存在するとした川村佳代子論（「『心中天の網島』考―小春とおさんの義理について―」（「国文研究」平成8年3月））、「女同士の義理」は成立せず、近松は小春の義理とそれにより目覚めた治兵衛の義理を描いたとする谷口博子論（「『心中天の網島』における義理―小はるを中心に―」（「京都語文」平成20年11月））など。

（11）二代片岡秀太郎『上方のをんな　女方の歌舞伎譚』（アールズ出版、平成23年12月）

（12）高木浩志「知識の泉39　心中天網島」（「国立文楽劇場第130回文楽公演解説書」平成25年4月）

（13）「紙屋治兵衛きいの国屋小春心中天の網島」［享保5年12月初演］。以下、原作は『心中天の網島詳解』より引用。

（14）初代鴈治郎が制定した成駒屋（家）の家の芸「玩辞楼十二曲」には「河庄」『時雨の炬燵』の治兵衛が含まれる。

（15）「紙治の出から津の持場「魂ぬけてとぼ〳〵と」で治兵衛が出て来る、鴈治郎の花道のやうな足取りで物に躓いて草履を脱がんとして危く踏とまる、」（美野一白「文楽座の『天網島』」（「新演芸」大正6年5月））とある。

（16）山内祥史『太宰治の年譜』（大修館書店、平成24年12月）

（17）中村鴈治郎「昔とは変る紙治」（「演藝画報」大正6年5月）

（18）『心中天網島時雨炬燵』［明治39年4月初演］。以下、改作は竹本大隅太夫朱筆『時雨の炬燵小春治兵衛紙屋の段』（偉業館、明治41年12月）より引用。

（19）注（7）樋口論、注（7）青木論、注（7）二瓶論など。

（20）鶴沢道八「時雨の炬燵」（「演藝画報」昭和18年9月）

（21）山口昌男・乾裕幸「芭蕉の詩学」（「國文學　解釈と教材の研究」昭和58年1月）、『古典の詩学　山口昌男文学対談集』（人文書院、平成1年10月）所収。

（22）服部幸雄『変化論　歌舞伎の精神』（平凡社、昭和50年6月）

（23）注（1）臼井評、注（2）大森論、注（2）饗庭論、注（5）ノ論、注（5）李・崔論、注（5）申論、注（7）樋口論、注（7）青木論など。

（24）中村三春「太宰・ヴィヨン・神」（「iichiko」平成23年10月）、『物語の倫理学　近代文芸論集』（翰林書房、平成26年2月）所収。

（25）義太夫狂言の「物語」については渡辺保『歌舞伎―過剰なる記号の森』（新曜社、平成1年3月）参照。

第二節　太宰治「ヴィヨンの妻」論―『仮名手本忠臣蔵』への接近と離脱―

一、はじめに――「ヴィヨンの妻」を読み替える

太宰治が先行テクストの翻案や改変を得意とする作家であったことを勘案したとき、歌舞伎や人形浄瑠璃をはじめとする旧来の芝居という観点から太宰テクストを検討することは有効だろう。事実、太宰は弘前高等学校時代に義太夫節の稽古に通っており[1]、彼にとって芝居とは身近なものであった。いうまでもなく、その影響は実作にも現れている。例えば、「おさん」（『改造』昭和22年10月）は近松門左衛門の『心中天網島《しんじゅうてんのあみじま》』〔享保5年12月初演〕（あるいはその改作『心中紙屋治兵衛《しんじゅうかみやじへえ》』〔近松半二・竹田文吉、安永7年4月初演〕、『天網島時雨炬燵《てんのあみじましぐれのこたつ》』〔明治39年4月初演〕等）をまさに換骨奪胎したテクストであり、太宰の芝居への接近を裏付けるものである。

そうしたときに、見逃せないテクストの一つが「ヴィヨンの妻」（『展望』昭和22年3月）である。というのも、「ヴィヨンの妻」では、主人公「私」が「ご亭主」という他者によって、『仮名手本忠臣蔵《かなでほんちゅうしんぐら》』〔二世竹田出雲・三好松洛・並木千柳、寛延1年初演〕における登場人物「おかる（お軽）」へと重ねられているからである。この「見立て」が重要であるのは、それが単に芝居の引用であるだけに留まらず、主人公「私」の位置付けをも示しているからである。

近年の「ヴィヨンの妻」研究は、主人公「私」の位置付けの検討と概ね不可分なものとなっている。「私」の

立場や役割の変容・変貌を指摘する論[2]はその代表的な例である。また、「ヴィヨンの妻」というタイトルの指示内容の再検討[3]も、同様の問題意識に基づいているとみてよい。

さらに、先行研究では戦後・敗戦という時代の影響や同時代性の指摘[4]も論点の一つとなっている。この首肯すべき見解と本稿の問題意識とを接合するならば、同時代性の問題は戦後歌舞伎という観点へと敷衍できる。というのも、「ヴィヨンの妻」の執筆・発表時と重なる昭和二十年代初頭のある特定の時期において、『仮名手本忠臣蔵』はある種の記号性を帯びた物語として人々に理解されていたからである。ところが、戦後歌舞伎の問題はもとより、「おかる」や『仮名手本忠臣蔵』が本テクストに与える影響については、極一部の論[5]を除き見逃されてきた。むろん、「へえ？　奥さん、とんだ、おかるだね。」という些末な一文が「ヴィヨンの妻」の本質を決定しているると強弁したいのではない。詞章が繰り返し引用され、登場人物名がタイトルにまでなっている「おさん」と比較すれば、「ヴィヨンの妻」における「おかる」や『仮名手本忠臣蔵』の要素は決定的な位置を占めるものではないかもしれない。フランソワ・ヴィヨンとの影響関係を精査する優れた先行研究[6]や、「大谷」や「私」の人物像の緻密な検討を基に積み重ねられてきた従来の解釈こそが本テクストの王道的な読みである。しかし、テクストが意味の多義性や非決定性を本質とする限り、『仮名手本忠臣蔵』とのインターテクスチュアリティを中心とする読みもまた、許容されるべきであろう。

本稿が試みるのは、『仮名手本忠臣蔵』を補助線とした「ヴィヨンの妻」の読み替えである。より具体的にいえば、「へえ？　奥さん、とんだ、おかるだね。」というともすれば読み飛ばされ兼ねない一文によって、「ヴィヨンの妻」というテクストが新たな面貌を呈することを示したいのである。先廻りをして結論を述べれば、この一文は、既にある種の限界が認められていた「人非人でもいいぢやないの。私たちは、生きてゐさへすればいいのよ。」という末尾を巡る従来の解釈[7]を解体する可能性をも孕んでいるのである。

二、『仮名手本忠臣蔵』と「おかる・勘平」の物語

義太夫狂言である『仮名手本忠臣蔵』は歌舞伎・文楽（人形浄瑠璃）共に現行演目としてそのほぼ全段が伝承され、現在も頻繁に上演されている人気演目である。文楽が上方と密着した特殊な芸能である点、また、明治大正期の文楽復興の黄金時代は遠い過去となり、東京での定期公演が実現されるのは昭和四十年代である点を踏まえて、本稿では当時より一般的な芝居として認識されていた歌舞伎の『仮名手本忠臣蔵』に焦点を絞って検討していきたい。

昭和二十年代初頭、敗戦を迎えて歌舞伎は最大の危機に瀕していた。それは、空襲による歌舞伎座・明治座・新橋演舞場をはじめとする主要な劇場の焼失という物理的な戦争の爪痕に因るものではない。より副次的な敗戦の影響、つまり連合国軍最高司令官総司令部（GHQ）による検閲に起因するものである。というのも、昭和20年11月、天皇制の称揚に繋がる封建主義思想の復活を憂慮したGHQにより、忠義・道徳・復讐といった主題の狂言が上演禁止措置となるいわゆる「歌舞伎事件」[8]が起きたのである。これにより、公演を独占していた松竹とGHQ参謀第二部（G-2）所管である民間諜報局（CIS）の民間検閲部（CCD）との間で全演目の検討が実施されたのであるが、主君である塩谷判官（史実上の浅野内匠頭長矩）への忠義の心から高師直（史実上の吉良上野介義央）への仇討ちを行った浪士たち（史実上の赤穂浪士）を描く復讐劇である『仮名手本忠臣蔵』は、当然禁止措置の対象となった。

『仮名手本忠臣蔵』のどのような表現が問題と判断されたのかを具体的にみていこう。CCDが検閲した上演台本の一部は公益財団法人松竹大谷図書館「松竹大谷図書館所蔵・GHQ検閲台本検索閲覧システム」上で公開されており、そこには『仮名手本忠臣蔵』の検閲台本も複数含まれている。[9]「おかる・勘平」の物語に関する場面をみてみると、例えば「勘平」の自害を止めようとする「おかる」の「私故にお前の不忠、それが済まぬと死なしやんしたら、私も直ぐに死ぬ覚悟」という台詞の「お前の不忠、それが」という箇所、さらに「勘平」の「彼奴を殺さば不忠の上に重ぬる罪」という台詞の「不忠の上に」という箇所に赤鉛筆での塗り潰しを確認できる。つまり、ここでは主君への不忠を悔いる表現が不適格だと見做されているのだ。加えて、CCDによる特別報告書[10]には、「戦時中、政府はまた大衆に対するプロパガンダとして「忠臣蔵」を利用することを望んだ」こと、「四十七士の計画的な復讐を描いた「忠臣蔵」は、全体を通して上演すると、ほんの僅かな復讐の印象すらも残さない」ながらも「表面的には「忠臣蔵」は占領時の舞台としては潜在的に危険な考えである、仇討ちのために時間を費やす男たちの集団を意味することになってしまう」ことが指摘されている。つまり、『仮名手本忠臣蔵』はGHQによってその内容が忠臣報国の称揚と判断され、占領政策下においてとりわけ危険な演目として目されたのである。とするならば、昭和二十年代初頭、『仮名手本忠臣蔵』には反民主主義的演目という記号性が付与されていたということができる。つまり、占領政策下において、『仮名手本忠臣蔵』は旧弊な物語、さらにいえば、反体制の物語としてGHQに理解され、統制されていたのだ。そもそも「歌舞伎事件」の発端が「民主化々々と叫ばれているときに、封建的の忠誠しかも代表的な身替り狂言を演ずるとは占領政策に反するのではないか」[11]と主張する複数の日本人による投書であったことを考慮に入れれば、『仮名手本忠臣蔵』が危険な演目であるという認識は、占領政策を進めるGHQのみならず、民主主義という新たな時代に適応しようとする日本の民間人にも共有されていたと推測してよいだろう。

ＧＨＱによる統制が解除され、『仮名手本忠臣蔵』が歌舞伎として復活上演されたのは「ヴィヨンの妻」発表の八ヶ月後である昭和22年11月のことであった。[12] 山内祥史の調査[13]によると、「ヴィヨンの妻」は昭和22年1月15日過ぎに脱稿されたのであるから、「ヴィヨンの妻」の執筆及び発表は「歌舞伎事件」によって『仮名手本忠臣蔵』が統制されていた二年間のちょうど只中に位置していたといえるのである。

こうした事情を考慮に入れたとき、「ヴィヨンの妻」は『仮名手本忠臣蔵』への否定的な眼差しの只中で執筆及び発表されたのだといえ、引用された「おかる」という言葉の背景には戦後にそぐわない物語というコードが潜在していることになる。つまり、戦後歌舞伎の経緯と照らし合わせると、『仮名手本忠臣蔵』は単に前時代（旧時代）的な物語であるのみならず、反時代的な物語として俄かに浮上してくるのである。

それでは、『仮名手本忠臣蔵』とはどのような物語であるのか。当時の最大公約数的な評価を概観するために、同時代に入手が最も容易であったと推定できる岩波文庫版の「解説」[15]を参照したい。[14]

大序　　将軍家饗応（外廓的発端）
二段目　桃井家の本蔵諫言（外廓的展開で時代の緊張）
三段目　松の廊下の刃傷（外廓的の他の展開で、実は本件の発端。時代の第二の緊張）
四段目　判官切腹と城明渡し（発端より上昇）
五段目　山崎街道（派生的発端）
六段目　勘平住家（派生的の世話の頂点）

七段目　一力遊興（派生的結末と共に四段目の時代の展開）
八段目　小浪親子嫁入の道行（次段への連鎖）
九段目　本蔵の最後（前段から連り、七段目を請けて時代の頂点）
十段目　天河屋の条（第二の派生的場面であり、又前段をうけて時代世話の下降）
十一段目　討入（本件の解結）

ここでは、「時代」「世話」という歌舞伎分類上の観点から全十一段の場面と構成が捉えられている。各段の構成が綿密に入り組んでいるものの、事件の元凶となる鶴ヶ岡八幡宮での落成祝いから松の廊下での刃傷事件、そして四十七士の討入りという『仮名手本忠臣蔵』の大きな流れは、「発端」から「頂点」、そして「解結」へという山なりの展開で理解される。この中で本稿が問題としたい「おかる・勘平」の物語が展開されるのは中盤であり、引用に即していえば第一の派生的場面、「世話」に相当する場面である。というのも、大石内蔵助の妾お軽、討入り前に志半ばで自死した萱野三平という実質的なモデルが一応存在するとはいえ、史実上の二人に色恋沙汰があった事実はない。つまり、一応は「赤穂事件」に基づいた『仮名手本忠臣蔵』の中で、「おかる・勘平」の物語は、虚構・物語的部分を多く担うものだといえる。

「おかる・勘平」の物語は三段目から始まる。現在は上演省略される「腰元おかる文使いの場」で、「おかる」は恋仲の「勘平」と逢引を行う。しかし、この逢瀬の間に殿中での斬りつけという大事件が発生するのである。そのことを知った「勘平」は、現在では「道行旅路の花聟」（通称「落人」）として四段目の後に上演される「足利館裏門の場」において、切腹を試みる。しかし、「おかる」の説得により「勘平」は自害を思い留まり、「おかる」

の実家である京都山崎へと向かい、そこで二人は夫婦となるのである。

以降の「おかる・勘平」の物語は有名であろう。五段目「山崎街道鉄砲渡しの場」「同　二つ玉の場」、六段目「与市兵衛内勘平腹切の場」では舅殺しをしたと思い込んだ「勘平」の切腹に至るまでのドラマが、七段目「祇園一力茶屋の場」では夫の仇討ちの仕度金を手に入れるために遊女になった「おかる」による夫・父親喪失の悲嘆と敵討ちの成就が展開されていく。恋ゆえに意図せず刃傷事件の一因を作り、それによって腰元から遊女へ、武士から浪人へと没落し、ついには死に別れる二人の悲恋は、仇討ちの成就という栄誉の裏側で、事件に巻き込まれながらもその栄誉から脱落した人々の悲劇を描くのである。

　勘平は色のために武士の面目を失い、金のために志を遂げることができなかった。勘平が死んだのは、忠義のために必要な百両の金、女房お軽が身を売ってこしらえた金にまつわる誤解が直接の原因だった。〔…〕色にふけったばかりに不忠義の侍となった男が、それをつぐなおうとする金のために、みずから死なねばならなくなった悲劇なのである。「忠義―色―金」がたがいに響き合いながら連環するこのドラマの構造が、ここにも明瞭に現われている。[16]

虚構として創造された「おかる・勘平」の物語は、忠義による仇討ちという「大きな物語」[17]からの脱落を余儀なくされた「勘平」の無念や否応なく仇討ちに巻き込まれる「おかる」の喪失を描くことで、四十七士による名誉の復讐の裏で犠牲となった者たちの悲劇を浮かび上がらせる。したがって、「ヴィヨンの妻」に引用される「おかる」という語が絶えずこのような悲劇を想起させるものであることを前提に、本テクストは読み替えられる必要があるといえよう。

三、「私」の「おかる」化と「大谷」の「勘平」化

「ヴィヨンの妻」が一人称回想形式である〈女性独白体〉小説として異質なものであると時に判断されてきたのは、「私」の一人称語りには回収できない椿屋の「ご亭主」による長い回想の物語がテクスト中に挿入されていることに拠る。[18]

「私」による自己の再構築を原則とする一人称回想形式から、「私」による「私」の位置付けであるアイデンティティをみることは比較的容易い。「ヴィヨンの妻」の場合もそれは同様である。と同時に、「ご亭主」による回想が挿入されるこのテクストは、他者による「私」の位置付けをも顕在化させる形で含み込む構造をとっている。要するに、「ご亭主」による回想は「私」による統一的な自己の再構築を外部から攪乱し得るものであり、それはつまり、「ヴィヨンの妻」というテクストでは、「私」と「ご亭主」との相互作用の中で「私」のポジショナリティ[19]が立ち現れてくることを示す。むろん、このポジショナリティの対象は「私」に限ったことではない。「ご亭主」によって眼差される「大谷」の位置付けもまた、「私」によって眼差される「大谷」とともにテクストに書き込まれている。

「ご亭主」は「大谷さん」＝「旦那」が椿屋に入り浸るようになり、ついには盗みを働くまでの経緯を回想する。ここで「ご亭主」によって選択されるのは、「あなたの旦那の大谷さん」や「旦那」、「奥さん」という語彙である。つまり、「ご亭主」は「私」との関係の中で「大谷」を定位し、「大谷」との関係の中で「私」を定位するのである。

同時に、「ご亭主」が初対面の時の「大谷」を「上品」「ひつそりした」「うひうひしい」といういかにも二枚目的な語彙で形容していることにも着目したい。「化け物みたいな人間」「もう詩人も先生もへつたくれもない、どろぼう」には不似合いな、幾分好意的にも見えるそれらの形容は、「魔物」の二重性――加害するものであると同時に魅力的でもある――を指し示している。「大谷」の異様な「上品な素振り」は彼の「魔物」性を強調するものとして機能しているのだ。歌舞伎の「勘平」が二枚目の役どころで色男の肚が要求されるものの、「魔物」からは距離の遠い人物であることを考え併せたとき、この時点の「大谷」は「勘平」的な人物であるとはいえない。

一方で、「私」が「おかる」的な人物であることはテクスト内で明瞭に示されている。そして「私」の「おかる」化の契機は「嘘」から始まる「私」の椿屋での労働である。「お金が来るまで、私はお店のお手伝ひでもさせていただくわ。」と椿屋に入り込んだ「私」は、「大谷」が窃盗した金銭を労働で完済し、「大谷」の借金返済のために椿屋でのさらなる労働を志願する。


「これまでのが全部で、いくらなの？　ざつと、まあ、大負けに負けて。」

「二万円。」

「それだけでいいの？」

「大負けに負けました。」

「おかへし致します。をぢさん、あすから私を、ここで働かせてくれない？　ね、さうして！　働いて返すわ。」

「へえ？　奥さん、とんだ、おかるだね。」

私たちは、声を合せて笑ひました。

「ご亭主」による「へえ？　奥さん、とんだ、おかるだね。」という発話は、夫である「勘平」が仇討ちに加わるための仕度金を用意しようと自ら進んで身売りを決めて一文字屋で遊女となる「おかる」の境遇と、夫である「大谷」の借金の肩代わりのために椿屋での労働を志願する「私」の境遇が、「ご亭主」によって重ねられていることを意味するものである。『仮名手本忠臣蔵』五段目では、「おかる」が「勘平」を武士へと戻す仕度金の為に身を売りお金を工面したことが、「おかる」の父「与市兵衛」によって語られている。

是は金でござります。けれ共此金は。私がたつた一人の娘がござる。其娘が命にもかへぬ。大事の男がござりまする。其男の為に入金。ちと訳有事故浪人して居まする。娘が申まするは。あのお人の浪人も元はわし故。何とぞして元の武士にしてしんぜたい〳〵と。嬶とわしとへ毎夜さ頼。ア身貧にはござりまする。どうもしがくの仕様もなく。ばゞといろ〳〵談合して。娘にも呑込せ。聟へは必さたなしとしめし合せ。本に〳〵親子三人が血の涙の流れる金。

引用からわかるように、「おかる」の自己犠牲には贖罪の側面がある。「あのお人の浪人も元はわし故」、「勘平」が御家の一大事に居合わせることができなかったのは自身が彼を引き留め逢瀬をしていたことが原因なのだ、と「おかる」は自責しているのである。事実、彼女はその事に気付いていないものの、「勘平」と逢いたいがために「おかる」によってわざわざ夜に届けられた顔世御前からの文箱が松の廊下での刃傷事件の遠因となったのであり、「勘平」の浪人の原因が「おかる」であるという判断は概ね正しい。一方、「大谷」の放蕩の責任は「大谷」自身が負うべきものであり、「私」にその責任は無い。確かにテクスト末尾において「今だから言ふけれども」という前置きとともに、「去年の暮れにね、ここから五千円持つて出たのは、さつちやんと坊やに、あのお金で久し振りのいいお正月をさせたかつたからです。」と明かされるが、「私」がその言葉に対して正面から向き合うことなく言及を避けていることからも窺えるように、この言い訳は責任転嫁の感が否めない。仮に「大谷」が本心でそう思って行動したのだとしても、責任の所在は偏に「大谷」にあるといえよう。それにもかかわらず、「私」は彼のために働くことを選択しているのであり、ある意味で「私」は「おかる」以上に自己犠牲的な人物だともいえる。

今一度「ヴィヨンの妻」本文に戻ろう。「私」を「おかる」に「見立て」る「ご亭主」の発言に対し、「私」は反論することはない。次に続く「私たちは、声を合せて笑ひました。」とは、「大谷」の借金返済のために「私」が椿屋で労働することになるという奇妙な境遇に対しての笑いである。しかしこの笑いにはもう一つの意味がある。それは、「ご亭主」によってなされた「おかる」という位置付けを「私」が了承したという意味である。「私」はここでたしかに「おかる」を引き受けているのである。

さらにいえば、「私」の「おかる」化は「大谷」の「勘平」化も同時に引き起こす。「大谷」がテクスト中で「フランソワ・ヴィヨン」と重ねられる人物であることは歴然たる事実であるが、同時にまた「大谷」は「勘平」とも重ねられるのだ。というのも、「おかる」は単独の存在としてよりも「おかる・勘平」という一組の存在として広く認識されており、[20]「私」が「おかる」として定位されることは即ち、そのパートナーである「大谷」が「勘平」として位置付けられることを意味するのだ。「ご亭主」が「私」との関係の中で「大谷」を定位していることは既に述べた。したがって、「ご亭主」の中で「魔物」「魔物の先生」「化け物みたいな人間」であった「大谷」

は、「私」＝「奥さん」を「おかる」と仮構することで、「勘平」という悲劇の男へと変質することになるのである。
興味深いことに、「私」が「おかる」を了承することで、テクストは「私」を「おかる」化する記述へと傾いていく。

　その翌る日からの私の生活は、今までとはまるで違つて、浮々した楽しいものになりました。さつそく電髪屋に行つて、髪の手入れも致しましたし、お化粧品も取りそろへまして、着物を縫ひ直したり、また、おかみさんから新しい白足袋を二足もいただき、これまでの胸の中の重苦しい思ひが、きれいに拭ひ去られた感じでした。

椿屋での労働にあたって、労働の本質とは本来あまり関係ないはずの「髪の手入れ」、「お化粧品」の準備、「着物」の「縫ひ直し」、「新しい白足袋」の入手という外貌を整える作業が行われている。これが「私」の「おかる」化を示していることは、歌舞伎での「おかる」の拵えを参照すれば一目瞭然である。

　六段目の拵えは島田鬢、栗梅の石持、襟付の着付、黒繻子の丸帯に緋縮緬の背負い上げ、(浅黄を用いるもあり)紅絹の丸括けの帯締めが半四郎の型で、御殿奉公をした女に見せる心得としてあります。[…]お軽は〽はや廓なれて吹く風に」の文句で、上手二階屋体の障子を明けて出ます。この拵えに胴抜きを着て出るのと、紋付の裾模様を着るのとがありますが、これは模様物の方をよしとします[21]

上方歌舞伎では、六段目の幕開きとともに祇園一文字屋の迎えを待つ「おかる」が一人で髪を梳いている。なお、六段目での「おかる」の拵えは島田髷であるが、七段目ではつぶし島田に銀の平打あるいは珊瑚玉の簪を刺している。また、六段目の「おかる」の「着物」は上方・江戸ともに栗梅や鳶色の石持（白抜きの紋）という世話女房の典型的衣装であるが、七段目では、上方の場合は胴抜（胴と袖の部分の布が違う着付）という遊女独特の衣装へ、江戸の場合は紋付で藤色の裾模様の衣装へと変化する。つまり、『仮名手本忠臣蔵』では六段目の世話女房「おかる」から七段目の遊女「おかる」への変化で拵えが大きく変化するのであり、本文の引用が示す通り、これと同様の変化を「私」が「奥さん」から「椿屋の、さつちやん」へと立ち位置を変化させる際に辿っているのである。

さらに、椿屋が「犯罪人ばかり」が「お酒を飲みに来てゐる」場所であることに「私」は「十日、二十日とお店にかよつてゐるうちに」気が付いていく。『仮名手本忠臣蔵』七段目では、討入りという犯罪を企てる大星由良助が敵の目を欺くために一力茶屋で遊興していたが、椿屋も同様に「犯罪人」が集まる場として機能しているのだ。椿屋の客の犯罪性を最も象徴する事件の一つが、「私は、お正月の末に、お店のお客にけがされました。」と語られる「私」の強姦被害であろう。

「私」の労働が結果的に引き起こした不可抗力の強姦被害。それは「おかる」が自ら選択した遊女という名の売春行為と見かけ上は対極の立場にあるものの、性を搾取され性暴力に曝されるという意味に限っていえば両者の距離は遠いとはいえない。そもそも「おかる」の自己決定とは欺瞞に過ぎない。「おかる」の遊女としての労働は男性の地位回復のための金銭の調達を女性が強制されるシステムの中で余儀なく選択された行為であり、ゆえに「勘平」が主体となる仇討ちという物語の中で、「おかる」の身体だけが消費されるのだ。同様に、椿屋での労働という「私」の自発的な自己犠牲は、夫の不始末をその妻が片付けなければならないという社会通念やシステムの中で（正確にいえば「私」は「籍も何もはひつて」いないのであり、法律上の夫ではないのにもかかわらず）余儀なく選択された行為であり、そうした「私」の身体の搾取の最たる結果が強姦事件であったといえる。むろん、ここには性的搾取が前提となる遊女としての労働と、労働時間外に仕事の内容と離れたものとして起きた強姦という大きな差異が歴然と存在している。先に述べたように、両者の自己犠牲の意味合いもその内実は大きく異なっている。しかし、インターテクスチュアリティの中でこの「私」と「おかる」という二人の人物をみていくと、事情が大きく異なるはずの二人の立場が重なって見えてくるということを本稿では主張したいのである。

四、「人非人」物語の否定と「おかる」からの脱却

「ヴィヨンの妻」の中で最も鮮烈な場面はその末尾であろう。強姦事件の「その日」にも「私は、うはべは、やはり同じ様に、坊やを背負つて、お店の勤めに出かけ」、お店で新聞を読む「大谷」と対峙する。

夫は、黙つてまた新聞に眼をそそぎ、

「やあ、また僕の悪口を書いてゐる。エピキユリアンのにせ貴族だつてさ。こいつは、当つてゐない。神におびえるエピキユリアン、とでも言つたらよいのに。さつちやん、ごらん、ここに僕のことを、人非人なんて書いてゐますよ。違ふよねえ。僕は今だから言ふけれども、去年の暮にね、ここから五千円持つて出たのは、さつちやんと坊やに、あのお金で久し振りのいいお正月をさせたかつたからです。人非人でないから、あんな事も仕出かすのです。」

私は格別うれしくもなく、

「人非人でもいいぢやないの。私たちは、生きてゐさへすればいいのよ。」
と言ひました。

ここで気になるのは、短い引用の間に三度繰り返された「人非人」という語の唐突さである。むろん、新聞に掲載された「大谷」を評する「悪口」だという設定上の理由で一応はこれを説明し得る。とはいえ、現在は差別用語として忌避される程の強烈な語の突然の出現をどう理解したらよいのだろうか。実は、その答えは『仮名手本忠臣蔵』の中に隠されている。『仮名手本忠臣蔵』における「おかる・勘平」物語というインターテクスチュアリティ[22]の中に置いてみると、「大谷」を評する「人非人」という言葉は全く偶然に登場したのではないのだ。なぜなら、「人非人」とは『仮名手本忠臣蔵』六段目において、「勘平」その人を指す言葉であったからである。

弥五郎声をあらゝげ。詞ヤイ勘平。非義非道の金取て。身の料の詫せよとは云ぬぞよ。わがやうな人非人武士の道は耳に入まい。親同然の舅を殺し金を盗んだ重罪人は。大身鑓の田楽ざし。拙者が手料理ふるまはんと。

つまり、「大谷」が評され、否定する「人非人」という言葉は、舅殺しを行ったと誤解されていた「勘平」に対する「弥五郎」による非難の言葉と同一なのである。「勘平」が他者によって「人非人」と眼差されるように、「大谷」もまた他者によって「人非人」として眼差されている。本稿が主張してきた「大谷」の「勘平」化を考慮すれば、「大谷」が他者に「人非人」と位置付けられるのは当然の帰結であるといえよう。

重要なのは、ここで、「私」が「人非人」であることを了承している点である。「人非人でもいいぢやないの。私たちは、生きてゐさへすればいいのよ。」という言葉からは、言外のメッセージを読み取ることができる。「私たち」の指示内容が「私」と「夫」であり、そうした「私たち」が「生きてゐさへすればいい」のだとすれば、その背景には「私たち」の枠外にいる存在をも想定し得るだろう。そしてその「私たち」以外の存在の射程にはもちろん「おかる・勘平」を含めてもよい。つまり、『仮名手本忠臣蔵』とのインターテクスチュアリティの中に「私」の言葉を置けば、「私」の言葉は以下のように解釈し得る。「大谷」と「私」を含む「私たち」は、「生きてゐさへすれば」「人非人」と誹られても「いい」。一方で、「私たち」以外に、「人非人」をよしとせず「生きてゐ」くことができなかった存在や、「生きてゐさへすればいい」という境地に辿り着けなかった存在がいたのだ、と。それが「弥五郎」の誹りを受けた後に切腹を選んだ「勘平」であり、父「与市兵衛」と夫「勘平」の訃報を知り死を選ぼうとする「おかる」であった。それは同時に、「生きてゐさへすればいい」と思うことができずに死を志向していた「大谷」を否定する言説としても機能していることはいうまでもない。

要するに、「人非人でもいいぢやないの。私たちは、生きてゐさへすればいいのよ。」という「私」の言葉は、「勘平」の死をめぐるドラマであった「おかる・勘平」の物語の拒絶であるとも読めるのだ。椿屋での労働を契機に「おかる」化していた「私」は、末尾に至りはっきりと、「おかる・勘平」の物語を否定しているのである。

まるで「人非人」の物語を否定するかのように、「人非人でもいいぢやないの」と「人非人」であることを受け入れ、「生きてゐさへすればいい」と生を肯定する「私」の発話は、「人非人」の汚名に耐え切れず死を選んだ「勘平」の物語を拒否する。その汚名は御家の一大事に欠席するという不忠を、舅を殺し金銭を奪う不孝から得た仕度金によって埋め合わせし、それによって仇討ちという忠義を実現しようとする行為が「武士の道」に反するという非難に基くものである。つまり「勘平」は不忠不孝という誹りに耐え切れなかったのであり、とするならば「人非人」であることを受け入れるこの発話は、『仮名手本忠臣蔵』の中心的な論理であった忠義からの離脱をも厭わない「私」の姿勢を示しているとも読解できる。

　おかるははなして殺してと。あせるをおさへて。詞ホウ兄弟共に見上た疑ひはれた。兄はあづまの共を赦す。妹はながらへて。未来の追善。地サア其追善は冥途の共と。もぎ取刀をしつかと持添。詞夫勘平連判には加へしかど。敵一人も討とらず。未来で主君に云訳有まじ。其言訳はコリヤ爰にと。地ぐつと突込畳の透間。下には九太夫肩先ぬはれて七転八倒。

「おかる」は討入りの計画について書かれた大星由良助の密書を盗み見、その行為が死に相当することを自覚するやいなや、自ら死を選ぼうとする。また、敵方である斧九太夫討つことで「勘平」の無念を晴らすとともに、間接的に討入りという行為に参加する。しかし「生きてゐさへすればいい」と語る「私」は、無条件に生を肯定し、それによって復讐や弁明を暗に無効化する。「勘平」のように「人非人」という不忠不孝の汚名に、そして舅を殺したと勘違いしたことに基づく罪悪感に耐え切れずに自害する必要もなければ、「おかる」のように復讐を成し遂げる必要もない。「生きてゐさへすれば」それだけでいいという強烈な生存肯定は、『仮名手本忠臣蔵』の論理を鮮やかに脱却するものである。このようにして、「私」は「おかる」からの脱却を果たしたのである。

　その一方で、「人非人」を否定する「大谷」はおそらく、これからも「おかる・勘平」の物語の範疇に留まり続けるのであろう。『仮名手本忠臣蔵』を乗り越える「私」と「大谷」との差異を、本テクストの末尾は鮮やかに示しているのである。

五、おわりに――〈虚構〉から〈架空〉へ

本稿では、従来軽視されてきた「へえ？　奥さん、とんだ、おかるだね。」という一文に着目し、『仮名手本忠臣蔵』における「おかる・勘平」の物語を補助線とすることで、「ヴィヨンの妻」が「おかる・勘平」の物語を辿りながらも、それを末尾にて乗り越える物語であると再解釈した。

本テクストの中で、「私」は「ご亭主」という他者により「大谷」の「奥さん」として位置付けられていた。しかし、「おかる」という言葉が出現した途端、物語は「私」を「おかる」化するような記述へと傾いていく。また、それは「おかる」化によって立ち現れる「大谷」の「勘平」化の場合も同様である。「旦那」「化け物みたいな人間」「魔物」「どろぼう」といった否定的な存在へと位置付けられていた「大谷」は、物語の中で「勘平」という悲劇の人物へと位置付け直されるのである。

本来「私」でしかない筈の「私」は、「奥さん」「おかる」「椿屋の、さっちゃん」と他者から名指されることで、名指された存在へと変貌していく。「私」は他者から位置付けられた役割を引き受けることで境遇を大きく変化させる。しかしそこにあるのは単なる受動的な態度ではない。後に述べるように、「私」は与えられた存在を引き受けながらも最終的に自らの力で乗り越えていく人物なのである。ちなみに「私」が重ねられた「おかる」もまた、「勘平」のために腰元[23]（三段目）から世話女房（五段目・六段目）へと没落し、ついには遊女（七段目）へと境遇が変化していく人物であったが、「おかる」の境遇の変化が半ば環境に巻き込まれ身を落とす形で進行してい

く反面、「私」の境遇の変化はその積極性が際立つといえる。

「私」は「おかる」化しながらも、最終的に「人非人でもいいぢやないの。私たちは、生きてゐさへすればいいのよ。」と「人非人」を受け入れることで、『仮名手本忠臣蔵』の論理を乗り越えていく。つまり「私」は「おかる・勘平」の物語を否定し、「おかる」から脱却していくのである。「おかる」を脱却したとなれば、夫のためであった椿屋での「私」の労働の形態や目的もまた変化していくだろう。「あたしも、こんどから、このお店にずつと泊めてもらふことにしようかしら。」「あの家をいつまでも借りてるのは、意味ないもの。」という「私」の台詞は、それを示すものとして機能しているといえよう。

「ヴィヨンの妻」が『仮名手本忠臣蔵』の論理を乗り越えていく物語であるとするならば、本テクストの執筆及び発表時に忠義や復讐を主題とする『仮名手本忠臣蔵』が上演禁止措置を受けていたことは示唆的である。同時代に反時代・反体制的と目されていた反民主主義的なテクストを旧弊な物語として提示する行為が太宰の民主主義体制への追従を意味するのか、それとも反体制的な物語を引用することそれ自体が体制への批判になるのかという問題は、おそらく同一現象の裏表であり、見方の違いに過ぎない。

本稿が主張したいのはそうした点ではない。『仮名手本忠臣蔵』を旧弊な物語とみる同時代評価の中で、『仮名手本忠臣蔵』の物語を一度自らのものとして受け入れながら、その論理を最終的に乗り越えていく「私」の姿勢をこそ、ここでは着目したいのである。旧時代や自身の過去を正面から受け止め、しかしそれらを過ぎ去ったものとして自らの力で乗り越えていく「私」は、戦後という新たな時代を生きていく力を持つ魅力的な人物として浮かび上がるだろう。同時代状況に即していうのであれば、占領下に『仮名手本忠臣蔵』という忠義を重んじる反民主主義的な物語を一度自分のものとして受容しながら、しかし不忠をも許容的に受け止め「生きてゐさへすれば」と生存を何より優先することで、「私」は時代状況との折り合いをつけている。それは民主主義社会を単純に否定するものでもあるいは迎合するものでもない。そうした価値判断とは無縁なところで「私」は自らの生き方を見つけたのであり、体制に左右されることのないその生き方はどのような状況下にも適応するものだといえよう。

先行研究では、「フランソワ・ヴィヨン」にそもそも妻が存在しなかったことが古くから指摘され[24]、近年では「ヴィヨンの妻」という存在の架空性が物語に与える効果が問われてきた[25]。「私」の物語であったはずの本テクストは、その題名が「ヴィヨンの妻」とされることで「ヴィヨンの妻」の物語へと変貌し、それに伴い以前は「おかる」であった「私」も「ヴィヨンの妻」と化す。「おかる」とは虚構世界を確かに生きる人物であり、一方「ヴィヨンの妻」とは「ありもしない」[26]架空の人物である。この「おかる」という〈虚構の（fictional）存在〉から「ヴィヨンの妻」という〈架空の（imaginary）存在〉への質の転換は、「私」が「おかる」という与えられた〈既知の物語〉を生きる人物から脱却し、「ヴィヨンの妻」というかつて存在したことのない人物、つまり〈未知の物語〉を生きる人物を選択したことを示していよう。

さらに「私」は、仇討ちという「大きな物語」に巻き込まれて犠牲となった「おかる」という女性ではなく、自分自身の「小さな物語」を主導する「ヴィヨンの妻」という女性として立ち現れてくる。だからこそこの物語は、「ご亭主」による長い一人称回想形式が挿入されながらも、「女性」が物語の担い手となり物語を主導していく〈女性独白体〉形式に属するのだと再定義してもよいだろう。

『仮名手本忠臣蔵』とのインターテクスチュアリティの中からは、〈既知の物語〉を自らのものとして摂取し、しかしそれを乗り越え、〈未知の物語〉を生きようとする「ヴィヨンの妻」の新たな面貌が鮮やかに浮かび上がるのである。

【注】

（1）太宰治『津軽』（小山書店、昭和19年11月）に「学校からの帰りには、義太夫の女師匠の家へ立寄つて、さいしよは朝顔日記であつたらうか、〔…〕野崎村、壺坂、それから紙治など一とほり当時は覚え込んでゐた」とあるように、太宰は師である竹本咲栄から義太夫節の稽古を受けていた。

（2）「私」が「奥さん」「妻」という立場から労働を介して「椿屋の、さっちゃん」「ヴィヨンの妻」へと変容・変貌したことを指摘する論は多い。例えば、田中実「〈他者〉という〈神〉―『ヴィヨンの妻』―」（「国文学　解釈と鑑賞」平成2年7月）や関根順子「太宰治「ヴィヨンの妻」論―越境する妻―」（「東洋大学大学院紀要（文学研究科）」平成25年3月）、林忠玲「『ヴィヨンの妻』における妻の変貌について」（「札幌大学女子短期大学部紀要」令和4年3月）など。

（3）例えば踞尾隆「〈ヴィヨンの妻〉とは誰か」（「近畿大学日本語・日本文学」平成19年3月）、中村三春「太宰・ヴィヨン・神」（「iichiko」平成23年秋号）、『物語の論理学　近代文芸論集』（翰林書房、平成26年2月）所収など。

（4）東郷克美「「ヴィヨンの妻」―作品の構造　神なき誠実の行方」（「國文學　解釈と教材の研究」昭和49年2月）、三好行雄「『ヴィヨンの妻』」（『作品論太宰治』双文社出版、昭和49年6月）、近藤太郎「「ヴィヨンの妻」試論―椿屋と「ヤミ」を中心に―」（「緘」平成30年3月）など。特に、本テクストを「本質として〈流行〉の文学」とする三好論の指摘は重要だろう。

（5）中村三春「太宰治の異性装文体―「おさん」のために」（「文学」平成22年3月）、『花のフラクタル―20世紀日本前衛小説研究』（翰林書房、平成24年1月）所収では、「ヴィヨンの妻」が『仮名手本忠臣蔵』を参照していることを明かし、「「ヴィヨンの妻」も、話型の点から浄瑠璃との関係が深いように思われる」と指摘している。また、張艶菊「「ヴィヨンの妻」論―「妻」の二回の変容をめぐって―」（「東アジア日本語教育・日本文化研究」平成23年3月）では「おかる」が『仮名手本忠臣蔵』の登場人物であることが指摘されているが、「大谷の妻」から「おかる」へ、そして「おかる」から「さっちゃん」へという変容それ自体に重きが置かれており、これらのインターテクスチュアリティの中で何が見えてくるのかという本稿の問題意識に関しては検討の余地が残されている。

（6）近年では浦田義和「「ヴィヨンの妻」と佐藤輝夫訳『大遺言書』他」（『太宰治研究』23、和泉書院、平成27年6月）など。

（7）「裁きと赦しの両義」（注（2）田中論）、「妻の強さ」（注（2）関根論）、「弱者による弱者肯定」（松本恵里佳「太宰治・「女性独白体」論―弱者の語りが可能にする価値転換―」（「国文」平成27年7月））、「関係の既成倫理を否定」（注（2）林論）といった解釈は確かに納得のいくものである反面、太宰文学の紋切り型の解釈へと回収されているともいえる。

（8）「歌舞伎事件」に関する記述は上村以和於『歌舞伎百年百話』（河出書房新社、平成19年3月）、浜野保樹『偽りの民主主義　GHQ・映画・歌舞伎の戦後秘史』（角川書店、平成20年10月）及び渡辺保『戦後歌舞伎の精神史』（講談社、平成29年3月）参照。

（9）本稿では「おかる・勘平」物語に焦点を絞っているため、以下の引用は「〔仮名手本忠臣蔵〕道行旅路花聟　戸塚山中の場」（昭和21年松竹写、K94/Mi32/ア B）に拠る。

（10）原本は米国国立公文書館所蔵（RG331,Box No.8552/6）Civil Censorship Detachment「Unit History, 1944-1947（Censorship and the Present State of the Japanese Theatre）」（昭和22年6月15日）。引用はその日本語翻訳である浜野保樹「GHQ機密報告書「検閲と日本演劇の現状」」（「歌舞伎　研究と批評」平成19年2月）に拠る。

（11）河竹繁俊「〝歌舞伎追放〟の記録」（「演劇界」昭和36年1月）

（12）永山武臣監修『歌舞伎百年史　資料編』（松竹株式会社・株式会社歌舞伎座、平成7年3月）「昭和二十二年―一九四七」には、「十一月　東京劇場で戦後初の『仮名手本忠臣蔵』が通しで上演される」「十一月　GHQの演劇検閲官となったフォービアン・バワーズの尽力により東京劇場での『忠臣蔵』上演が許されたのを機に、上演禁止の指定を受けていた歌舞伎の古典狂言が全面的に解除となる」と記載されている。なお、バワーズの功績についてはそれを否定する説もあり、慎重を期する必要があるといえよう。

（13）山内祥史『太宰治の年譜』（大修館書店、平成24年12月）参照。

（14）この他に「ヴィヨンの妻」執筆及び発表時に入手可能であったと推定できる「仮名手本忠臣蔵」の底本としては、樋口慶千代編『新釈江戸文芸叢書』第4巻（大日本雄弁会講談社、昭和10年12月）、吉村重徳校註『義太夫名作浄瑠璃注釈』第1巻（大同館書店、昭和13年1月、初版は昭和4年1月）などがある。

（15）守随憲治「解説」（『仮名手本忠臣蔵』（岩波文庫、昭和12年9月）。また、以下『仮名手本忠臣蔵』の本文引用も同じく守随憲治校訂の岩波書店版に拠る。

（16）服部幸雄『仮名手本忠臣蔵』のすべて」（『図説　忠臣蔵』河出書房新社、平成10年10月）
（17）「大きな物語（grand récit）」はJean-François Lyotard「La condition postmoderne: Rapport Sur Le Savoir」（Les Éditions de Minuit, 昭和54年9月）、小林康夫訳『ポスト・モダンの条件―知・社会・言語ゲーム』（水声社、平成1年6月）において提示された概念である。リオタールは普遍的な価値の達成を目指して唯一の正当性を主張するメタ物語を「大きな物語」と呼び、この物語が封じ込めてきた個別的断片的な物語を「小さな物語」と呼んだ。
（18）注（2）田中論は「一人称の〈語り手〉が全編を語るという形式で登場しながら、回想する主体が自立せず、逆に〈語り手〉の主体の表出領域はある限定されたものになっている」と述べており、注（3）中村論もこの田中論の見解について「一人称小説を、語り手「私」の世界に還元することはできないとする田中の説は妥当である」としている。
（19）ポジショナリティの問題をアイデンティティとの関係から考察する千田有紀論（上野千鶴子編『脱アイデンティティ』（勁草書房、平成17年12月））の言い方を借りれば、ポジショナリティ（位置性）とは「他者が「私」を何者であると名指しているのか、他者との関係で自分がどのような者として立ち現れてくるのか」という概念を指す。
（20）例えば「お染・久松」（『新版歌祭文』［近松半二、安永9年初演］あるいは『於染久松色読売』［鶴谷南北、文化10年初演］）、「おさん・茂兵衛」（『大経師昔暦』［近松門左衛門、正徳5年（人形浄瑠璃）・正徳5年（歌舞伎）初演］）、「小春・治兵衛」（『心中天網島』あるいは『心中紙屋治兵衛』）のように、物語中の男女が一組の存在として認識され、その名称が人口に膾炙する事例は多い。
（21）川尻清潭「『忠臣蔵』の口伝」（『演技の伝承』演劇出版社、昭和31年12月）
（22）ここでのインターテクスチュアリティとは、他のテクストによってテクストの意味が形成されるという、テクスト同士の相互の関連性に着目した概念であり、書き手に拠る意図的・非意図的な構成戦略と読み手による関連付けのどちらをも可能性として含み込むものである。
（23）菊池明「由良助の型　おかるの型」（『国文学　解釈と鑑賞』昭和42年12月）では「おかる」の役について「役としてはいわゆる通った役であり、しかも場面ごとに、腰元、世話女房、遊女と境遇が一変してゆく」と説明している。
（24）注（4）三好論は「ちなみに、フランソワ・ヴィヨンに妻はいなかった」と指摘している。
（25）注（3）中村論は「「ヴィヨンの妻」という題名は、ありもしないものを殊更に明示することによって、表象に最大限の強度を与えるところの、究極のパラドックスなのである」との見解を述べている。

(26) 注(3)中村論参照。

附章　コリア語からの視点――翻訳と物語――

第一節　翻訳の〈境界〉―森敦「天上の眺め」と「天上에서」―

一、はじめに――「天上の眺め」と「天上에서」

森敦の庄内や尾鷲・池原、弥彦での経験が彼の文学に与えた影響は、既に多く論じられている。同時に、彼が幼少期を過ごした京城での経験の影響も、彼の文学を考える上で看過できない。

森敦の京城経験が生かされた作の一つとして、「天上の眺め」を挙げることができる。「天上の眺め」は昭和47年6月、季刊文芸同人誌である「ポリタイア」に掲載された短篇小説である。昭和49年5月には「文藝」にその改稿版が発表され、さらに、同年同月に河出書房新社から刊行された単行本『鳥海山』にも収載されている。ただし、森敦作品としては珍しく、この三つの改稿過程の間に大きな異同は存在しない。

「天上の眺め」には、韓国語訳である「天上에서［cheon sang-e seo］」[1]が存在する。「天上에서」は『鳥海山』刊行の二ヶ月後、雑誌「日本研究」に掲載されたのち、金春根らが編輯を行った『世界文學 속의 韓國《世界文学の中の韓国》』（正韓出版社、昭和50（1975）年9月）[2]に収載されている。この選集は、韓国の作家が外国語で認定を受けた作品及び外国作家が韓国を素材に取り執筆・発表をおこなった作品の中から編纂委員会が厳選したものを収録しているが、「天上에서」は後者に該当する作品だといえよう。

両者を比較してみると、原文と訳文の間にストーリーの大きな異同は認められない。にもかかわらず、韓国語による訳文を読むと、原文である「天上の眺め」とは些か異なる印象を受ける。むろん、印象が異なるといっても、韓国語版が誤訳というわけではない。また、日本語と韓国語という単なる言語上の差異の問題や翻訳の巧緻の問題に収斂するものでもないだろう。それはすなわち、翻訳という行為、さらにはそれを解釈するという思索から生じる〈境界〉によって、この二つの物語では、同じ内容を扱っていながらも開示される物語世界が異なるということを意味する。

本稿では、「天上の眺め」及び「天上에서」において、それぞれどのような物語世界が展開されているのかを検討していく。その上で、「天上에서」から「天上の眺め」を逆照射することで、森敦の「天上の眺め」が持つ可能性を明らかにしたい。

二、同時代評／先行研究

本文の検討に入る前に、「天上の眺め」に関する先行研究を瞥見したい。川村二郎評[3]は、異郷を放浪する朝鮮人土工らの「運命への共感が、単純な感傷的同情などの及ばぬほどに強いからこそ、その共感の表現はかえって明るくのどかにな」っていることを指摘する。彼らをロマンティックに眼差すその眺め方の根底に、渡り鳥として生きる朝鮮人たちの運命の悲しさへの「共感」が存在するという見解は、既に同時代になされていたことがわかる。

井上謙論[4]は「天上の眺め」を本格的に論じた唯一の論文だが、「天上」と「下界」の両界を通して、「人間の到達し得ない、いわゆる及ばぬ世界というものの存在と、及ばぬと知りながら求め続ける人生の哀歓を、感覚的というよりひじょうに抽象的な目をもって、万物の運行の中から掬いあげて描いている」点を評価している。

一方、「天上에서」の解説として収録された「人生観照、高い境地の作品」*5は、この作品が「従来日本の作家たちが描いてきた角度とは全く異なる角度から被支配当時の韓国を描」いていることを指摘する。「他の日本の作家たちの韓国を素材とした作品は、殆どが贖罪的であるか、さもなければ感傷的」であるのに対し、本作では「そのような浅薄な感傷は一切排除されている。かえってその感傷を昇華させ、その裏面の世界を見せている」との見解を示しており、韓国における本作の受容の一端を窺える。

先行研究をみると、「天上の眺め」では、その描写の仕方、つまり物語世界の眺め方が高く評価されていることがわかるだろう。では、「天上の眺め」とその韓国語訳である「天上에서」では、具体的にそれぞれどのように世界が描出されているのだろうか。

三、題名から開示されるもの

むろん例外はあるだろうが、読書行為の中で読者が最初に触れるのは、作品の題名であることが多い。物語内容を読み始める前に提示されるそれは、読者の読みの方向性を規定する機能を持つ。読者は明に暗に、題名から与えられた情報を基に物語を読み進めてしまうのである。とすると、翻訳の問題を考える際、題名がどのように訳出されているかを検討することは有効であろう。

原題である「天上の眺め」は、「天上」という場の「眺め」を示す。「わたし」の眼が、あるいは読書行為の中で読者の眼がとらえた「天上」の「眺め」が描かれているとひとまずは解釈してよいだろう。

では、韓国語訳である「天上에서」の場合はどうか。「天上에서」で用いられている韓国語の格助詞「에서［e seo］」は文脈によって複数の意味に翻訳可能であるが、[6]今回の場合は、固定的な位置を表す助詞「で」及び書き言葉としての「にて」と、場所的な起点を表す助詞「から」の二つが該当するといえよう。ゆえに、「天上에서」は「天上にて（で）」／「天上から」という二つの題名に翻訳が可能となる。これは、言い換えれば「天上에서」という言葉は、一つの日本語に回収できないということにもなる。

韓国語版の題名から、森敦の〈にて〉〈まで〉の思索が想起される訳語が図らずも出現してしまうことは重要である。〈にて〉〈まで〉の思索を確認するために、以下の単行本『鳥海山』収録作品とその先駆稿一覧を見られたい。

・初真桑

「吹浦まで」（「立像」昭和31年3月）
「吹浦」（「俳句研究」昭和41年7月）
「吹浦まで」（「ポリタイア」昭和43年3月）
「初真桑」（「文学界」昭和49年3月）

・鷗

「吹浦にて」（「立像」昭和31年6月）
「吹浦にて」（「ポリタイア」昭和44年5月）
「鷗」（「文藝」昭和49年3月）

・光陰
「光陰」（「茫」昭和46年8月）
「光陰」（「新潮」昭和49年4月）
・かての花
「弥彦にて」（「ポリタイア」昭和43年4月）
「かての花」（「群像」昭和49年3月）
・天上の眺め
「天上の眺め」（「ポリタイア」昭和47年6月）
「天上の眺め」（「文藝」昭和49年5月）

傍線部が示す通り、『鳥海山』収録作品の先駆稿には、〈にて〉〈まで〉という思索があったことが窺える。しかし、これらの思索は、最終稿には引き継がれていないのである。

とすると、執筆段階から用いられていた〈にて〉〈まで〉を最終稿で手放す行為と逆行するかのように、「天上の眺め」の翻訳版である「天上에서」は〈にて〉（及び〈から〉）を獲得する。翻れば、一見〈にて〉〈まで〉の思索が存在しないかのように見える「天上の眺め」という題名自体に、実は既に森敦の思索の方法である〈にて〉が潜在していたともいえよう。つまり、〈にて〉の思索が、「天上の眺め」の新たな読みを開いていくのである。

「天上にて」という題名は、その動きが行われる固定的な位置・場所がまさに「天上」であることを示す。さらに、「吹浦にて」「弥彦にて」といった森敦の〈にて〉系の物語が、〈にて〉と語られる場所に物語舞台を定めながら他の地を想起するものであったことを思い返せば、[7]「わたし」が池原に身を置き、そこを起点としながら京城での出来事を「思いだす」という平面的空間〈移動〉を行うこの物語がまさに〈にて〉の思索によるものであることがわかる。

一方、「天上에서」を「天上から」と翻訳すれば、題名は、「天上」という場所を動きの起点とした物語が展開されることを示す。つまり、語る「わたし」の位置こそが「天上」であり、その場所が起点となるのである。一般的に、助詞「から」が助詞「まで」と対の概念であることを踏まえれば、起点である「から」が独立し、その終点である「まで」が不在である「天上から」という題名は、森敦の〈まで〉系の物語と逆行していることがわかる。つまり、韓国語に翻訳することによって、時間的〈移動〉である森敦の〈まで〉の思索が消えてしまうことになるのだ。

要するに、「天上にて」／「天上から」の両方に翻訳可能である「天上에서」は起点からの平面的〈移動〉を行う〈にて〉系の物語（＝往の物語）に所属することが指摘できるのである。

韓国語訳である「天上에서」を踏まえることによって、「天上の眺め」という題名が既に〈にて〉の可能性を内在させており、〈移動〉の物語であったことが明らかとなる。だからこそ、この「天上の眺め」は『鳥海山』の最後の作品として収載されるのだ。

ただし、「天上の眺め」は、起点からの平面的〈移動〉である〈にて〉系の物語でありながら、終点への空間的〈移動〉である〈まで〉系の物語（＝復の物語）であるともいえる。というのも、「天上の眺め」という日本語は、「天上」という場所からの「眺め」であると同時に、「天上」という場所までの「眺め」とも解釈可能だからである。したがって、「天上の眺め」は〈にて〉〈まで〉両方の思索を含む、両義的な物語（＝往復の物語）に所属するということができるのである。

四、朝鮮人土工の造形の差異

続いて、物語の鍵となる朝鮮人土工の造形の差異を検討したい。「わたし」と朝鮮人土工の出会いは、以下のように語られる。


「ナニカ用カネ」

戸口に立って、咎めるようにそう言う土工がありました。

「うん、ちょっと。きみに訊けるかね」

土工はわたしの来るのを、予想していたようで、

「ポク等ハ一体ダヨ。部落ノ連中ノコトカネ」

「まア、そんなとこだ」

[…]

「ポク等ハナニモシナイノニ、イキナリ胸グラヲトッテ来タンダ」

「部落の連中もそう言ってるよ」

「部落ノ連中モ？　ソウジャナイ。彼等ハ流木ノコトヲ根ニモッテ、ナニカト言ウトインネンヲツケルンダ」

[…]

わたしもそれに応じながら、この老人にどこかでみたような親しみを覚えました。しかし、この老人はわたしがここへ来るグリ石の道にいて、そこで見ただけのことかもしれないし、いかにも朝鮮人らしい老人であるということが、なんとなく朝鮮の老人たちを思いださせるのかもしれません。

会話の描き方に着目すると、「天上の眺め」では、朝鮮人土工の発言に、片言を現わす片仮名が使用されていることがわかる。ここでの片仮名は、彼らが日本語のネイティブスピーカーと同じ言葉や発音を話せないことを象徴的に示している。

さらにいえば、彼等と「わたし」の会話が交互になされるがゆえに、文章上、朝鮮語（的日本語）と普通の日本語が交互に表記されていることが一目で窺える。引用部には朝鮮語（的日本語）と日本語が混在しており、そこからは、二つの要素を持ち合わせる両義的な物語としての「天上の眺め」の姿が浮上するのである。

では、「天上에서」の場合はどうか。


『무슨 일로 왔소?』

하고 인부 한 사람이 문 앞에 서서 책하듯이 나에게 불쑥 말을 걸었읍니다。

『저어、아저씨한테 물어봐도 괜찮을까요?』

그 인부는 마치 내가 올 것을 예상이라도 하고 있었던 듯이、

『우리들은 모두 한마음 한뜻이오、마을 사람들의 일로 왔지요?』

『그런 셈입니다。』

〔…〕

『우리들이 아무 짓도 하지 않는데도 그들이 시비를 걸고 있는거요。』

『마을 사람들도 그렇게 생각하는 것 같은데요。』

『마을 사람들도? 그렇지 않소。그들은 홍수 때 흘러 내려오는 나무를 가지고 트집을 잡는단 말이오。』

〔…〕나도 그들의 태도를 수긍하듯 고개를 끄덕이면서 어디선가 그 노인을 만난 적이 있었던 것 같은 친밀감을 느꼈던 것입니다。그러나 내가 이곳으로 올 때 율석이 깔린 길에서 다른 사람들과 함께 이 노인을 처음 보았을지도 모르고 각별히 한국인다운 노인이라는 것 때문에 한국에서 많이 보았던 노인들은 생각케 해주었는지도 모릅니다。


『どんなご用ですかね?』と人夫ひとりが戸の前に立ち責めるようにわたしにだしぬけに言葉を掛けました。

『あのお、おじさんに訊いてもいいですか?』

その人夫はまるでわたしが来ることを予想でもしていたかのように、

『われわれは皆同じ心で同じ考えだよ、部落の人たちのことで来たのでしょう?』

『そういう訳です。』

〔…〕

『われわれは何も悪いことをしてないのに彼らが突っかかってくるのだよ。』

『部落の人たちもそう考えているようですよ。』

『部落の人たちも? そうじゃないんだがね。彼らは洪水の時に流れ降りて来る木のことで難癖を付けて来るのだよ。』

〔…〕わたしも彼らの態度を首肯するように頷きながらどこかでこの老人に会ったことがあったかのような親密感を感じたのでした。しかしわたしがここに来るときにグリ石が敷かれた道で他の人たちとともにこの老人を初めて見たのかもしれず殊更に韓国人らしい老人であるがために韓国でよく見た老人たちを思い出させたのかもしれません。

「天上에서」では、『무슨 일로 왔소?』（『どんなご用ですかね?』）『트집을 잡는단 말이오。』（『難癖を付けて来るのだよ。』）というように、その文末に하오체［hao-che］・ハオ体と呼ばれる中称の待遇表現が使用されている。ハオ体とは、（目下の）見知らぬ人に向けて社会的な一定の礼儀を保った文末表現であり、中年以上の世代で用いられる。目下の聞き手の格式を自身と同格に高める効果を持つものの、日常会話では滅多に使われることのない文語的な表現である。分類的には敬体に該当するが、日本語の文末表現には対応する概念がない。そして、何より重要であるのは、ハオ体には片言を象徴する意は含まれないことである。つまり、ここで朝鮮人人夫の言葉は、「わたし」と彼らが初対面であり、あまり親密ではないという状況に基づく言葉の選択として訳出されているのであって、原文にあった朝鮮語（的日本語）が消失しているのである。

とするならば、言語表記上、「天上에서」では「天上の眺め」の両義性が失われ、一義的になっているといえる。そしてそれは、〈にて〉〈まで〉系、つまり往復の物語が翻訳によって〈にて〉系、往の物語へと変化したことと軌を一にするのである。

また、ここでは現在の北朝鮮・韓国の両方を含む朝鮮人から韓国のみを指す韓国人への変化が見受けられる。「天

上에서」では、原文で「朝鮮」とされている記述は全て「韓国」へと置き換えられており、同様に「京城」も「ソウル」へと改められている。（とはいえ、「天上에서」の物語内容を見れば、この物語が日帝強占期の朝鮮を舞台にしていることは容易に推察できる。）むろん、これは朝鮮戦争による南北断絶という政治的・時代的な問題によるものではあるものの、両義性から一義性への動き、つまり往復の物語から往の物語へという動きをここからも指摘できるのである。

五、音で書かれる言葉

続いて、本作において音で書かれている言葉について検討したい。まず、一つ目に、「ナッカンダー」という言葉が挙げられる。朝鮮の凧揚げの様子を、「天上の眺め」では「切られた凧が気流に乗って流れはじめると、朝鮮人は口々に「ナッカンダー」と叫びながら、追いかけて奪い合うのです。」と語る。

この「ナッカンダー」という言葉は、「出ていく（나간다［naganda］）」「僕（が）行く（나 간다［na ganda］）」「飛んでいく（날라간다［nallaganda］）」等の可能性が想起されるものの、適切な語が想定できない言葉である。ゆえに、「ナッカンダー」は韓国・朝鮮語だから意味がわからないということに加えて、韓国・朝鮮語であっても意味がわからないという二重のわからなさを抱える語であり、意味と音が断絶しているといえる。

一方で、語の意味が不明瞭であるというのは、幼年時の朧気な記憶を表象するのに効果的であるともいえよう。そもそも、「ナッカンダー」という言葉の意味は、読者のみならず、語り手「わたし」にもわからないのである。とすると、「ナッカンダー」は、逆説的にも、意味が不明瞭であるがゆえに、多義性を持つ言葉といえる。ここでも、

「天上の眺め」が往復の物語であったことが想起されよう。

同じ場面が、「天上에서」では、「줄이 끊긴 연이 바람에 힘없이 날려 가면 한국의 어린이들은 앞을 다투어 좇아가면서 서로 먼저 차지하려고 합니다。」と翻訳されている。これは、日本語にすれば「糸が切れた凧が風に力なく飛んで行けば、韓国の子供たちは先を争って追いかけていきながらお互いが先に攫み取ろうとします。」となるだろう。

仮に、「ナッカンダー」という言葉が韓国語訳されれば、「天上の眺め」で不明瞭であったその意味が翻訳という行為によって一つに固定化され、意味内容が明確となるはずであるが、「天上에서」ではこの言葉が訳出されていない。つまり、「天上에서」では、多義性から一義性に回帰するのではなく、多義性自体の放棄という手段が取られているのだ。

続いて、朝鮮凧の作り方を説明する場面をみていきたい。「天上の眺め」では、

凧をつくるには、まずこの紙の上端を折り曲げ、紋切りの要領で、まん中を丸く切り抜くのです。切り抜かれた紙は、更にひとまわり小さな丸い紙に切って、好みの色に染め、紋章として凧紙に貼り、残りの紙で三角形の小さな足をつけます。もしこの凧に模様がほしければ、ここで墨なり絵具なりで描くのですが、それがおよそきまっていて、それぞれの図柄に呼び名があるのか、クモリジャングとか、モリブデンとか、言っていたようです。いまはそのどれをどう呼んだのか、それらがなにを意味していたのかも、わたしにはわかりません。しかし、凧は空を飛ぶものですから、おそらく日月星辰が象られていて、それによって風雲を呼ぼうというのでしょう。（図Ⅰ）

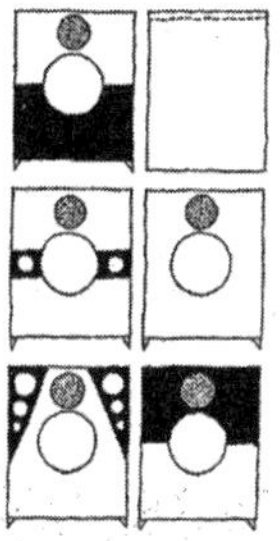

（圖I）

と語られ、図1が挿入されている。

ちなみに、「クモリジャング」とは、「귀머리장군（――将軍）［gwimeoli-jang gun］」のことである。頭頂部両側の隅に黒い二等辺三角形が描かれた凧のことで、図Iでは左下に該当し、凧の模様の中では上位の概念である。一方、「モリブデン」とはおそらく「머리눈쟁이［meori nun jaeng-i］」のことであり、頭頂部に丸が二つ配置されることで目のような模様になっている凧を指す。李舜臣が文禄・慶長の役で凧を利用し、遠距離の味方に作戦を指示したことは知られているが、この凧は「山の端を攻撃しろ」（昼間）という意味で用いられていた。

本題に戻ろう。ここでは、「いまはそのどれをどう呼んだのか、それらがなにを意味していたのかも、わたしにはわかりません」と、曖昧な音の記憶として図柄の呼び名が語られていることがわかる。一方、図Iが挿入されることで、視覚としての記憶は具体的で明晰なものとして表出されている。「クモリジャング」「モリブデン」という音の記憶と、視覚情報としての記憶が断絶しているのである。

연을 만드는 요령은、우선 이 종이의 상단을 접어서 한가운데를 둥그렇게 도려냅니다。도려낸 종이는 조금 더 작게 잘라 그것을 적당한 물감으로 물을 들여 그것을 문장（紋章）처럼 연에 바르고、남은 종이로는 세모꼴의 다리를 만들어 붙입니다。만일 이 연에 모양을 내고 싶을 때는 먹이나 물감으로 그림을 그리는데、그 그림

에는 몇 가지 모양이 있어 각기 이름이 붙어 있었읍니다。 지금은 그 이름이 어떤 것이었는지、 그리고 그것이 어떤 뜻이었는지 전혀 생각이 나지 않습니다。 그러나 연은 하늘을 날은 것이니까 아마 일월성진（日月星辰）의 모양을 만들어 바람을 일으킨다는 속셈이었으리라 생각됩니다。

凧をつくる要領は、まずこの紙の上段を折ってまん中を丸く切り抜きます。切り抜いた紙はもうひとまわり小さく切って適当な染料で染めそれを紋章のように凧に貼り、残った紙では三角形の足を作って付けます。万が一この凧に模様を付けたいときは墨や絵具で絵を描くのですが、この絵には何種類かの名前が付けられていいます。今はその名前がどういうものであったのか、そしてそれがどんな意味であったのか全く思い出せません。しかし凧は空を飛ぶものだからおそらく日月星辰の模様を作り風を生じさせるという魂胆であったろうと思われます。

「天上에서」では、「今はその名前がどういうものであったのか、そしてそれがどんな意味であったのか全く思い出せません。」と「天上の眺め」に比べ、わからない対象が変化・拡大している。音と視覚・音と意味の不一致ではなく、そもそも「何種類か」あった「絵」の名前・意味が思い出せないこととなり、微かに残る音の記憶という要素が削除されるのである。また、図が挿入されないことによって、具体的で明晰な視覚としての記憶がなかったこととなる。

ここで、森敦の他の作品を想起しても良いだろう。「月山」の方言について実証的に調査した「地―「月山」方言」[8]では、発音されるその時一度きりでしか感覚されない音は、いくらその時の記憶を呼び戻して文字にしたところで、それ自体にはならない。かつて聞くことのできた方言は「わたし」が語ることでしか今に再生されない。［…］〈七五三掛〉の方言はどこまでも実際の七五三掛の方言の跡を見せながら、ただしきっと実際の七五三掛で聞いた方言とは異なる方言として、どこかにある〈七五三掛〉の地で話され続けている。

と、「月山」における実際の発話と物語で書かれる音の差異が論じられているが、この「方言」を「天上の眺め」における「朝鮮語」とそのまま置き換えても違和感はない。「天上の眺め」における音で書かれる言葉・朝鮮語とは、一回性の、再現不可能な発話の虚構としての再現であり、京城は、実際の土地として機能するよりも、虚構としての〈京城〉＝〈天上〉世界として機能しているのだ。

一方、「天上에서」では、不明瞭な記憶として音で書かれる言葉が訳出されないことによって、朝鮮語・韓国語であって朝鮮語・韓国語ではない、再現不可能な〈朝鮮語・韓国語〉としての言葉が消え、実際の土地としての京城・ソウルに焦点が当たることになる。それは、外国人作家が韓国をどのように素材に取っているのかに主眼を置いた『世界文学の中の韓国』という作品集に本作が収載されていることとおそらく繋がるであろう。

次に、「シンダンジ」という言葉を検討したい。「わたし」と弟がアボジーを訪ねて藁葺き屋を訪れるものの、いつも凧をつくっているアボジーの姿が見えない。すると、奥から出てきたオモニーが次のように告げる。

「アボジーイナイ。アボジー、シンダンジ」

と言うのであります。シンダンジとは死んだということで、日本人は朝鮮語のつもりで言っているが、朝鮮人は日本語のつもりでいるのだと聞きました。

このように「天上の眺め」では、「シンダンジ」は朝鮮語であって朝鮮語でない、日本語であって日本語でない境界型の言葉として捉えられる。また、「つもり」とはそのもの自体ではないため、実際はそうではないという事実を意識させる言葉遣いである。「日本人」は「朝鮮語」という位置に、「朝鮮人」は「日本語」という位置にその言葉を起点として定めながら、実際はそうではないという他の存在を想起させている点で、〈にて〉の思索を要請し、往の物語に属するのである。と同時に、該当部は文脈上、錯覚それ自体に比重が置かれているため、錯覚という結果・終点（とそれに至るまでの過程）、つまり〈まで〉の思索も内在している。「天上の眺め」は往復の物語であることがここからも確認できよう。

ちなみに、鄭寅燮による「東亜日報」の記事[9]からは、昭和10年には既にこの言葉の出典が不明となっていた事情が窺える。

『「아버지」 없어。아버지 신단지。』라고 말하는 것이 없읍니다。신단지라는 것은「죽었다（신다）」라는 뜻인데 일본인은 그것을 한국어로 생각하고 말하고 있는가 하면 한국인은 일본어로 생각하고 그렇게 말한다고 들합니다。

『「お父さん」いない。お父さんしんだんじ。』と言うのでした。しんだんじというのは「死んだ（しんだ）」

という意味で日本人はそれを韓国語だと思って言っているかと思えば韓国人たちは日本語だと思ってそう言っているといいます。

「天上에서」において、「しんだんじ」は「日本人はそれを韓国語だと思って言っているかと思えば韓国人たちは日本語だと思ってそう言っているといいます。」と語られる。つまり、「しんだんじ」が相手の国の言葉であるとお互いが「思っている」ことが語られるため、〈にて〉の思索が行われているといえるのである。しかし、ここで比重が置かれているのは、「思っている」ことそれ自体であり、錯覚という結果・終点に焦点が絞られておらず、〈まで〉の思索は実現されない。ここからも、「天上에서」はやはり往の物語であることが窺えるのである。

六、おわりに――往復の物語から往の物語へ

本稿は、「天上の眺め」と、その韓国語訳「天上에서」では、同じ物語内容でありながらも異なる物語世界が開示されていることを明らかにした。ここで、『意味の変容』「死者の眼」（筑摩書房、昭和59年9月）における森敦の文学理論を想起されたい。

任意の一点を中心とし、任意の半径を以て円周を描く。そうすると、円周を境界として、全体概念は二つの領域に分たれる。境界はこの二つの領域のいずれかに属さねばならぬ。このとき、境界がそれに属せざるところの領域を内部といい、境界がそれに属するところの領域を外部という。

日本語という任意の一点を中心に円周を描けば、円周を境界として、二つの領域が形成される。一つは日本語版「天上の眺め」＝内部の領域であり、もう一つはそれ以外の領域、つまり韓国語版「天上에서」を含む日本語以外に翻訳された「天上の眺め」＝外部の領域である。とすれば、外部に属する境界は物語言説＝翻訳という行為となる。日本語版「天上の眺め」＋翻訳＋韓国語版「天上에서」を含む外国語訳された「天上の眺め」＝全体概念となるのだが、この場合、全体概念とは〈天上の眺め〉物語の世界であろう。これらのうち、日本語版「天上の眺め」はそれだけで独立し完結した世界を持つのであるから、日本語版「天上の眺め」＝全体概念（内部＝全体概念）という図式が成立する。森敦の文学理論に即して整理すれば、だいたいこのような図式になるだろう。

一見、そのように考え得る。しかし、そうではないのだ。これまで述べてきたように、「天上の眺め」は〈にて〉〈まで〉の論理で思索された作品であり、内部／外部・境界の理論ではなく近傍／域外の理論として把捉されるべきなのである。ゆえに、本作は〈にて〉〈まで〉の思索によって成立する『鳥海山』に収められるのだ。その上で、森敦による物語創造という思索、翻訳者による翻訳という思索、そしてその両者の読解という思索といった、多重化された思索から組上する、いわば翻訳の〈境界〉によって、「天上の眺め」と「天上에서」では異なる物語世界が開示されたことを明らかにする点に、本稿の主眼はある。

「天上の眺め」は〈にて〉〈まで〉両方の思索を内在する往復の物語であるが、「天上에서」は〈にて〉の思索を行う往の物語であることが多重化された思索の実践によって明らかとなる。むろん、いずれも「天上」を要点とする〈移動〉の物語であることには変わりはなく、両者に優劣がないことはいうまでもない。

では、物語の意味として、往復はどのように機能しているのだろうか。「天上の眺め」において、物語現在の池原（日本）にいる「わたし」は、「つい思いだしたこともなかった、遠い子供のころのことが思いだされて来たからですが［…］」と、当時の京城（朝鮮）を「思いだす」。両者は決して、論理的把握によって結び付けられた訳ではない。時間的隔絶・空間的隔絶は、「思いだす」という感覚的把握によって埋められ、「天上」という「世界」を形成するのである。

「わたし」の思索が池原から京城へ、京城から池原へと往復することによって、「天上」という「世界」はつくられる。そして、境界は稀薄化される。朝鮮・韓国を「感傷」や「同情」で眼差していないという同時代評価は、おそらくこの点に拠るのであろう。「感傷」や「同情」には、常に自他を分かつ感覚が付きまとう。だからこそ、境界が稀薄化されたこの物語は、「共感」によって「世界」を眼差しているのである。

翻訳によって、往復の物語が往の物語へと変化したことは、物語世界が矮小化されたことを決して意味しない。翻訳によって物語の性質が変わったのであり、性質の変わった翻訳を読むからこそ、原文を読み替えることが可能となるのだ。「天上の眺め」から「天上에서」へ、そして再び「天上の眺め」へという動きもまた、この物語が内在している往復性を示しているのではないだろうか。

【注】

（1）本稿においてハングルの発音を表記する際は、韓国の標準発音法にしたがって作成された「국어의 로마자 표기법《国語のローマ字表記法》」（大韓民国観光部告示、平成12年7月7月）に準拠し、［　］を用いる。

（2）韓国語に日本語訳を併記する際には《　》を用いる。また、韓国語を併記せずに日本語訳を表記する場合は＊の記号を附す。
なお、本稿における日本語訳は全て稿者に拠り、可能な限りの直訳を心掛けた。

（3）川村二郎「文芸時評」（「読売新聞」朝刊、昭和49年4月25日）

（4）井上謙「メルヘンの哀歓「天上の眺め」（森敦）」（「語文」昭和59年6月）

（5）編輯部「人生観照、高い境地の作品」（『世界文學の中の韓國』9解説、昭和50（1975）年9月）＊

（6）大阪外国語大学朝鮮語研究室『朝鮮語大辞典』（角川書店、昭和61年2月）によると、「에서」は日本語では①（ある固定的な位置を表して）…で　②（場所的・時間的な起点を表して）…から　③（非人称主語を表して）…が　④（比較の基準点を表して）…より　⑤（原因・理由・動機・根拠などを表して）…からに該当する。ただし、③以下の例は限定的に用いられるものであるので、本稿では①②の意味のみを採用した。

（7）例えば「弥彦にて」は、弥彦にいながら庄内を生起するという平面的〈移動〉の物語となっており、〈まで〉と語られる場所、つまり終点への空間的・時間的〈移動〉が描かれる〈まで〉系の物語とは異なっている。

（8）「地―「月山」方言」（研究代表者井上明芳『森敦「月山」総合的研究』JSPS科研費No.25370228國學院大學、平成26年3月）

（9）鄭寅燮「沙翁研究と坪内博士（三）」「東亜日報」「記事（コラム／論壇）」（昭和10（1935）年3月13日）には、「筆者はシンダンヂと読まれる音は日本語にある言葉ではなく、朝鮮社会で日本人と朝鮮人の間の拙い通話的俗語として使用された似非日本語であると記憶している。すなわち私たちが拙い日本語通話に朝鮮語の語尾を加えたことで「死ぬ」という意味で「シンダンヂする（訳注：신단지한다）」と使用しているのが事実である。筆者はその後、数名の日本学者たちに尋ねてみたが、シンダンヂという言葉を知らないと言っていた。そこで筆者は未だにこの語音に対する出処を発見できずにいるのだが、とある日本の地方の方言でなければ、その当時誤って伝わった新造語か、そうではなければシンダンヂという言葉が朝鮮においてのみ拙い通話時または私たちの間での弄語として使用されたとすれば、翻訳をした西洋人は朝鮮に何かしら関連を持った人であるといえないこともない。旅行で通過したのか、または朝鮮に来た人の中に知り合いがいたのか、とにかくこの語句の出処を調査する必要があると思われる。」＊との記述がある。

※「天上에서」の本文は初刊である『世界文學 속의 韓國』9（昭和50（1975）年9月、正韓出版社）』に拠り、稿者による日本語訳を適宜付した。

第二節　李良枝「由熙《ユヒ》」論―「우리《ウリ》」（われわれ）という「우리《ウリ》」（cage）―

一、はじめに――二つの国、二つの文化、二つの言語を越えて

第一〇〇回芥川賞［昭和63（1988）年下半期］の受賞作となった李良枝「由熙《ユヒ》」（『群像』昭和63年11月）は、『由熙《ユヒ》』（講談社、平成元（1989）年2月）に所収された短篇小説である。韓国でも삼신각（三神閣）より「제100회 아쿠다가와（芥川）賞 수상작!! 재일동포작가 李良枝」（第100回芥川賞受賞作!! 在日同胞作家李良枝）と銘打たれた韓国語版『由熙』（平成元年2月）が刊行されるなど、国内外を問わずに注目され、好評を博した。

韓国語版『由熙』で強調されているように、李良枝は「在日同胞」、より詳細に述べれば在日コリアン[1]一世の父母の元に日本で生まれた在日二世に該当する。全集収載の自作年譜[2]によると、李良枝の父・李斗浩は昭和15（1940）年に済州島から日本へと渡って来たという。昭和39（1964）年、李良枝が九歳の時に両親が帰化し、それに伴い未成年であった彼女も自動的に日本国籍を取得することとなった。このような作家の出自を含めて「由熙」が享受されてきたことは、改めて確認しておくべきだろう。

「由熙」はソウルを舞台とした物語である。韓国の「最高水準の大学」である「S大学」の国文科に留学していた「在日同胞」である李由熙は、「우리나라《ウリナラ》（母国）」である筈の韓国での生活に適応できずに文化的失語症のような状態に陥り、卒業を間近にして学業を諦め日本へと帰国してしまう。由熙がソウルを離れる日を起点に、

彼女が八回の下宿替えの末にようやく定着した下宿先で過ごした六カ月の生活が、主人である「アジュモニ（おばさん）」の姪であり、由熙と同居していた「オンニ（おねえさん）」の視点から一人称回想形式で語られる。この「オンニ」＝「私」は、国籍・出身地・居住地の全てが韓国であり、母語・母国語ともに韓国語である。つまり、国籍的側面、民族的側面、文化的側面、言語的側面の四者が「韓国」に一致する、マジョリティとしての韓国人の立場であるといえる。また、「オンニ」は日本語を解さないことが物語中で明らかにされるが、「オンニ」＝「私」による語りは基本的には日本語で記述される。基本的にと述べたように、この物語には各所にハングル表記や韓国語の片仮名表記が織り込まれており、それによってある種の特徴的な文体を形成している。

　時系列や境遇は必ずしも一致しないものの、「由熙」には李良枝の在外国民教育院（ソウル大学予備課程）での一年間の課程を含むソウル大学国語国文科での留学生活が反映されていることは疑いようがない。実際に彼女自身も「『由熙』の中に登場する、オンニも叔母さんもそして由熙も、すべては私の分身です。私はようやく本国人の気持ちや立場を多少なりとも理解できるようになったのであり、また理解していく道こそが、在日同胞である自分自身の姿を客観化して浮き彫りにできる道であることを悟った」[3]と自作を自解している。

「由熙」を論じる際に重要なキーワードとなるのは「二つの」という語が冠された言葉だろう。由熙が「在日同胞」という狭間を生きるマージナルな存在であるが故に、韓国と日本、あるいは韓国語と日本語という二つの国、二つの文化、二つの言語間の矛盾や葛藤、軋轢に目を向けることは、当然の手続きとされてきた。「『由熙』は、二つの文化と言語の間に挟まれて、そのいずれにも「故郷」と呼びうるものをみいだしえない、いわば故郷喪失ないしはディアスポラ状況に置かれた人物の疎外感と孤独感を浮き彫りにするのである」[4]という小林富久子論の評価は、この物語に対する最大公約数的な理解であるとみてよい。また、本文中においても、韓国と日本、韓国人と日本人、韓国語と日本語といった対立軸が提示される。とくにその言語に関しては、「由熙が書く日本語と韓国語の二種類の文字」「由熙の二種類の文字」というように、文字が二つの種類であることが繰り返され、それが「オンニ」＝「私」の「ことばの杖」の喪失に深くかかわるという点で、重要な役割を果たしている。

しかし、詳細な検討は次節以降に譲るが、この物語に描かれているのは果たして二つの国、二つの文化、二つの言語なのだろうかという疑問が生じる。それは、言い換えれば、母国（＝韓国）と日本、あるいは母国語（＝韓国語）と母語（＝日本語）という対立軸以外の方法でこの物語を読み替えることができるのではないかという提言である。そしてこの試みの意図することは、二つの世界で引き裂かれる物語として「由熙」を読むことを敢えて留保することであり、そうでありながらも、日韓の歴史の軽視や過去の漂白に陥らないように慎重を期する態度を表明することでもある。

むろんそこには、李良枝という一人の人間の実生活上の切実な苦悩や葛藤を矮小化し、また同様の苦しみを抱える人々を蔑ろにする意図は皆無である。そうした問題を見えないもの化する姿勢に真っ向から抗議しつつも、本稿では、李良枝という作家の年譜的事実を介在させなくとも充分に豊かに読み得る「由熙」というテクストそれ自体に、そしてこのテクストが胚胎する問題自体に目を向けたいのである。先廻りをして結論を述べれば、「由熙」から立ち上がるのは、韓国と日本という二つの国やそれに付随する文化、韓国語（母国語）と日本語（母語）という二つの言語、このような二つの世界の間での揺れや葛藤に留まらない。むしろ、このような二項対立を内部から突き崩す動きを一貫して見出すことさえできるのだ。そして、主人公由熙の苦悩の正体も、同様に決してそこだけには収まらないといえるのである。

繰り返しになるが、それは「在日同胞」という、否応なしに歴史の重みを背負わされた由熙の存在や、日韓の近現代史から目を背けることを決して意味しない。由熙の苦悩をステレオタイプやカテゴリーで判断することから一度距離を置き、テクストそれ自体の問題としてこの物語を考えたいのである。山崎和論[5]は、この物語が「『在日朝鮮人文学』として読むことを期待させつつ、当事者の由熙にその内面を語らせず、韓国人の「私」に不在の当事者について語らせることで、構造的に「在日朝鮮人文学」としての読みを拒絶する」と、首肯すべき重要な指摘を物語構造に即して行っている。この論の言葉を借りれば、本稿は物語内容の側から「『在日朝鮮人文学』としての読みを拒絶」する試みであるともいえるだろう。

二、韓国（語）／日本（語）という見せかけの対立

「由熙」に描かれているのは、韓国と日本、あるいは韓国語と日本語、母国語と母語における対立や分裂に纏わる問題なのだろうか。例えば、寺下浩徳論[6]は「この小説が「母語」と「母国語」、「祖国」と「母国」といったあいだの分裂を描き、それらの関係性を鋭く問い返したものであることは、いままで多くの論者が指摘してきた」と端的に研究状況を整理した上で、「こうした捉え方が注目する論点」を「括弧で括られた漢字表記の「由熙」（ゆき）と、括弧で括られた韓国語表記の「유희《ユヒ》」とのあいだにある相剋であり、葛藤だといえる」と簡潔にまとめている。一方で、上田敦子論[7]は、「『由熙』は、在日韓国人女性が韓国に行き、母国（語）であるはずの韓国（語）と、母国（語）でも外国（語）でもある日本（語）との間で苦しみ、耐え切れず日本（語）へ帰るまでの過程を描いた作品ということになっている」と先行研究における概要を取り出し、「これらの概要に共通しているのは、日本（語）と韓国（語）という二項対立であり、この枠組は一見有効であるようだが、前述した「日本語」と「韓国語」の不安定な配置

のまえにすぐに限界に至り、解体され、概要も同時に無効になっていってしまうのである」と、このような二項対立の限界を言語の側面から指摘している。

また、作者である李良枝は「由煕が乗り越えなければならなかった壁の実体」として「「生きることへの勇気」という言葉で集約できるもの」を挙げ、「母国語と母語の葛藤。日本と韓国という二つ国の間の葛藤など。結局はすべてが、究極的には現実をあるがままの姿で受け入れ、許容する勇気と力みたいな、人間の存在における根本問題と結びつくものであったに違いありません」[8]と述べている。この作者の言葉は、一つの解釈として充分に納得できるものである。しかし、書き手の意図を超えて生成される意味や解釈もまた、同時に許容されるべきであることは言うまでもない。

本稿は、「由煕」にこのような二項対立が存在すること自体を否定するものではない。しかし、二項対立の存在を指摘することに、今さら生産的な意味があるとは思われない。それよりもむしろ、この二項対立が人為的に、歴史的に、そして多分に政治的に構築されたものであることを指摘する方が有効であろう。誤解を恐れぬ言い方をすれば、韓国／日本という対立は、複数の可能性の中から任意に取り出されたものに過ぎないのである。複数の可能性とは具体的には何を指すのか。それは、例えば韓国／北朝鮮／旧朝鮮半島／（分断が解消された状態としての）南北統一朝鮮／日本などが挙げられる。というのも、これらの国境線は、様々な国や政府の権力闘争によって偶発的に引かれたに過ぎないからである。日本を中心に朝鮮・アメリカを含む様々な国や政府の思惑によって曖昧化された「清算」すべき日本の植民地支配責任。冷戦体制における東西の対立と「日帝残滓」をめぐる対立が絡み合った朝鮮戦争による半島の南北への分裂。韓国併合によって強制的に「日本国籍」へと組み込まれた「朝鮮人」の外国人登録令に伴う「外国人」化や、サンフランシスコ講和条約締結による国籍選択権を持たぬままの「日本国籍」喪失。[9] このような無責任な戦後処理や複雑な国際状況によってこれらの国境線が引かれたのであり、植民地時代にルーツを持つ在日コリアンとは、第一にこうした国際間でのパワーポリティクスに否応なしに巻き込まれた被害者なのである。在日コリアンの意識や生活の実態とは断絶した形で引かれた政治的で人為的な国境線が要請した韓国（人）／北朝鮮（人）／朝鮮（人）／日本（人）といった対立項は、国籍、出身地、居住地、政治的立場、思想、アイデンティティ、生活状況・情況、個人や集団の選択を示す意味では重要だが、本来は様々なグラデーションの中で成立している筈のそれらを、元から独立する存在であるかのように切り分けることは、この物語を解釈する上で有効ではない。[10] 端的に言えば、「由熙」の物語には、「二つの」ではなく、「複数の」国をも背後に想定し得るということであり、これらを対立するものとして殊更に切り分ける必要はないのではないかということである。

重要なのは、本文中で由熙の国籍が明示されていないながらも、「オンニ」＝「私」が由熙を「在日同胞」であり「韓国人」、「韓国人として、韓国人になろうとしてあがいている」と認識しており、同時に由熙が「在日同胞」であり「韓国人」という概念を内面化している（ように見える）点である。そこから窺えるのは、「在日同胞」という言葉から韓国と日本という二つの国のみを取り出して対立させる、国籍的側面、民族的側面、文化的側面、言語的側面の四者が一致する韓国人マジョリティとしての「オンニ」や「アジュモニ」をはじめとする周囲の人々の意識や無意識であり、そうした意識や無意識に少なくとも表面上は抵抗することなく、マジョリティの期待に半ば呼応する形で「在日同胞」であり「韓国人」であることを選択した（あるいは選択せざるを得なかった）由熙の韓国における在り方や生存戦略である。[11] しかしそれは、由熙が韓国において（そして当然日本においても）自身の属する国がどこであるかという問題を常に突き付けられ、表明せざるを得ない立場であるからに他ならない。その顕著な例として、「――由煕、あなたはけちんぼよ。在日同胞っていうのは、日本人なんだわ。ううん、日本人以上に韓国をばかにして、韓国を蔑んでいるのね。」という「オンニ」の言葉が挙げられる。個人への批判が一足飛びに「在日同胞」という属性への批判へと拡大し、自身のエスニシティをマジョリティによって勝手に同定されてしまう。それは、いつでも自身が排除や差別の対象になり得るというあまりにも理不尽な立場を再認識させるものであり、こうした危機と常に隣り合わせに生きざるを得ない由煕に選択の余地は殆どないといってよい。そして、非対称や差別の是正のための措置をまるで特権であるかのように受け取るマジョリティたちの無理解を前に、由煕が萎縮し韜晦する以外の態度を取ることができるのかという問題も、この範疇で考えられる。

――じゃあ、S大学にはどういう風にして入ったの？

私は訊いた。

この質問も、由煕はすでに何回となく訊かれていた様子だった。由煕の発音の不正確さや表現のたどたどしさを聞き取り、訝しくさえ思っている私の表情や口調も、由煕はすでに読み取っていたようにも思えた。

――特別な試験を受けて、受かったのです。

由煕は言った。

訊かれることに慣れてはいても、その目や声の調子に力がなくなり、言い訳するような後ろめたさのようなものが伝わってきた。由煕は続けた。

――韓国の、母国の大学に留学するために、母国修学生という名目で一年間通う予備校のような学校があります。そこには在日同胞だけでなく、海外の、いろいろな国から来た僑胞学生も集まってきます。そこで、国語と英語と歴史を習うんです。そして、そういう海外に育った留学生のためだけの、本国の学生たちには想像できないくらいに簡単な試験を受けて大学に入ります。ある大学の場合などは、面接だけして無試験で入れるようなところもあります。［…］

叔母も私も、初めて聞く話に驚いていた。受験戦争にあけくれ、親も子供も必死になっている韓国の学生たちの事情を思うと、いくら海外同胞とはいえ、あまりにも特別に扱われ、優遇されているような気がしてならなかった。海外同胞は母国を知らずに育つ。それには同情できても、だからと言ってどの大学にも特別に入れると言うのは、やはり複雑な思いにさせられた。

目を向けなければならないのは、本来であれば極めて個人的な問題として開示する必要がない筈の入学経緯の説明を余儀なくされる由熙の状況である。「海外に育った留学生」のみが受験できる「特別な試験を受けて、受かった」のだと説明するためには、自身が「特別な試験」の受験資格を持つ「在日同胞」「僑胞学生」に該当することを明かさなければならない。そこにあるのは、「在日同胞」という自身の出自の開示を伴う形で、（しかも何度にも亘って）入学の経緯の説明をマジョリティ側から期待されるという圧倒的な理不尽さである。

母国語と母語という対立も、同様に見せかけの対立である。母国語という語が国籍や政治的立場から無縁でいられない概念であることを踏まえれば、この点は改めて論じるまでもないだろう。また、韓国語と日本語の対立が意味を持たないことは、既に上田論[12]に詳細な指摘がある。上田論は、「由熙が分かち書きを必要としないのは、漢字仮名交じり文を読むまなざしでハングルを見ているからである。つまり由熙はハングルという表音文字を読む過程において、音の中に表れる、漢字で表象され得ることばの単位を追っているということである」と指摘した上で、「しかしオンニは「日本語」という対立項を持ち出し比較することによって、ティオスギを「韓国語」に置き換えてしまう。その結果、読むというまなざしに内在する変換過程は隠蔽され、「日本語」と「韓国語」との対立があたかも彼女たちの発話を支配しているように見えるのである」と二項対立が仮構されていくメカニズムを明らかにする。言語の場合もやはり、着目すべきは二つの項目の対立関係そのものではなく、二つを取り出してそこに対立関係を持たせようとする志向にこそあるといえるだろう。

三、正しい韓国語という幻想

言語の問題で今一つ考えたいものは、由熙が苦悩し、「オンニ」が由熙に修得することを強いた韓国語、より正確にいえば、二人が思い描くあり得べき状態の韓国語とは何かという問題である。この理想状態の韓国語の姿を、本稿では仮に「正しい韓国語」と名付けておくことにしよう。中山亜紀子論[13]が「一言で「韓国語（日本語）」と言ってもさまざまな使い方や使い手がいる。一枚岩でなく、ある種まとまりをもった雑多なものを「韓国語（日本語）」と呼んでいるに過ぎない」と指摘するように、韓国語とは様々なグラデーションの中で成立する言語の総体的な姿であり、そこに正確さや不正確さを見出すのは、何らかの規範意識に裏打ちされた結果だといえる。

その韓国語にしても、言語学を専攻しているというにしては、由熙の発音はあまりにも不確かで、文法でも初歩的な間違いが目立ち、気になってしかたがなかった。ㅋ《クッ》、ㅌ《トウッ》、ㅍ《プッ》、などの類いの破裂音が全く出来ていない上に、ㄲ、ㄸ、ㅃ、などの音もはっきりと出せず、ㄱ、ㄷ、ㅂ、と区別されないまま発音されていた。由熙の韓国語を聞いたなら、何を喋っているのかよく聞き取れない韓国人もいるに違いなかった。

引用は、「オンニ」による由熙との初対面の回想の一部である。「空の星を掴まえるくらいに難しいと言われている」「最高水準の大学」である「S大学」の国文科に所属し、「言語学を専攻している」という前提条件から、由熙の話す韓国語の実力が判断されている。ちなみに、この「オンニ」の発音に対する認識の一部は明らかな誤謬を含む。言語学専攻であるからといって、必ずしも音声学に長けているとはいえず、そもそも仮に音声学を専門分野としているからといって、その学問的理解と発音の巧緻とはまた別事である。また、「文法」の「初歩的な間違い」にしても、第一言語話者の考える韓国語の「初歩的な間違い」と、第二言語として韓国語を習得した者が実際に直面する「初歩的な間違い」とは必ずしも一致しない。しかし注目したいのは、そうした誤謬の有無よりも、ソウル大学を容易に彷彿させる「S大学」に寄せる「オンニ」の過剰な期待と、由熙の話し言葉としての韓国語に正しさを要請する「オンニ」のまなざしを、この引用が示している点だ。では、書き言葉としての由熙の韓国語については、どのように提示されているだろうか。

宿題のレポートを提出する時も、私が下書きを読んで誤字や表現の間違いを直した。由熙は、話し言葉の実力からは想像できないほど、書く韓国語は巧みだった。いかにも日本語を直訳したような、意味は想像できても一読すると何のことかさっぱりわからない表現をしていることもあったが、時には、はっとさせられるような言い回しを使っていたりもした。

――由熙、あれだけ言ってきたのに、どうしてティオスギ（分かち書き）ができないの。文節の、ほらここも、ここも、もっときちんと間を空けないとだめでしょう。ここも、ここもよ。空け過ぎかと思うくらい空けて書きなさい。ティオスギの癖を早くつけるのよ。日本語みたいにだらだら書いてばかりいてはだめなのよ。わかっているんでしょ、あなたが書いているのは日本語ではないのよ。

「ティオスギ（分かち書き）」がマジョリティとしての韓国人にとっても決して容易ではないことは、七級・九級公務員試験の国語に「ティオスギ」が頻出であることからも明らかである。[14]そもそも「ティオスギ」はハングル創製時から存在していたのではなく、イギリス人牧師John Rossが執筆した朝鮮語教材「Corean Primer」（明治10（1877）年、American Presbyterian Mission Press）の中で使用されたのが起源であると言われている。ハングルの縦書きにこだわり「訓民正音《フンミンチョンウム》を創製した世宗大王《セジョンテワン》はどう思うかしら。」と呟く由熙にとっては、後代に規範と化した「ティオスギ」が納得できないものであった可能性も否めない。

由熙の「誤字や表現の間違い」は、例えば次の引用に表れている。

언니《オンニ》
저는《チョヌン》 위선자《ウイソンジャ》 입니다《イムニダ》
저는《チョヌン》 거짓말장《コジンマルジャン》 이《イ》입니다《イムニダ》
（オンニ
私は　偽善者です

私は　嘘つきです）

括弧書き部分で「嘘つき」と翻訳されている「거짓말장이《コジンマルジャンイ》」という語に着目したい。この語は「거짓말 쟁《コジンマルジエン》이《イ》」の非標準語形態である。[15]「-장이」・「-쟁이」はともに接尾辞であるが、「표준어 규정」（標準語規定）[16]の제1부 제9항（第一部第九項）において、「기술자에게는 '-장이', 그 외에는 '-쟁이'가 붙는 형태를 표준어로 삼는다」（技術者には「-장이」、それ以外には「-쟁이」が付く形態を標準語とする）と定められている。そのため、「嘘をつく人」という意味で「거짓말장이《コジンマルジャンイ》」を使用する由熙の韓国語は標準語の規格から外れるのである。むろん、これを誤用と指摘することは簡単であるが、この誤用が母語話者にも頻繁に見られるという点を忘れてはならない。しかし、同じ「거짓말장이《コジンマルジャンイ》」という誤用であっても、由熙の場合は、それが即ち韓国語の実力の不足や稚拙さに接続されて解釈され得るものとなるのだ。むろん、この引用に続く場面で「オンニ」が嗜めるのは誤用ではなく飲酒行為であり、後にこの由熙の書いた「大きな乱れた文字」を再び想起する際、「オンニ」は「たまらなくり、由熙、と思わず呼びかけそうにな」る。そこにあるのは、「オンニ」の由熙に対する確かな愛情であろう。しかし、「誤字や表現の間違い」、その発音の不正確さが繰り返し語られるこの物語の中に由熙の「거짓말장이《コジンマルジャンイ》」という韓国語を置いたとき、この言葉は由熙の韓国語の未熟さの証明として解釈が可能な要素となってしまうのである。

――ねえ、叔母さん、叔母さんはどう感じました？　由熙の韓国語、この家に来てからもちっとも上達しなかった。発音も相変わらずめちゃめちゃで、国文科の学生とは思えないくらい文法も間違いだらけだった。もちろん、答案用紙はきちんと書けていたかも知れない。書く方は感心するぐらいで、私もそれはよく知っていますでも、本人自体がうまくなろうとしていなかったんじゃないかって、そうとしか考えられなかった。

ここで気が付くことがある。それは、「オンニ」が指摘する由熙の韓国語の未熟さは、話し言葉・発音に焦点が当てられているということである。それは初対面から一貫する由熙の韓国語の印象である。先の引用で「ㅋ《クッ》、ㅌ《トゥッ》、ㅍ《プッ》、などの類いの破裂音が全く出来てはいない上に、ㄲ、ㄸ、ㅃ、などの音もはっきりと出せず、ㄱ、ㄷ、ㅂ、と区別されないまま発音されていた」とあったのは、激音（거센소리《コセンソリ》・無声有気音）の発音ができず、濃音（된소《トゥエンソ》리《リ》・咽頭化した無声無気音）と平音（예사소리《イエサソリ》・語頭は無声無気音、語中では有声化）の区別がないことを意味する。濃音と平音の区別がないというのは、つまり咽頭化の有無の区別がないということであり、有声音と無声音による音韻対立を持つ日本語に引きずられるというより、由熙の発音それ自体の特徴であるといえる（有気音と無気音の区別のなさがむしろ「日本語訛り」の特徴である）。この解釈が単なる誤読ではないことを、「日本語訛りというより、慶尚道訛りに近い感じがした」という「オンニ」の感想が保証してくれる。

かなりのところまで近づいてきて、学生は私に会釈した。
――不動産屋さんの紹介で来ました。
学生は言った。ぎこちなく、硬い発音だった。日本語訛りというより、慶尚道訛りに近い感じがした。

「慶尚道訛り」[17]では、初声の平音を濃音で発音する「語頭の硬音化」（어두《オドゥ》 경음화《キョンウムファ》）がその特徴の一つとして広く知られている。つまり、濃音と平音の区別がない由熙の発音は慶尚道にいれば許容されるということであり、

破裂音の発音はともかく、「ㄲ、ㄸ、ㅃ、」と「ㄱ、ㄷ、ㅂ、」の区別のなさは韓国語そのものへの挫折というよりむしろ서울말《ソウルマル》（ソウル語・ソウル方言）への挫折だといえるのだ。そうしたとき、日本語を解さない「オンニ」による「日本語訛りというしかない発音の不確かさと抑揚の記憶」という言葉が、果たして正鵠を射ていたかは疑問である。由熙の韓国語は、「日本語訛り」であったからではなく、서울말《ソウルマル》を標準語、つまり正しい韓国語とする規範意識から逸脱するが故に非難されているのである。そもそも標準語とは先の「표준어 규정」（標準語規定）[18]제1부 제1항（第一部第一項）において、「표준어는 교양 있는 사람들이 두루 쓰는 현대 서울말로 원칙으로 한다」（標準語は教養ある人々があまねく用いる現代ソウル語に定めることを原則とする）と規定されていた。ソウル大学を彷彿させる「S大学」への「オンニ」の過剰な期待と、話し言葉としての由熙の韓国語に正しさを要請する規範意識は、標準語という概念で一致するものであったのだ。「最高水準の大学」つまり最も「教養ある人々」が集まる「ソウル」の名を冠した大学。そこの国文科に所属する由熙は、서울말という標準語＝正しい韓国語を獲得しなければならないのである。由熙の書く韓国語が「オンニ」に比較的高く評価されていたのは、書き言葉は基本的に標準語＝서울말《ソウルマル》であるからだろう。

　しかし、「オンニ」のこのような規範意識を単なるソウル中心主義に回収するのは、あまりに素朴で無配慮な操作である。この規範意識が在日コリアンの言語を疎外するものにもなり兼ねないということに自覚的にならなければならない。在日コリアン一世の殆どが地方出身者であった[19]という事実を考え併せると、彼らの言語自体がそもそもある種のマイノリティの言語であったのであり、仮に由熙がその言語を第一言語として獲得していたとしても、それは標準語から距離の遠いものとして規範を逸脱するものと判断されてしまう。また、いわゆる「在日語」「ウリボンマル」とも言われる、在日コリアンコミニティの中で発達した、日本語音韻や日本語文法に影

響を受けた韓国・朝鮮語も、標準語からの距離が遠いという理由で正しい言語ではないと判断されてしまうだろう。とするならば、在日コリアンにとって、日本語はもちろん、ここで語られる韓国語も、あるいは物語の背景に想定される北朝鮮の標準語である文化語も、これらは全てどこまでもマジョリティの言語なのである。標準語という言語政策は、ある意味で地方出身者の漂白行為でもある。そして「オンニ」が無自覚であったこの悪意なき疎外を、「우리《ウリ》」という言葉が体現しているのである。

四、「우리《ウリ》」（われわれ）という「우리《ウリ》」（cage）

ここまで論じてきたように、「由熙」とは一見韓国の物語のように見えるが、実は徹底的にソウルの物語であった。そしてそれは、ソウルを「우리《ウリ》」とみなす物語だと換言してもよい。

では、「우리《ウリ》」とは一体何を指すのか。片仮名でウリとルビが振られているが、「우리」と「ウリ」は同一の音ではない。「우」は初学者向けの教科書には、日本語の「う」とほぼ同一の音と書かれることも多いが、[u]と[ɯ]というIPA記号表記上の差異から窺えるように、「우」は円唇後舌狭母音であり、非円唇後舌狭母音である日本語の「う」よりも口を窄めて発音する必要がある。「り」と「리」の場合も、口蓋化する日本語の「り」と口蓋化しない韓国語の「리」では調音点が異なり、音声にも違いが生じる。このような違いを無視して「ウリ」と発音しても意味の辨別にさして支障はないためどこまで発音を意識するかは話者の裁量に任されるが、発音ですらこのように厳然たる差異があるこの「우리」という言葉に込められた情緒を日本語で理解することには大きな困難が伴う。

「由熙」で頻出する「우리나라《ウリナラ》（母国）」という言葉。この言葉の共同体性は既に先行論に指摘がある。[20] この「우리나라《ウリナラ》」という共同体を、安易に韓国という一つの国だと判断したときに零れ落ちる様々な可能性については、既に第二節で論じた通りである。しかし、「叔母」の「思想的にだって日本から来たんだから、危いことがあるかも知れないわ。日本には北の朝鮮総連があるから。」という言葉が象徴するように、韓国という場においては、「우리나라《ウリナラ》」に北朝鮮を含む可能性は排斥される運命にある。北朝鮮に、あるいは北朝鮮を含む国にアイデンティティを帰属させている「在日同胞」は、「思想的」に「危い」人物だと烙印を押されてしまうのである。それが、「在日同胞」である由熙へ深い同情を示した人物として描出される「叔母」の口から語られることに、分断の根深さを感じずにはいられない。

「우리나라《ウリナラ》」が韓国へと範囲を局限する概念である限り、由熙は、「우리나라《ウリナラ》」という共同体に安住することができない。そもそも「ティオスギ」されない「우리나라《ウリナラ》」とは本国人が韓国を指し示すときに使われる語であり、「（母国）」という括弧書きはそのような意識に裏打ちされている。また、それは外国人が自身の国を指し示すときの「우리나라《ウリナラ》」と峻別される概念であり、「由熙」が苦手であるとされた「ティオスギ」一つで、国家に対する自己認識が自ずと表出されてしまうのである。

언니《オンニ》
저는《チョヌン》 위선자입니다《ウイソンジャイムニダ》
저는《チョヌン》 거짓말장이입니다《コジンマルジャンイイムニダ》
（オンニ

　私は　偽善者です
　私は　嘘つきです）

「우리나라《ウリナラ》」という言葉に韓国のみを一致させるとき、それは由熙にとって政治的行為にならざるを得ず、そこには否応なしに選択の重みが伴う。それは自らを「偽善者」や「嘘つき」に囲い込むものなのである。だからこそ、由熙は「이《イ》 나라《ナラ》（この国）」、「이나라사람《イナラサラム》（この国の人）」という言葉を選択せざるを得ないのである。しかし、佐藤秀明論[21]が「韓国語における「この国」（イナラ）、「この国の人」（イナラサラム）という語彙は、日本語の「この国」「この国の人」とは、ニュアンスが異なっている」と指摘する通り、韓国語で「이나라《イナラ》」という語彙を選択するとき、そこには否定的なニュアンスが伴われていることが大半である。なぜなら国籍と言語が韓国に一致する人々にとっては、「우리나라《ウリナラ》」という言葉こそが無徴であり、自然だからである。由熙が「이나라《イナラ》」という言葉を選択したときに「オンニ」が感じていたであろう서운함《ソウナム》（期待していたことに対する満たされなさ）というべき感情は、由熙の苦渋の選択とどこまでも擦れ違うのである。

　こうしたとき、この物語の中で、「우리《ウリ》」（われわれ）が「우리《ウリ》」（cage）として機能しているという事実に気付かされる。李良枝は「言葉の杖を求めて」[22]の中で「「우리《ウリ》（われわれ）」という言葉の深みと温もりを悟らせてくれたすべての人たち」に謝意を述べており、したがってこの「우리《ウリ》」という言葉は肯定的に使用されている。しかし、ここで問題としたいのは、そのような作者の意図というレベルを超えて描出される、この物語においての「우리《ウリ》」の姿である。「由熙」における「우리《ウリ》」は、親密性の表示であり共同体を形成する「われわれ」を指す言葉であると同時に、「cage・檻」としての「우리《ウリ》」、さらには「울타리《ウルタリ》（fence・囲い）」の慶尚北道方言[23]として

の「우리《ウリ》」でもあるのだ。それは、端的に言えば、「オンニ」が設定した서울말《ソウルマル》を話す人々という「cage・檻」の範囲の中に、「われわれ」が囲い込まれているという事態を指す。そして由熙は、そうした囲い込まれた「우리《ウリ》」を前提とする「우리나라《ウリナラ》」を拒絶し、規範化や標準化されることのない「大笒《テグム》（横笛）」の「소리《ソリ》」――韓国語「소리《ソリ》」は日本語で「音」とも「声」とも翻訳可能である――に「우리말《ウリマル》」を見出す。

우리나라《ウリナラ》
（母国）

由熙は書いた。文字は大きく、酔いで手が揺れ、乱れていた。由熙はページをめくり、そこにさらに大きく、우리나라、と両側のページいっぱいに書いた。ボールペンを紙にくいこませ、破っていくような勢いで、四つの文字を書きつけた。

——何があったの？　由熙。

私はようやく口を開いた。机に倒れかかったまま、横から自分の書いた文字を見つめていた由熙が泣いていることに気づいた。由熙はノートの紙をまとめて数枚めくり、現われた白い空白にまた書き始めた。

사랑할《サランハル》 수《ス》 없습니다《オプスムニダ》
（愛することができません）

由熙は洟をすすった。嗚咽を上げ、ボールペンを持ったまま口許に垂れた涎を拭った。濡れてしまったのも構わずに、由熙はまた紙をめくり、右手をのせた。紙に涎がつき、涙を拭った指先が触れた紙も濡れた。

대금《テグム》 좋아요《チョワヨ》

대금《テグム》소리《ソリ》는《ヌン》 우리《ウリ》말《マル》입니다《イムニダ》
（テグム　好きです
テグムの音は　母語《ウリマル》です）

申銀珠論[24]が「由熙の「ウリ」からの離脱を挫折と決めつけ、それを批判する権利は誰にもない」と指摘するように、囲い込まれた「우리《ウリ》」から逸脱する由熙を、従来の解釈のように韓国生活の挫折という範疇で捉えることに生産的な意味はないだろう。この逸脱は、この物語の末尾にて象徴的に登場する「ことばの杖」と、密接にかかわるものである。

——ことばの杖。

——…………。

——ことばの杖を、目醒めた瞬間に摑めるかどうか、試されているような気がする。

——…………。

——아《ア》なのか、それとも、あ、なのか。아であれば、아《ア》、야《ヤ》、어《オ》、여《ヨ》と続いていく杖を摑むの。でも、あ、であれば、あ、い、う、え、お、と続いていく杖。けれども、아、なのか、あ、なのか、すっきりとわかった日がない。ずっとそう。ますますわからなくなっていく。杖が、摑めない。

由熙は、ことばの杖、とも言い、ことばからなる杖、とも言い替えた。

由熙が「우리나라《ウリナラ》（母国）」「우리말《ウリマル》（母語）」という「母」と接続される「우리《ウリ》」から逸脱することを強調するかのように、奇しくも「ことばの杖」は「가《カ》、나《ナ》、다《ダ》、라《ラ》、」や「あ、か、さ、た、な、」ではなく、「母音」（모음）を手掛かりに摑むものだとされ、その「わからな」さ、「摑めな」さが吐露される。本稿が目を向けたいのは、この「摑めない」「杖」の豊かさである。どちらか一方に偏ることがない複層的な言語の可能性を、そこに見出したいのである。狭隘な「우리《ウリ》」（われわれ）という「우리《ウリ》」（cage・檻）からの逸脱、「우리말《ウリマル》（母語）」という「우리《ウリ》（안에《アネ》 거두어진《コドゥオジン》）말《マル》」（cage・檻（に閉じ込められた）言葉）からの逸脱であり、標準化も規範化もされることのない、自らの言葉の模索の姿である。「안《ア》」でもなく「あ」でもないこの由熙の言葉、「摑めない」「杖」の言葉こそ、代理でもマジョリティのそれでもない、また韓国語と日本語という二項対立を無効化する複層的な言葉なのである。

五、おわりに――開かれた〈우리《ウリ》〉の可能性

「우리《ウリ》」の範囲を局限し、由熙に「우리《ウリ》」への同一化を要請する「オンニ」の姿にナショナリズム的傾向を見ることは容易い。しかし、韓国語であるはずの「オンニ」＝「私」の語りが日本語に翻訳されているという「由熙」の構造は、そのような批判を周到に回避し、回収するように成立しているとさえいえる。この「由熙」の翻訳の問題は、掲載誌や掲載書籍が主なターゲット層とする読者に、純然たる韓国語による語りではその内容の理解が見込めないという現実上の制約を述べているのではない。むろん、この構造が韓国語を日本語に従属させていると言いたいのでもない。서울말《ソウルマル》へと局限されていた筈の「オンニ」にとっての「우리말《ウリマル》（母語）」＝韓国語が日本

語にまで開かれているという事実は、「由熙」において、「オンニ」が「우리《ウリ》」という「cage・檻」であり「fance・囲い」を開いていく可能性を充分に有していることを示しているのである。

――オンニとアジュモニの韓国語が好きです。……こんな風な韓国語を話す人たちがいたと知っただけでも、この国に居続けてきた甲斐がありました。私は、この家にいたんです。この国ではなく、この家に。

――アジュモニとオンニの声が好きなんです。お二人の韓国語が好きなんです。……お二人が喋る韓国語なら、みなすっとからだに入ってくるんです。

由熙が好きだという、「この家」の中で用いられる「オンニ」と「アジュモニ」の韓国語とは、標準化・規範化されることのない、서울말《ソウルマル》を脱中心化するような韓国語の姿であろう。そして、「아の余韻だけが喉に絡みつき、아に続く音が出てこなかった。」という語りで示唆される末尾の「オンニ」の「ことばの杖」の喪失もまた、「オンニ」の「摑めない」「杖」の可能性を開示するものだと解釈できる。

一つの概念に回収されることのない、開かれた言葉。思えば「由熙《ユヒ》」というこの物語のタイトルは、「ユヒ」というルビが同伴するものであった。日本語の文化圏にいる限り、「유희《ユヒ》」――말미암을《マルミアムル》由《ユ》（原因理由の由）に빛날《ピンナル》熙《ヒ》（輝く熙）――という音を持つ漢字を彼女のエスニシティに沿った形で読むためには、読み仮名が要請される。「由熙」というタイトルがこうした多重性を内包する限り、この物語を「二つの」という言葉を冠する二項対立で読み解くことは片手落ちである。韓国と日本、韓国語と日本語、母国語と母語という対立によって見え

なくなるものの存在に鋭敏になり、「在日同胞」の女性を描いたこの「由熙」という物語を、日本と韓国の間で揺れる物語として安易に回収しないこと。それは、見える化・見えない化される様々な差別や抑圧を、韓国と日本という限定的な二つの国の問題としてのみ受け取らないことである。「日帝強占」＝日本による植民地主義政策という近現代史に起因し、政治的かつ人為的であるが故に様々な人々の痛みを伴うこの線引きを、「우리《在日同胞》」として、「われわれ《日本人》」として、「우리《韓国人》」としてではなく、全ての人に開かれた〈우리《ウリ》〉の普遍的な問題として受け取ることは、決して不可能なことではないだろう。

国籍、民族、文化、言語の問題を越えて〈우리《ウリ》〉を開くという行為は、あるいは親密でありながらも限定的で排他的な、ともすると「우리《ウリ》」（cage・檻）となりかねない「우리《ウリ》」（われわれ）としての「우리《ウリ》」（fence・囲い）を取り去るということである。むろん、ここには限定的な範囲で連帯せざるを得なかった人々の連帯をむやみに否定する意図はない。それは、理想論に過ぎないという批判を甘受してでも、「우리《ウリ》」という言葉で、当事者にのみ責任を押しつける無関心を断固拒否する姿勢である。

「摑めない」「ことばの杖」の可能性を信じ、開かれた〈우리《ウリ》〉の可能性を模索し続けること。「由熙」という物語を他者の物語として消費してはならないと、深い自戒を込めつつ主張しなければならない。

【注】

（1）本稿では、朝鮮半島にルーツを持ち、植民地政策によって日本に定住することとなった人々やその系譜を受け継ぐ人々を、国籍や政治的立場を問わずに「在日コリアン」と呼称する。なお、「재일동포」（在日同胞）とは、国や民族の同一性を強調する言葉であり、居住地を基準とし、日常生活でより頻繁に使われる「재일교포」（在日僑胞）とは厳密には異なる概念である。

（2）「年譜」（『李良枝全集』講談社、平成5年5月）

（3）李良枝「私にとっての母国と日本」（『李良枝全集』講談社、平成5年5月）より引用。なお、全集収載のこの文章は、平成2（1990）年10月한일문화교류기금（韓日文化交流基金）主催の「한일문화강좌」（韓日文化講座）15における講演「나에게 있어서의 母國과 日本」の講演録を安宇植が翻訳したものである。自筆年譜によると、この講演の原稿は「学校のレポート以外では初めて自分で直接韓国語で書いたもの」である。

（4）小林富久子「「狭間」から書く在日女性作家たち―李良枝「由煕」を中心に」（水田宗子・長谷川啓・北田幸恵編『韓流サブカルチュアと女性』（至文堂、平成18年9月））

（5）山崎和「他者の「ことば」の意味を問う―李良枝『由煕』論」（「跨境：日本語文学研究」令和5年11月）

（6）寺下浩徳「つくられたいくつもの名前―李良枝『由煕』をあとがきから読み直す―」（「立命館言語文化研究」平成20年2月）

（7）上田敦子論「〈文字〉という「ことば」―李良枝『由煕』をめぐって―」（「日本近代文学」平成12年5月）

（8）注3に同じ。

（9）このような点については、岩崎稔・大川正彦・中野敏夫・李孝徳編『継続する植民地主義　ジェンダー／民族／人種／階級』（厚徳社、平成17年2月）及び李里花編『朝鮮籍とは何か―トランスナショナルの視点から』（明石書店、令和3年2月）参照。

（10）「私」＝「オンニ」による一人称の語りが由煕の内面に到達できないという意味において、由煕の母国に韓国以外の国を想定することもまた可能だといえる。

（11）これは、（物語上からは読み取れない）由煕の実際の国籍の如何とは無関係である。むろん、これは由煕が他の属性を選ぶべきであったということを決して意味しない。また、「在日同胞」であり「韓国人」であるという属性を選択した・選択せざるを得なかった現実の人々を否定したり、蔑ろにしたりするものでもない。

（12）注7に同じ。由煕が「漢字仮名交じり文を読むまなざしでハングルを見ている」という指摘は、韓国語が膠着語であり日本語と文法構造が非常によく似ていること、両国が数多の漢字語彙を共有し、とくにその共有が（由煕が大学生活で接するような）学術用語において顕著であること、また由煕と同様に日本語を第一言語とし、第二言語として韓国語を習得した自身の実際の経験上からも大いに賛同する。

（13）中山亜紀子「「由煕」を読む―第二言語教育との関わりから―」（「佐賀大学留学生センター紀要」平成23年3月）

（14）「사이버국가고시센터」（サイバー国家考試センター）https://www.gosi.kr/（令和6年3月25日最終閲覧）参照。

（15）「고려대한국어대사전」（高麗大韓国語大事典）（고려대학교민족문화연구원（高麗大學校民族文化研究院）、平成21（２００９）年10月）「거짓말장이」参照。

（16）문교부 고시 제88-2호（文教部告示第88-2号）「표준어 규정」（標準語規定）（昭和63（１９８８）年1月19日）

（17）이근열（李根烈）「사투리의 미학〈6〉경상도 사람 신별법」（方言の美学〈6〉慶尚道人の識別法）（「국제신문」（国際新聞）平成16（２００４）年10月19日）。記事では、「가지」から「까지」へ、「갈치」から「깔치」への硬音化が具体例として紹介されている。

（18）注（16）に同じ。

（19）在日コリアン一世の本籍地は、慶尚道、全羅道、忠清道、済州島の順で多く、朝鮮半島南部出身が大半を占めていた。

（20）申銀珠「ソウルの異邦人、その周辺―李良枝「由熙」をめぐって―」（「新潟国際情報大学情報文化学部紀要」平成16年3月）や趙允珠「李良枝『由熙』論―「政治的」と「文化的」との狭間から視点変化まで―」（「日本語文學」平成27年8月）など。

（21）佐藤秀明論「ソウルの在日韓国人―李良枝と「由熙（ユヒ）」の場合」（「書簡研究」平成6年7月）

（22）李良枝「言葉の杖を求めて」（『李良枝全集』講談社、平成5年5月）より引用。なお、この文章の初出は韓国語版『由熙』（삼신각（三神閣）、平成元（１９８９）年2月）である。初出は李良枝の日本語原稿を김유동（金ユドン）が韓国語訳する形で収載された。なお、全集収載版は、この韓国語訳を安宇植が再度日本語に翻訳したものである。

（23）「고려대한국어대사전」（高麗大韓国語大事典）（고려대학교민족문화연구원（高麗大學校民族文化研究院）、平成21（２００９）年10月）「우리」の項には、「'울타리'의 방언（경북）」（「'울타리'の方言（慶北）」）との意味が掲載されている。なお同辞書によると、「울타리」とは①「塀の代わりに草や木などを絡ませて家などを囲んだり、境界を分けるもの」あるいは②「一定の範囲や限界を比喩的に表す言葉」を指す。「草や木」との記述はあるが、実際は材質を限らず、金属製のものも含めて「울타리」と呼ぶ。英訳や日本語訳される際、この語が「fence」「フェンス」と翻訳されることが一般的であること、また、②の比喩的な意味をも訳出するために、本稿では「울타리（fence・囲い）」の訳語を採用した。

（24）注（20）申銀珠論に同じ。

終章　「芝居」と「女性」、その接点について──「見立て」られる「女語り」──

一、本研究のまとめ

本研究では、「女性」「芝居」という二つの見地から近代文学のテクストを検討してきた。なかでも着目したのが、「見立て」と「女語り」という観点である。

第一章「近代とは何か──明治二十年代と「芝居」──」では、斎藤緑雨の小説、坪内逍遙の「新文字」を取り上げながら、明治二十代に歌舞伎・浄瑠璃・常磐津といった「芝居」に関する事柄がどのように引用され、そうした引用がいかなる効果を上げているのかを検討した。緑雨の小説には夥しい数の「芝居」が引用されている。緑雨の小説を解釈するには、まず引用の典拠を突き止め整理するという基礎的な作業が不可欠であり、本研究はその実践であった。逍遙もまた、日本の近代「芝居」史に欠かすことのできない重要人物である。逍遙が前近代の狂言作者をいかに眼差し、前近代を近代へと接続していったのかを追うことで、「芝居」の問題と〈近代批評〉の問題を接続させることに本章の狙いの一つがあった。

第二章「太宰治の「女語り」①──構築される「女性」──」では、太宰治の〈女性独白体〉の「私」が語りを通して変化していく様を追った。何も「わからな」い「私」は「なんにも書けない低能の文学少女」「天才少女」を揺れる「少女」になり、「頭のわるい女」になり、「饗応夫人」になる。「変質の左翼少女」とされた「私」が

「美しい」と語ることで「私たち一家」は「美しい」ものとなり、「待つ」ことを語ることで「私」は「二十の娘」

として「待つ」ことを定義していく。「私」にのみ由来する筈の「私」のエゴチズムは「女」のエゴチズムとして読み替えられていく。〈女性独白体〉テクスト群の「私」は、語りによって「女性」を演出し、「女性」を構築していくのだ。

第三章「太宰治の女語り②―「芝居」の中の「女性」―」では、太宰治の「おさん」及び「ヴィヨンの妻」を取り上げ、引用される「芝居」を詳細に検討することで物語の読み替えを試みた。「芝居」の中の「女性」へと接近あるいは離脱していく〈女性独白体〉の「私」に着目することで、物語は従来とは大きく異なる解釈が可能となる。「おさん」における「私」の「おさん」への「見立て」あるいは「愛想尽くし」は、末尾における「私」の変貌という従来の解釈を反転させ、むしろ「私」の一途な「夫」への想いを明かすものとして解釈することができる。また、「ヴィヨンの妻」における「私」の「おかる」化と「大谷」の「勘平」化、最終的な「私」の『仮名手本忠臣蔵』からの離脱は、末尾の「人非人でもいいぢやないの。私たちは、生きてゐさへすればいいのよ。」という一文の射程範囲を大きく拡大させる。こうした読みは、太宰の〈女性独白体〉テクスト群を読み替えるのみならず、引用元である先行テクストを太宰テクストによって再照射するものともなろう。

附章「コリア語からの視点―翻訳と物語―」では、森敦の「天上の眺め」を韓国語訳版と比較することで、翻訳という行為により原文とは異なる物語世界が開示されることを明らかにした。それによって、翻訳が創造的な行為であることを、開示される物語世界の差異という解釈の側面から証明したつもりである。また、本章では李良枝の「由煕」を論じることで、様々な無意識の差別の構造を明らかにしたつもりである。「由煕」を日本（語）／韓国（語）の物語であると捉えてしまったときに見えなくなるものの存在に目を向けることで、この物語が二項対立や閉塞を打ち破り、外へと開かれていく可能性を充分に有していることを指摘できただろう。

二、「女形」としての「女語り」

取り留めもなく提示した「芝居」と「女性」というキーワード、そしてそこから浮上する「見立て」と「女語り」という言葉を一つに接続させ得るのが、「女形（方）」という歌舞伎の役柄である。歌舞伎の「女形」は、「女性」身体を持たない役者が「女性」の役を演じるものである。「女性」身体を演じるに当たって、役者は衣装を着、かつらを着用し、化粧を施すことで、外貌を変化させる。また、甲高い声を出し、体格を小さく見せるために背を盗み、内股で歩く。こうした発声・姿勢及び所作は、身体構造上かなりの負荷がかかる。重要なのは、このような努力の末に表現される「女形」の「女性」が、決して写実を狙いとしていない点である。そこから立ち現れるのは、生身の「女性」ではなく、「女形」という役柄である。この約束事としての「女性」は、意識化され、演じられた「女性」である。役者の不断の努力によって元々の身体を後景化させ「女性」に見せる。より正確にいえば、この「女形」の身体こそが「女性」であるのだと既成価値を転換させている。「女形」が「女性」よりも「女性」らしいものとして時に認識されるのは、こうした価値の転覆による結果であり、これが歌舞伎の「女形」のシステムであった。

「女形」における「女性」とは所与のものではなく、不断の努力によって獲得されるものであった。そして、太宰治の「女語り」も、まさにこのシステムによって「女性」を生成していく試みであったといえる。歌舞伎が、演じられる「女性」の姿を「女性」であると定義しているように、太宰の「女語り」もまた描かれる「女性」の姿を「女性」として定義している。そこに描かれるのは、時に違和感をも含み込むフィクショナルな「女性」である。このように生成される「女性」は、必ずしも現実の「女性」を反映するものではない。にもかかわらず、これが「女性」であるのだと突き付けてくるのである。そこに反発を読み込むか、肉薄したリアリティを読み込むかによって、「女語り」の評価は大きく二分されるのだ。

このようにして構築された「女性」を問題とするとき、元々の身体という問題は後景化する。つまり、「女性」を定義し直し、「女性」であることを絶えず言表していく行為こそが「女性」なのだとしたら、元々の身体が「男性」であるか「女性」であるかは問題ではないのだ。

太宰の「女語り」の評価が高いのは、作家が男であるのに（女というカテゴリーにはまらないのに）女をうまく書いたということなのだ。つまり、「女語り」が成立するためには、太宰治という作家が「男」であるということが必要条件なのである。[1]

この首肯すべき意見は、「女語り」、太宰研究の用語でいえば〈女性独白体〉が従来評価されてきた理由を的確に表している。同時に、本研究はこの問題意識への一つの回答であった。〈女性独白体〉は、作者太宰が「男性」であるという理由で評価されるべきではない。主人公の「女性」が単に「独白」するのみならず、その過程で「女性」である／「女性」になることを「独白」していることを高く評価すべきであり、それは決して作者や語り手の性別に依拠しない。構築されるその「女性」は、構築以前の性別が「女性」であれ「男性」であれ、大きな差はない。「女性」を装うという行為それ自体こそが重要なのだ。それはつまり、「見立て」という行為それ自体に着目すべきであることを意味する。

そうしたとき、従来のように性別を二分することの必然性が突き崩される。性別が二分法ではなくグラデーションの問題であることが常識化しつつある現在、異性愛システムを内面化し、文学の「女性」性を論じる想像力の欠如がいかに暴力的な行為であるかが反省とともに可視化されてきた。「男性」作家が「女性」を演じるという従来の見方を超えて、ジェンダーを問わず何者かが「女性」(と名付けられる何か)を演じ、仮構していくと捉え直すこと。共通点を媒介に異なるイメージを接近させていく行為が「見立て」であるのだから、太宰の「女語り」はまさに「見立て」という行為に他ならない。そして太宰によるこの「見立て」が、性の二分法を超越する可能性を既に十分に有していたことを、少しでも本研究によって証明することができたら幸いである。

【注】

(1) 榊原理智「「皮膚と心」—語る〈女〉・語られる〈非対称〉」(「國文學　解釈と教材の研究」平成11年6月)

あとがき

博士後期課程の二年目になって、ようやく自分の研究手法が少しずつ見えてきた。ちょうど、前期課程から取り組んでいた自身の〈女性独白体〉研究に限界を感じ、才能の無さを突き付けられていた時期だった。その頃の現実逃避の手段は上方成駒家の歌舞伎で、週に何度も劇場に通っていた。罪悪感に耐え切れなくなったある日、歌舞伎鑑賞を研究の一環にすればこの放蕩も無駄ではなくなるのでは、と気が付いた。良い研究ができないのならいっそ、好き勝手に楽しもうと開き直ったのである。歌舞伎鑑賞と研究をどのように接続し得るかが当面の課題となり、その答えが「芝居」の場面や名称の引用が物語の解釈にどのような影響を与えるのかという観点からの研究であった。その成果が、第一章及び第三章である。つくづく、転んでもただでは起きない性格だなと思う。

ゆえに、途中から研究の手法が大きく変化している。本書の構成とは異なり、初期に書いたのが第二章であり、続いて第一章、第三章の順で書き上げたのだ。前期課程から後期課程前半に執筆した論が大部分を占める第二章は特に纏まりに乏しく、粗が目立つものとなってしまったが、自身の研究手法の模索をありありと示しているという面では、それなりに意味のあるものとなっていると信じたい。

統一性に欠ける本研究であるが、解釈を何よりも重視するという姿勢だけは貫いてきたつもりである。研究手法の古さ、稚拙さ、不勉強の誇りを甘受しつつも、ただ一つだけ誇れるとしたら、物語への敬意を常に忘れず、誠実に向き合うことを大事にしてきたという一点である。それは思えば、國學院大學近代文学研究室の教えであったのだろう。

本書の完成は、ひとえに石川則夫先生のご指導の賜物である。卒業論文から博士論文まで継続して石川先生にご指導いただけたことは私にとってこれ以上ない幸福であった。自由に挑戦を許して下さる愛情と激励のお陰で研究を続けられてきた。文学とは何か、文体とは何かということをご自身の姿を通して常に問いかけて下さる先生と向き合う度に気の引き締まる思いがする。先生にほんの少しでも近付くことができるように、恩返しができるように、己を律して行きたい。

井上明芳先生からも長い間たくさんのご指導を賜った。一つの文学論争を一年掛けて徹底的に取り組むという演習授業からは、同時代資料を網羅的に調査する大切さと面白さを学び、大きな財産となった。また、様々な挑戦の機会を与えて下さったのも井上先生だった。常に最先端の研究とパフォーマンスを意識し続ける先生のご研究を心から尊敬している。先生に教えを賜れたことを誇りに思う。

博士論文の副査の労をおとり下さった北海道大学の中村三春先生には、学会や研究会のみならず、複数の講義を聴講させていただいたり、ご著書をご恵贈いただいたりと、大変お世話になっている。近代文学研究を第一線で牽引し、徹底的かつ刺激的なお仕事を絶えずご発表なさる先生のお姿は私の憧れである。本書で最も多く引用させていただいたのも中村先生のご研究の成果である。

長い間憧れている福岡女学院大学の大國眞希先生に博士論文の副査を引き受けていただけたことは、何よりの喜びであった。この場を借りて心より感謝の意を表したい。ご著書を拝読したときの、その鮮やかで洗練された文体と方法論に受けた衝撃は忘れられない。

大学院では東洋大学の山本亮介先生の講義を受講及び聴講させていただいた。講義で取り扱われた広範なテクストは、不勉強な私に多くの出会いを齎してくれた。常に研究の進捗を気に掛けて下さる山本先生のご助言と励ましが大きな力となっている。

文学を専攻する多くの仲間を得たことも大学院での大きな財産である。特に伊中悦子さん、岩渕真未さん、山田愛美さん、前田夏菜子さん、春日渓太さんをはじめとする近代文学ゼミのメンバー、高倉明樹子さん、小菅あすかさん、小野寺紗英さんといった他の時代を専攻する仲間の存在が大きな支えである。

また、庄司達也先生には、資料研究の面白さを教えていただいた。昭和文学会の会務委員にお声掛け下さったこと、心から感謝申し上げる。学会での出会いからは多くの刺激と学びを得た。特に、加藤邦彦先生、藤村耕治先生、木谷真紀子先生には格別にお世話になっている。大好きな康潤伊先生は、私の憧れでありロールモデルである。出版社とのご縁を繋いで下さった茂木謙之介先生にも感謝の念に堪えない。また、学会発表の司会をして下さった疋田雅昭先生には常に気に掛けていただき、暖かな激励を賜ったことも嬉しかった。

本書に掲載された論文は全て、学会発表・論文投稿のいずれか若しくは両方を経たものである。したがって本書は会場でご意見を賜った先生方、査読や編集を担当してくださった先生方のお陰で完成したものである。また、お名前を挙げきれない多くの方々に深謝したい。

なお、本書は國學院大學過程博士論文出版助成金の交付を受けている。日本文学科の先生方、大学院生活を支えて下さった大学院事務課をはじめとする國學院大學の教職員の皆様にも感謝の念にたえない。また、慣れない出版作業に際し、お導きを賜った文学通信編集部の渡辺哲史氏に感謝申し上げる。

最後に、経済的精神的な援助を惜しまずに与えてくれた両親にも感謝を申し上げたい。

初出一覧

本書への収録に際し、初出及び博士学位論文から大幅な改稿を行っている。

序章　近代文学の「芝居」と「女性」……書下ろし

第一章　近代とは何か―明治二十年代と「芝居」―

第一節「斎藤緑雨「かくれんぼ」論―「芝居」といぅ装置―」………「國學院雑誌」122・2、令和3年2月（原題：「齋藤緑雨「かくれんぼ」論―〈芝居〉といぅ装置―」）

第二節「斎藤緑雨「油地獄」論―「女殺」を欠く〈地獄〉―」………「文学・語学」238、令和5年8月

第三節「斎藤緑雨「門三味線」論―常磐津の物語―」………「解釈」69・1・2、令和5年2月（原題：「齋藤緑雨「門三味線」論―常磐津の物語―」）

第四節「坪内逍遙「梓神子」論―近代への接続―」………「國學院大學大學院紀要―文学研究科―」53、令和4年2月（原題：「坪内逍遥「梓神子」論―近代への接続―」）

第二章　太宰治の「女語り」①―構築される「女性」―

第一節「太宰治「燈籠」論―〈記録〉される言葉と〈記憶〉による語り―」………「東アジア文化研究」5、令和2年2月

第二節「太宰治「きりぎりす」論―〈剥奪〉の先の希求―」………「日本文學論究」77、平成30年3月

第三節「太宰治「千代女」論―「わからな」い少女―」………「國學院大學大学院文学研究科論集」45、平成30年3月

第四節「太宰治「皮膚と心」論―「女」化する「私」―」………韓国日本語学会第98回国際学術大会、平成31年10月5日、於高麗大学校

第五節「太宰治「待つ」論―待つてゐる「私」の〈姿勢〉―」………「國學院大學大学院文学研究科論集」46、平成31年3月

第六節「太宰治「饗応夫人」論―「饗応夫人」になる「私」―」………「國學院大學大学院文学研究科論集」47、令和2年3月

第三章　太宰治の「女語り」②―「芝居」の中の「女性」―

第一節「太宰治「おさん」論―小春の欠如と見立てられた「おさん」―」………「日本文学」71・6、令和4年6月

第二節「太宰治「ヴィヨンの妻」論―『仮名手本忠臣蔵』への接近と離脱―」………「昭和文学研究」87、令和5年9月（原題：「太宰治「ヴィヨンの妻」論―「仮名手本忠臣蔵」への接近と離脱―」）

附章　コリア語からの視点―翻訳と物語―

第一節「翻訳の〈境界〉―森敦「天上の眺め」と「天上에서」―」………「森敦文学の文化資源としての可能性をめぐる総合的研究　令和元年度特究助成金成果報告書（國特推助第108号）」63・70、令和2年2月

第二節「李良枝「由熙《ユヒ》」論―「우리《ウリ》」（われわれ）という「우리《ウリ》」（cage）―」………「國學院雑誌」125・9、令和6年9月

終章「「芝居」と「女性」、その接点について―「見立て」られる「女語り」―」………書下ろし

【作品名】

【事項名】

索引

【人名】

［著　者］

齋藤 樹里（さいとう・じゅり）

1994年福島県いわき市生まれ。國學院大學文学研究科博士後期課程修了。
博士（文学）。現在、國學院大學兼任講師・早稲田大学非常勤講師ほか。
日本近現代文学専攻。

見立てと女語りの日本近代文学
―斎藤緑雨と太宰治を読む―

2025（令和7）年2月28日　第1版第1刷発行

ISBN978-4-86766-077-5　C0095

発行所　株式会社 **文学通信**

〒113-0022 東京都文京区千駄木2-31-3 サンウッド文京千駄木フラッツ1階101
電話 03-5939-9027　Fax 03-5939-9094
メール info@bungaku-report.com ウェブ https://bungaku-report.com

発行人　岡田圭介
印刷・製本　モリモト印刷

ご意見・ご感想はこちらからも送れます。上記のQRコードを読み取ってください。

※乱丁・落丁本はお取り替えいたしますので、ご一報ください。書影は自由にお使いください。